# 知味

# 诗经

名物图解版

孔丘 编

【日】细井徇 绘

北方联合出版传媒（集团）股份有限公司
万卷出版公司 VOLUMES PUBLISHING COMPANY

## 召南



## 邶风



## 鄘风



## 卫风



## 王风

# 目录

*Contents*

## 周南

## 郑风



## 齐风



## 魏风



## 唐风



## 秦风

## 大雅



## 周颂

## 鲁颂



## 商颂

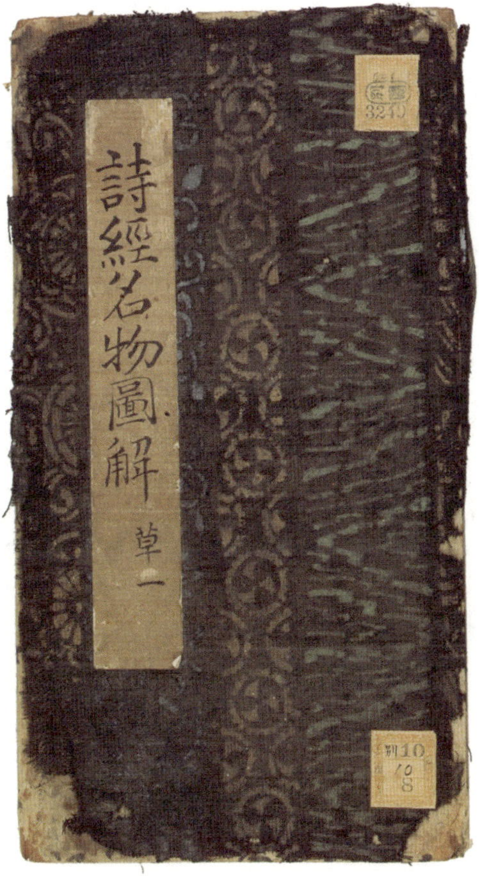


日本国立国会图书馆藏《诗经名物图解》，1848 年版

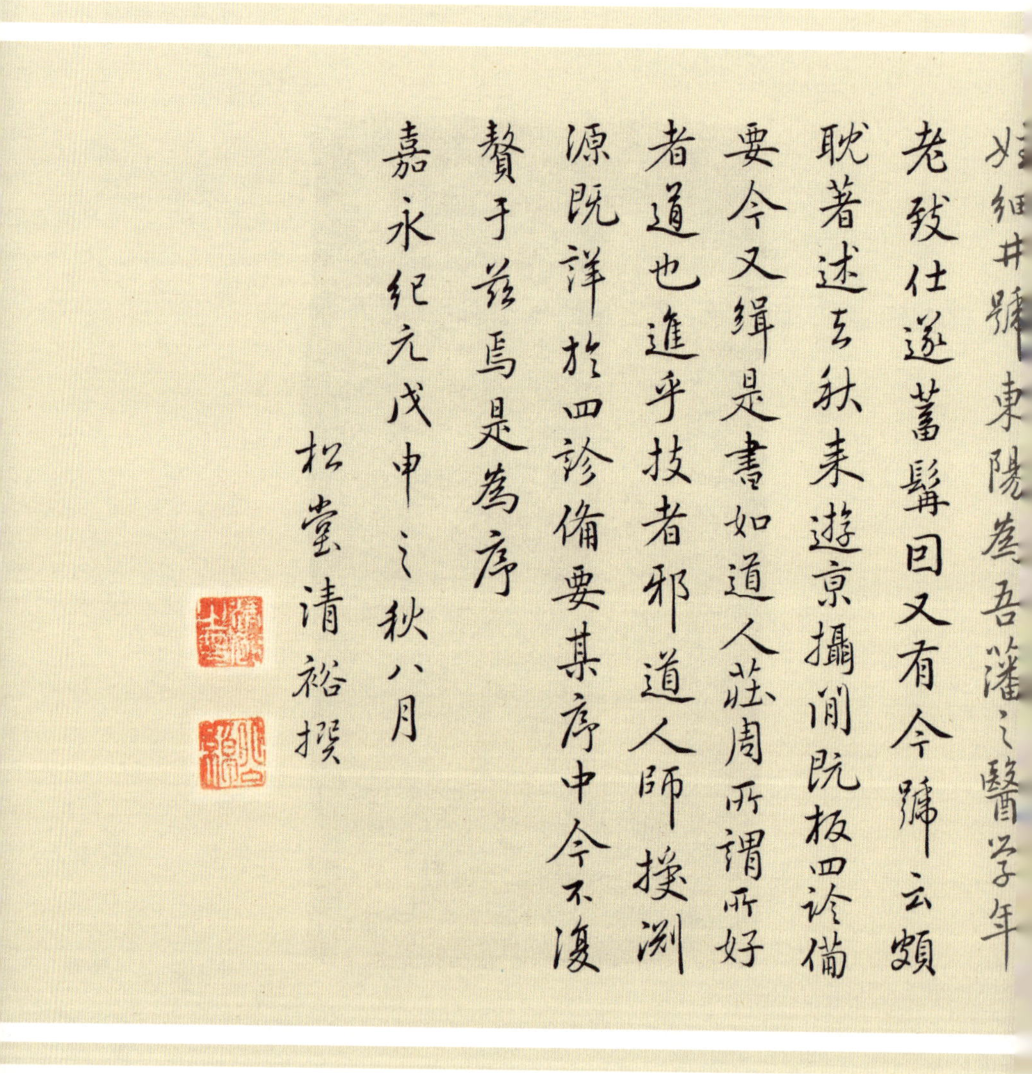
細井驥東陽為吾藩之醫学年
老致仕遂蓄髮曰又有今歸云頗
耽著述去秋來遊京攝間既板四診備
要今又緝是書如道人莊周所謂所好
者道也進乎技者耶道人師操淵
源既詳於四診備要其序中今不復
贅于茲焉是為序
嘉永紀元戊申之秋八月
松堂清裕撰

松堂清裕于嘉永元年（1848 年）为《诗经名物图解》所作序言

編者三卷其圖寫生照真自序云圖品凡四百餘種有圖有說按圖依說而索之名實真贋足以的證因據其年紀推之蓋帶圖之成後于辨解若干歲乃知辨解之書俟帶圖始得其全者嗚呼希南距今百二十餘年辨解圖二書與道人之舉異世同揆惜哉若使希南在今日與道人上下其議論互發蘊奧則其精密必不止于是也由是觀之希南唱首於前道人集成於後者多識之訓可謂不豫矣道人

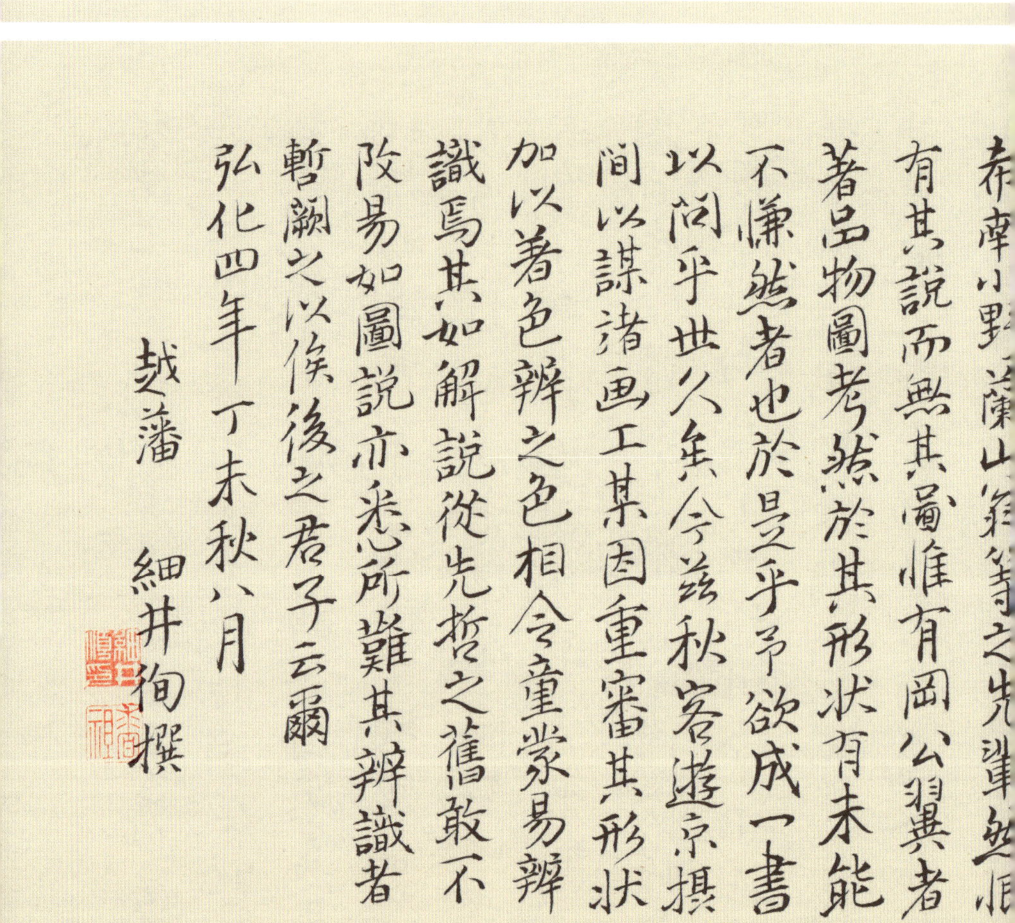
本草小野蘭山翁等之先輩雖
有其說而無其圖雖有岡公翼者
著品物圖考然於其形狀有未能
不慊然者也於是乎予欲成一書
以問乎世久矣今茲秋客遊京攝
間以謀諸画工某因重審其形狀
加以著色辨之色相令童蒙易辨
識焉其如解說從先哲之舊敢不
攺易如圖說亦悉所難其辨識者
暫闕之以俟後之君子云爾
弘化四年丁未秋八月
越藩　細井徇撰

越前藩（现福井县）藩士细井徇于弘化四年（1847 年）所作自序

# 自序

昔在孔子教人學詩之法以多識於
鳥獸草木之名然而及後世其品
物或古有今亡古今以世異其名或
彼有此無東西以地異其形勢殊致
錯謬莫能辨識焉是故後世審其
品物莫如據圖於是梁有毛詩圖三
卷唐有毛詩草木蟲魚廿卷宋有
馬和之毛詩圖而今皆不傳之清
徐雪毛詩圖說詳審有所可據而
本邦論名物有若稻若水新白石
貝原篤言松岡玄達如菴野必大江

# 国风

*《诗集传》云，风者，民俗歌谣之诗也。古帝王知其然，故巡守列国，令太史陈诗以观民风。可以知政治之得失，而考俗尚之美恶者，莫若乎风。于是采其善者，列于乐官，以时存肄，资观感而垂声教，用至广也。*

# 周南

*南，一说为地名，《韩诗序》说：“南，国名也。其地在南郡、南阳之间。”方玉润《诗经原始》说：“窃谓南者，周以南之地也。大略所采诗皆周南诗多，故命之曰《周南》。何以知其然耶？周之西为犬戎，北为豳，东则列国，惟南最广，而及乎江汉之间。”成诗时间大抵在西周末年、东周初年，周王室动迁前后。*

## 关 雎

***这是一首描写古时贵族青年恋上采荇菜的女子，却始终“求之不得”的故事，只能将恋爱与结婚的憧憬寄托于想象中。闻一多《风诗类钞》：“关雎，女子采荇于河滨，君子见而悦之。”***

【正文】

关关雎鸠①，在河之洲②。窈窕淑女③，君子好逑④。　参差荇菜⑤，左右流之⑥。窈窕淑女，寤寐求之⑦。　求之不得，寤寐思服⑧。悠哉悠哉⑨，辗转反侧⑩。　参差荇菜，左右采之⑪。窈窕淑女，琴瑟友之⑫。　参差荇菜，左右芼之⑬。窈窕淑女，钟鼓乐之。

【注释】

①关关：水鸟鸣叫的声音。雎鸠：一说鱼鹰。《诗集传》：“雎鸠，小

鸟，今江淮间有之，生有定偶。”②洲：水中的陆地。③窈窕：美好的样子。善心为窈，美状为窕。④君子：这里指女子对男子的尊称。逑：配偶，匹也。⑤参差：长短不齐的样子。荇菜：一种多年生的水草，叶子可以食用。⑥流：“摎”的假借字，意思是选取，择取。⑦寤寐：意为夜夜。⑧思：语气助词，没有实义。服：思念。⑨悠哉：长长的忧思。⑩辗转反侧：卧不安眠。⑪采：摘取。⑫琴瑟：琴和瑟都是古时的弦乐器。友：爱。⑬芼：采摘。

## 葛　覃

*这是一首描写少女身处异地，想要回家探望父母的诗，质朴地表达了少女对于父母深切的感激和牵挂。方玉润《诗经原始》：“盖此亦采之民间，与《关雎》同为房中乐，前咏初昏，此赋归宁耳。”*

【原文】

葛之覃兮①，施于中谷②，维叶萋萋③。黄鸟于飞④，集于灌木，其鸣喈喈⑤。　葛之覃兮，施于中谷，维叶莫莫⑥。是刈是濩⑦，为絺为绤⑧，服之无斁⑨。　言告师氏⑩，言告言归⑪。薄污我私⑫，薄澣我衣⑬。害澣害否⑭，归宁父母⑮。

【注释】

①葛：葛藤，一种多年生草本植物，纤维可以用来织布。覃：长。②施：蔓延。中谷：谷中，即山谷当中。③维：语气助词，相当于“其”。萋萋：茂盛的样子。④黄鸟：黄雀。⑤喈喈：鸟儿鸣叫的声音。⑥莫莫：茂密的样子。⑦刈：用刀割。濩：煮。⑧絺：细布。绤：粗布。⑨服：穿着。无斁：心里不厌弃。⑩告：告诉。师氏：女师。古者女师教以妇言、妇德、妇容、妇功，居祖庙或宗祠。⑪归：指回娘家。⑫污：洗去污垢。私：内衣。⑬澣：洗涤。⑭害：何，什么。否：不。⑮归：回家。宁：使……安心。

## 卷 耳

*这是一首表现思念，描写愁苦的诗，诗中妇人思念远行丈夫的感情真挚动人。戴震《诗经补注》：“卷耳，感念于君子行迈之忧劳而作也。”*

【原文】

采采卷耳①，不盈顷筐②。嗟我怀人③，寘彼周行④。　陟彼崔嵬⑤，我马虺隤⑥。我姑酌彼金罍⑦，维以不永怀⑧。　陟彼高冈，我马玄黄⑨。我姑酌彼兕觥⑩，维以不永伤⑪。　陟彼砠矣⑫，我马瘏矣⑬，我仆痡矣⑭，云何吁矣⑮！

【注释】

①采：采了又采。卷耳：野菜名，又叫苍耳。②盈：满。顷筐：浅而容易装满的竹筐。③嗟：语气助词。怀：想，想念。④寘：放置。周行：大道。⑤陟：登上。崔嵬：高山。⑥虺隤：腿软不能行。⑦姑：姑且。金罍：青铜酒杯。⑧维：语气助词，无实义。永怀：长久思念。⑨玄黄：马因病而改变颜色。⑩兕觥：犀牛角做成的大酒杯。⑪永伤：长久思念。⑫砠：多土的石山。⑬瘏：马疲劳而生病。⑭痡：过度疲劳。⑮云：语气助词，没有实义。何：多么。吁：忧愁。

## 樛 木

*这是一首祝福新郎的赞美诗，表达了作者对于婚姻的纯真敬仰和美好祝愿。李善注：“言二草之托樛木，喻妇人之托夫家也。”*

【原文】

南有樛木[①]，葛藟累之[②]。乐只君子，福履绥之[③]。　南有樛木，葛藟荒之[④]。乐只君子，福履将之[⑤]。　南有樛木，葛藟萦之[⑥]。乐只君子，福履成之[⑦]。

【注释】

①樛木：向下弯曲的树木。②葛藟：蔓草名。累：纠缠。③福履：福禄。绥之：使之安定。④荒：覆盖。⑤将：扶助。⑥萦：回旋缠绕。⑦成：成就。

## 螽　斯

*这是一首祝愿别人多子多孙的诗。方玉润《诗经原始》："其措词亦仅借螽斯为比，未尝显颂君妃，亦不可泥而求之也。细咏诗词，当能得诸言外。"*

【原文】

螽斯羽[①]，诜诜兮[②]。宜尔子孙[③]，振振兮[④]。　螽斯羽，薨薨兮[⑤]。宜尔子孙，绳绳兮[⑥]。　螽斯羽，揖揖兮[⑦]。宜尔子孙，蛰蛰兮[⑧]。

【注释】

①螽斯：蝗虫。羽：翅膀。②诜诜：同"莘莘"，众多的样子。③宜：多。④振振：繁盛的样子。⑤薨薨：很多虫飞的声音。⑥绳绳：延绵不绝的样子。⑦揖揖：通"集集"，会聚的样子。⑧蛰蛰：安静貌。

## 桃　夭

*这是一首贺新娘的诗，以盛开的桃花象征即将出嫁的女子，美嫁娶之时。姚际恒《诗经通论》："桃花色最艳，故以*

*取喻女子，开千古词赋咏美人之祖。”*

【原文】

桃之夭夭[①]，灼灼其华[②]。之子于归[③]，宜其室家[④]。　桃之夭夭，有蕡其实[⑤]。之子于归，宜其家室。　桃之夭夭，其叶蓁蓁[⑥]。之子于归，宜其家人。

【注释】

①夭夭：桃树少壮茂盛。②灼灼：桃花鲜艳盛开。华：花。③之：这，这个。子：指出嫁的姑娘。归：女子出嫁。④宜：和顺，和善。室家：指夫妇，家庭。⑤蕡：果实很多的样子。⑥蓁蓁：树叶茂盛的样子。

## 兔　罝

*这是一首赞美优秀猎人，希望这些猎人能成为保家卫国的战士的诗。方玉润《诗经原始》：“窃意此必羽林卫士，扈跸游猎，英姿伟抱，奇杰魁梧，遥而望之，无非公侯妙选。”*

【原文】

肃肃兔罝[①]，椓之丁丁[②]。赳赳武夫[③]，公侯干城[④]。　肃肃兔罝，施于中逵[⑤]。赳赳武夫，公侯好仇[⑥]。　肃肃兔罝，施于中林[⑦]。赳赳武夫，公侯腹心[⑧]。

【注释】

①肃肃：密实貌。兔罝：捕兔的网。②椓：敲击。丁丁：敲击木桩的声音。③赳赳：威武的样子。④干城：干为盾牌，城为城郭，这里比喻坚强的护卫者。⑤逵：四通八达的大路。⑥仇：同“逑”，指同伴。⑦施：设置、安放。中林：林中，树林里。⑧腹心：心腹，忠心的人。

## 芣苢

*这是一首农妇采集车前子时哼唱的短歌。方玉润《诗经原始》：“夫佳诗不必尽皆徵实，自鸣天籁，一片好音，尤足令人低回无限。读者试平心静气，涵咏此诗，恍听田家妇女，于平原绣野、风和日丽中，群歌互答，余音袅袅，若远若近，忽断忽续，不知其情之何以移，而神之何以旷。”*

【原文】

采采芣苢①，薄言采之②。采采芣苢，薄言有之③。　采采芣苢，薄言掇之④。采采芣苢，薄言捋之⑤。　采采芣苢，薄言袺之⑥。采采芣苢，薄言襭之⑦。

【注释】

①芣苢：植物名称，即车前子，种子和草可作药用。②薄言：发语词，没有实义。采：采摘。③有：得到。④掇：拾取。⑤捋：用手握物，向一端滑动。⑥袺：用手提着衣襟兜东西。⑦襭：把衣襟别在腰间兜东西。

## 汉广

*这是一首纯洁的情诗，全诗充满了由衷的仰慕，却又因得不到而深深地感叹。陈启源《毛诗稽古篇》：“夫说之必求之，然惟可见而不可求，则慕悦益至。”*

【原文】

南有乔木①，不可休思②。汉有游女③，不可求思④。汉之广矣⑤，不可泳思⑥。江之永矣⑦，不可方思⑧。　翘翘错薪⑨，言刈其楚[10]。之子于归，言秣其马[11]。汉之广矣，不可泳思，江之永矣，不可方思。　　翘翘错薪，言刈其蒌[12]。之子于归，言秣其驹[13]。汉之广矣，不可泳思。江之永矣，不可方思。

【注释】

①南：南边。乔木：高耸的树木。②休：在树下停靠、休息。思：语气助词，没有实义。③汉：指汉水。游女：在汉水岸上出游的女子。④求：追求。⑤广：宽广。⑥泳：泅渡。⑦江：指长江。永：长。⑧方：渡河的木排。这里指乘筏渡河。⑨翘翘：树枝挺出的样子。错薪：杂乱的柴草。⑩楚：灌木的名称，即荆条。刈：割。⑪秣：喂马。⑫蒌：蒿草。⑬驹：小马。

## 汝　坟

*这是一首思妇的诗，女子在汝水旁边砍柴时，突然思念起了远方的丈夫，并且想象已经见到了丈夫，对丈夫并没有抛弃她感到欣慰。方玉润《诗经原始》：“汝旁诸国，去周尤近，故首先向化，归心愈亟，唯恐其弃予如遗耳。”*

【原文】

遵彼汝坟[1]，伐其條枚[2]。未见君子，惄如调饥[3]。　　遵彼汝坟，伐其條肄[4]。既见君子，不我遐弃[5]。　　鲂鱼赪尾[6]，王室如燬[7]。虽则如燬，父母孔迩[8]。

【注释】

①遵：循，沿着。汝：水名，即汝水，淮河的支流。坟：堤岸。②條枚：树枝叫條，树干叫枚，条枚就是树枝。③惄：饥。调饥：指早上饥饿思食。④肄：树枝砍后再生的小枝。⑤遐弃：远离。⑥赪尾：红色的尾巴。⑦燬：烈火焚烧。⑧孔：甚。迩：近。

## 麟之趾

*这是一首赞美贵族子孙的高贵、仁厚、繁盛的诗。姚际恒《诗经通论》："盖麟为神兽，世不常出，王之子孙亦各非常人，所以兴比而叹美之耳。"*

【原文】

麟之趾[①]，振振公子[②]，于嗟麟兮[③]！　麟之定[④]，振振公姓[⑤]，于嗟麟兮！　麟之角，振振公族[⑥]，于嗟麟兮！

【注释】

①麟：麒麟。趾：蹄。②振振：振奋有为的样子。公子：诸侯的儿子。③于嗟：叹词，相当于"啊""呀"。④定：额头。⑤公姓：公孙，诸侯的子孙。⑥公族：诸侯的宗族子弟。

# 召南

*召，地名，与周邑皆在岐山阳，故南面地方最广。武王得天下后，封旦于周，封奭于召，周、召二公之号由此起。其所采民间歌谣，一些与召公有关，一些无关，均为召地以南之诗，均谓之“召南”。一说周地、召地近周朝帝都，受文王之化最深，故居《诗经》之首也。*

## 鹊　巢

*这是一首赞美新娘、祝愿她婚后幸福的诗歌。方玉润《诗经原始》：“窃意鹊巢自喻他人成室耳，鸠乃取譬新婚人也。盖新婚者必治室……诗人既美其宫室之富，又颂其子妇之贤，亦未可知。”*

【原文】

维鹊有巢①，维鸠居之②。之子于归，百两御之③。　维鹊有巢，维鸠方之④。之子于归，百两将之⑤。　维鹊有巢，维鸠盈之⑥。之子于归，百两成之⑦。

【注释】

①维：发语词，没有实义。鹊：喜鹊。②鸠：布谷鸟，传说布谷鸟不筑巢。居：居住。③两：同“辆”。百两：很多车辆。御：迎接。④方：占有，占据。⑤将：护送。⑥盈：满，充满。⑦成：完成了结婚的仪式。

## 采　蘩

*这首诗描写了蚕妇们为公侯采白蒿养蚕的生动画面。《礼记·祭义》："古者天子诸侯必有公桑蚕室，近川而为之，筑宫仞有三尺，棘墙而外闭之。"*

【原文】

于以采蘩①？于沼于沚②。于以用之③？公侯之事④。　　于以采蘩？于涧之中⑤。于以用之？公侯之宫⑥。　　被之僮僮⑦，夙夜在公⑧。被之祁祁⑨，薄言还归⑩。

【注释】

①于以：到哪里去。蘩：水草名，即白蒿。②沼：池。沚：水塘。③用之：使用它。④事：蚕事。⑤涧：山间水道。⑥宫：蚕室。⑦被：女子戴的首饰。僮僮：首饰繁多，代指人。⑧夙夜：早晚。公：公桑，君主的桑田。⑨祁祁：众多貌。⑩薄言：语助词，放在动词之前，无实义。还归：回家去。

## 草　虫

*这是一位痴情女子在等待夫君行役归来时的所唱之诗。戴东源《诗经补注》："草虫，感念君子行役之诗也。"*

【原文】

喓喓草虫①，趯趯阜螽②。未见君子，忧心忡忡③。亦既见止④，亦既觏止⑤，我心则降⑥。　　陟彼南山，言采其蕨⑦。未见君子，忧心惙惙⑧。亦既见止，亦既觏止，我心则说⑨。　　陟彼南山，言采其薇。未见君子，我心伤悲。亦既见止，亦既觏止，我心则夷⑩。

【注释】

①喓喓：昆虫鸣叫的声音。草虫：蝈蝈。②趯趯：昆虫跳跃的样子。阜螽：蚱蜢。③忡忡：心神不定。④止：语气助词，没有实义。⑤覯：通“媾”，有夫妻相合之意。⑥降：悦服、平静。⑦言：语气助词，没有实义。蕨：一种野菜，可食用。⑧惙惙：忧愁的样子。⑨说：同“悦”，高兴。⑩夷：平静，安定。

## 采　蘋

*这是一首描写少女祭祀祖先的诗。《礼记·昏义》：“古者妇人先嫁三月，祖庙未毁，教于公宫，祖庙既毁，教于公室。教以妇德、妇言、妇容、妇功。教成之祭，牲用鱼，芼之以蘋藻，所以成妇顺也。”*

【原文】

于以采蘋①？南涧之滨②。于以采藻③？于彼行潦④。　　于以盛之⑤？维筐及筥⑥。于以湘之⑦？维锜及釜⑧。　　于以奠之⑨？宗室牖下⑩。谁其尸之⑪？有齐季女⑫。

【注释】

①蘋：水生植物，可食。于以：在哪里。②滨：水边。③藻：一种水草，可食。④行：道路。潦：积水。⑤于以盛之：用什么来装它？⑥筐：方筐。筥：圆箩。⑦湘：煮。⑧锜：三只脚的锅。釜：无脚的锅。⑨奠：放置。⑩牖：窗户。⑪尸：主持。⑫齐：同“斋”，斋戒，表示虔敬。季女：少女。

## 甘　棠

*这是一首人民纪念召伯的诗。召伯，是周宣王的大臣，曾辅助周宣王攻伐南部的淮夷，立下大功。方玉润《诗经原始》：“愚谓召伯之政，其洽人心，深入肌髓者，固非一时一*

*事。而人之所以珍重爱惜，而独不忍伤此甘棠树者，必其当日劝农教稼，或尽力沟洫时，尝出而憩止其下。”*

【原文】

蔽芾甘棠[①]，勿翦勿伐[②]，召伯所茇[③]。　蔽芾甘棠，勿翦勿败[④]，召伯所憩[⑤]。　蔽芾甘棠，勿翦勿拜[⑥]，召伯所说[⑦]。

【注释】

①蔽芾：树木茂盛的样子。甘棠：落叶乔木，果实甜美。②翦：同“剪”，意思是修剪。③茇：草屋，这里是指在草屋中居住。④败；破坏，摧毁。⑤憩：休息。⑥拜：用作“拔”，意思是拔除。⑦说：同“税”，停马解车而歇下。

## 行　露

*这首诗是一位女子拒婚的诗，虽然对方可以将她诉讼，可以将她送进牢房，但她一点也没有屈服。朱熹《诗集传》：“不为强暴所污者，自述己志，作此诗以绝其人。”*

【原文】

厌浥行露[①]，岂不夙夜[②]？谓行多露[③]！　谁谓雀无角[④]，何以穿我屋[⑤]？谁谓女无家[⑥]，何以速我狱[⑦]？虽速我狱[⑧]，室家不足[⑨]。　谁谓鼠无牙，何以穿我墉[⑩]？谁谓女无家，何以速我讼[⑪]？虽速我讼，亦不女从[⑫]。

【注释】

①厌浥：潮湿的样子。行：道路。行露：道路上有露水。②夙夜：这里指早夜，即天没亮的时候。③谓：同“畏”，畏惧、担忧。④谁谓：谁说，谁认为。角：喙，鸟兽的嘴。⑤何以：以何，用什么、怎么。穿：洞穿、啄穿。⑥女：同“汝”，你。无家：没有家室。这里指尚未婚配。⑦何以：为何，为什么。速：招

致。狱：诉讼，打官司。⑧虽：虽然、即使，表示假设、让步。⑨室家不足：意思是说求为家室的理由不足。⑩墉：墙，墙壁。⑪讼：诉讼，官司。⑫亦不女从：宾语前置，即也不从女（汝）。

## 羔 羊

*这首诗赞美了古代廉洁清正的官员们。方玉润《诗经原始》："夫一裘而五缝之，仍不肯弃，非节俭何？晏子一狐裘三十年，人称俭德，载在《礼经》，其是之谓乎？"另有一说其诗讽刺统治阶级官僚。崔述《读风偶识》："为大夫者夙兴夜寐，扶弱抑强，犹恐有覆盆之未照……若无所事事者，百姓将何望焉？……太平日久，诸事皆废弛之象。"*

【原文】

羔羊之皮①，素丝五纶②。退食自公③，委蛇委蛇④！　羔羊之革⑤，素丝五缄⑥。委蛇委蛇，自公退食⑦。　羔羊之缝⑧，素丝五緫⑨。委蛇委蛇，退食自公。

【注释】

①羔羊之皮：小羊软皮袄。②素：白颜色。纶：丝线数，五根丝线为一纶。③退食自公：吃完公饭回家。④委蛇：神态从容自得。⑤革：没毛的皮。⑥缄：四纶为一缄。⑦同"退食自公"。⑧缝：缝纫、制作。⑨緫：四缄为一緫。

## 殷其雷

*这是一首妇女思夫的诗，描写一位妇女思念在外的丈夫，期盼丈夫早日回家的心情。还有一说引自方玉润《诗经原始》："所谓南山者，岐周地近终南，故每以为咏耳。当时文王*

*政令方新，天下闻声向慕，有似雷发殷殷，群蛰启户。故诗人借以起兴，而其振奋起舞之意，则有不胜其来归恐后之心焉。”*

【原文】

殷其雷[①]，在南山之阳[②]。何斯违斯[③]，莫敢或遑[④]？振振君子[⑤]，归哉归哉[⑥]！　殷其雷，在南山之侧[⑦]。何斯违斯，莫敢遑息[⑧]？振振君子，归哉归哉！　殷其雷，在南山之下。何斯违斯，莫敢遑处[⑨]？振振君子，归哉归哉！

【注释】

①殷：形容雷声。②阳：山的南边。③何斯：此时也。违斯：此地也。④莫敢：不敢。或：有。遑：空闲。⑤振振：振奋的样子。⑥归哉归哉：回来吧，回来吧。⑦侧：两边、两旁。⑧遑息：有闲暇休息。⑨处：停下来。

## 摽有梅

*这是一首反映女子适婚待嫁的诗。女子自比树上快要成熟的梅子，以梅子成熟反映女子强烈期盼爱情的心情。另有方玉润《诗经原始》：“虽然士之遇与不遇亦何足虑，而特如需材孔亟之世也何哉？诗人有念于此，故作诗以讽当时在位，使勿再忧游而有遗珠之憾云尔。”*

【原文】

摽有梅[①]，其实七兮[②]。求我庶士[③]，迨其吉兮[④]。　摽有梅，其实三兮。求我庶士，迨其今兮[⑤]。　摽有梅，顷筐塈之[⑥]。求我庶士，迨其谓之[⑦]。

【注释】

①摽：落下，坠落。有：助词，没有实义。梅：梅树，果实就是梅子。

②七：七成。③庶：众，多。士：指年轻的未婚男子。④迨：及时。吉：吉日。⑤今：今日，现在。⑥顷筐：浅筐。塈：拾取。⑦谓：以言相告。马瑞辰《通释》：“谓，会假借字。仲春男女相会。”

## 小 星

*此诗描写一个官职低下的小官吏出差赶路，自叹命运不甘的诗。方玉润《诗经原始》：“嗟嗟！用人而苟得其平，则虽废弃终身，犹不敢怨，况于役乎？此诗虽以命自委，而循分自安，毫无怨怼词，不失敦厚遗旨，故可风也。”*

【原文】

嘒彼小星[①]，三五在东[②]。肃肃宵征[③]，夙夜在公，寔命不同[④]。　　嘒彼小星，维参与昴[⑤]。肃肃宵征，抱衾与裯[⑥]，寔命不犹[⑦]。

【注释】

①嘒：微光闪闪。②三五：用数字表示星星的稀少。③肃肃：奔走忙碌的样子。宵：夜晚。征：行走。④寔：即“实”，确实，实在。⑤维：语气助词，没有实义。参与昴：星宿名。⑥衾：被子。裯：被单。⑦犹：同，一样。

## 江有汜

*这是一首为夫所弃的女子哀怨自慰的诗。闻一多《诗经通义》：“妇人盖以水喻其夫，以水道自喻，而以水之旁流枝出，喻夫之情爱别有所归。”*

【原文】

江有汜，之子归，不我以[①]。不我以，其后也悔[②]。　　江有渚，之子归，不我与[③]。不我与，其后也处[④]。　　江有沱，之子归，不我过[⑤]。不我过，其啸也歌[⑥]。

【注释】

①汜：江水决堤冲出后重又退回江里。以：用，需要。不我以：不用我，不需要我。②其后也悔：想必以后会后悔。其：副词，表推测。也：句中语气词。③渚：水中的小沙洲。与：交往，相交。不我与：不同我交往。④处：居住。⑤沱：江水的支流。过：来，至。不我过：不到我这里来。⑥啸：心口不平而呼。

## 野有死麕

*这是一首描写了一对青年男女相爱，野外幽会的诗。另有方玉润《诗经原始》："愚意此必高人逸士抱璞怀贞，不肯出而用世，故托言以谢当世求才之贤也。"*

【原文】

野有死麕[①]，白茅包之[②]。有女怀春[③]，吉士诱之[④]。　　林有朴樕[⑤]，野有死鹿。白茅纯束[⑥]，有女如玉。　　舒而脱脱兮[⑦]！无感我帨兮[⑧]！无使尨也吠[⑨]！

【注释】

①麕：獐子，与鹿相似，没有角。②白茅：一种白而软的草，可用以包裹。③怀春：对异性产生爱慕。④吉士：古时对男子的美称。诱：求，指求爱。⑤朴樕：小树。⑥纯束：包裹，捆扎。⑦舒：慢慢的，轻柔的。脱脱：徐缓的样子。⑧感：同"撼"，意思是动摇。帨：女子的佩巾。⑨尨：长毛狗，多毛狗。

## 何彼襛矣

*这首诗描写了齐侯嫁女的场面。方玉润《诗经原始》：*

*"此诗所咏，虽未必即于淫泆，然以视周初全盛时，则德意亦渐侈矣。编《诗》微意，固有在欤！"*

【原文】

何彼襛矣[①]？唐棣之华[②]。曷不肃雝[③]？王姬之车[④]。　何彼襛矣？华如桃李[⑤]。平王之孙，齐侯之子。　其钓维何？维丝伊缗[⑥]。齐侯之子，平王之孙。

【注释】

①襛：多而密。②唐棣：即"棠棣"，李树的一种。华：即花。③肃：庄重。雝：和谐。④王姬：君主的女儿。⑤华：鲜艳美丽。⑥伊：作为。缗：钓鱼的绳线。

## 驺　虞

*本诗描绘了猎人射杀野猪的场面，赞美了猎人的高超本领。方玉润《诗经原始》："田猎之礼，天子不合围，诸侯不掩群，亦不过猎不尽物，物不尽杀之意也云尔。"*

【原文】

彼茁者葭[①]，壹发五豝[②]。于嗟乎驺虞[③]！　彼茁者蓬[④]，壹发五豵[⑤]。于嗟乎驺虞！

【注释】

①茁：草木初生出来茂盛的样子。葭：初生的芦苇。②发：射箭出去。豝：雌野猪。③于嗟：感叹词。驺虞：指猎人。④蓬：蒿草。⑤豵：一岁的小野猪。

# 邶风

*邶、鄘、卫均为卫地。武王克商，分自纣城朝歌而北谓之邶，南谓之鄘，东谓之卫，以封诸侯。邶、鄘始封及后何时并入于卫，诸家均未详。春秋时人已把邶、鄘、卫看作是一组诗，现在仍旧将它们合在一起。*

## 柏　舟

***这是一首女子因不被丈夫宠爱，见侮于众妾的诗。另有方玉润《诗经原始》：“今观诗词固非妇人语，诚如姚氏际恒所驳。然亦无一语及卫事，不过贤臣忧谗悯乱而莫能自远之辞，安知非即邶诗乎？”***

【原文】

汎彼柏舟①，亦汎其流②。耿耿不寐③，如有隐忧④。微我无酒⑤，以敖以游⑥。　我心匪鉴⑦，不可以茹⑧。亦有兄弟，不可以据⑨。薄言往愬⑩，逢彼之怒⑪。　我心匪石，不可转也。我心匪席，不可卷也。威仪棣棣⑫，不可选也⑬。　忧心悄悄⑭，愠于群小⑮。觏闵既多⑯，受侮不少⑰。静言思之，寤辟有摽⑱。　日居月诸⑲，胡迭而微⑳？心之忧矣，如匪澣衣㉑。静言思之，不能奋飞。

【注释】

①汎：同“泛”，意思是在水面上漂浮。柏舟：柏木制成的小船。②流：

水流的中间。③耿耿：心中忧愁不安的样子。寐：睡着。④隐忧：内心深处的痛苦。⑤微：非，无，不是。⑥敖：同“遨”，出游。⑦匪：非、不是。鉴：镜子。⑧茹：容纳，包容。⑨据：依靠。⑩薄言：语气助词，无义。愬：同“诉”，告诉，倾诉。⑪逢：碰上、遇到。⑫威仪：庄严的容貌举止。棣棣：雍容娴雅的样子。⑬选：屈挠退让。⑭悄悄：心里忧愁的样子。⑮愠：心里动怒。群小：众多奸邪的小人。⑯觏：遭受。闵：痛苦忧伤。⑰受侮：遭受侮辱。⑱寤：醒来。辟：同“僻”，意思是捶胸。摽：捶胸的样子。⑲居、诸：语气助词，没有实义。⑳胡：为什么。迭：更换，更动。微：昏暗无光。㉑如匪澣衣：就像没有洗衣服。

## 绿　衣

*这首诗是一位丈夫为了怀念妻子所作。闻一多《诗经通义》：“绿衣，感旧也。妇人无过被出，非其夫所愿。他日，夫因衣妇旧所制衣，感而思之，遂作此诗。”*

【原文】

绿兮衣兮，绿衣黄里①。心之忧矣，曷维其已②！　　绿兮衣兮，绿衣黄裳。心之忧矣，曷维其亡③！　　绿兮丝兮，女所治兮④。我思古人⑤，俾无訧兮⑥！　　絺兮绤兮⑦，凄其以风⑧。我思古人，实获我心！

【注释】

①里：衣妇的里衬。上曰衣，下曰裳。②曷：何，怎么。维：语气助词，没有实义。已：止息，停止。③亡：用作“忘”，忘记。④女：同“汝”，你。治：纺织。⑤古人：故人，这里指其妻子。⑥俾：使。訧：同“尤”，过错。⑦絺：细葛布。绤：粗葛布。⑧凄：寒意，凉意。

## 燕 燕

*这是一首描写女子出嫁的诗。《毛序》说这是春秋初年卫庄姜送归妾的诗，方玉润据《左传》从其言。《列女传·母仪篇》说这是卫定姜之子死后，定姜送其子妇归国的诗。*

【原文】

燕燕于飞①，差池其羽②。之子于归，远送于野③。瞻望弗及④，泣涕如雨。　燕燕于飞，颉之颃之⑤。之子于归，远于将之⑥。瞻望弗及，伫立以泣。　燕燕于飞，下上其音⑦。之子于归，远送于南。瞻望弗及，实劳我心⑧。　仲氏任只⑨，其心塞渊⑩。终温且惠⑪，淑慎其身⑫。先君之思，以勖寡人⑬。

【注释】

①燕：燕子，一说雀。于：助词，无实义。②差池：参差，长短不齐的样子。③远送于野：远远地送到郊野。④瞻望：远望。弗及：达不到。⑤颉：鸟飞向上。颃：鸟飞向下。⑥将：送。⑦下上其音：声音忽高忽低。⑧劳：使操劳。⑨仲：排行第二。氏：姓氏。任：信任。只：语气助词，没有实义。⑩塞：秉性诚实。渊：宽厚、博大。⑪终：既。⑫淑：善良。慎：小心、谨慎。⑬勖：勉励。

## 日 月

*这是一首被抛弃的女子申诉不满的诗。《毛序》以为是卫庄姜被庄公遗弃后之作。方玉润《诗经原始》：“一诉不已，乃再诉之；再诉不已，更三诉之；三诉不听，则惟有自呼父母而叹安生我之不辰。”*

【原文】

日居月诸①，照临下土②。乃如之人兮③，逝不古处④。胡能有定⑤？宁不我顾⑥。　日居月诸，下土是冒⑦。乃如之人兮，逝不相好⑧。胡能有定？宁不我报⑨。　日居月诸，出自东方。乃如之人兮，德音无良⑩。胡能有定？俾也可忘⑪。　日居月诸，东方自出。父兮母兮，畜我不卒⑫。胡能有定？报我不述⑬。

【注释】

①居、诸：语气助词，没有实义。②下土：在下面的地方，大地。③乃如：就像。之人：这样的人。④逝：语气词，没有实义。不：不能。古处：像从前那样相处。⑤胡：哪里、怎么。定：止，停止，止息。⑥宁：岂，难道。顾：顾念，顾怜。⑦冒：覆盖，普照。⑧相好：和我交好。⑨报：理会，搭理。⑩德音：言辞动听。无良：行为不善。⑪俾：使。也：助词。⑫畜：同“慉”，意思是喜好。卒：终，到底。⑬述：循，依循。不述：称诉。

## 终　风

*这首诗是一个妇女在被丈夫嘲弄后，感觉自己所托非人的内心独白。朱熹《诗集传》：“庄公之为人狂荡暴疾，庄姜盖不忍斥言之，故但以终风且暴为比。”*

【原文】

终风且暴①，顾我则笑。谑浪笑敖②，中心是悼③。　终风且霾④，惠然肯来⑤。莫往莫来，悠悠我思⑥。　终风且曀，不日有曀⑦。寤言不寐⑧，愿言则嚏⑨。　曀曀其阴，虺虺其雷⑩。寤言不寐，愿言则怀⑪。

【注释】

①终……且……：既……又……。暴：大雨。②浪：放荡。敖：同“傲”。

③中心：心中。悼：悲伤，痛苦。④霾：尘暴。⑤惠然：友好的样子。肯：愿意。⑥悠悠：忧思不已的样子。⑦不日：没有太阳。有：通“又”。⑧寤：醒。言：连词，而。⑨愿：思念，想念。⑩虺虺：雷声震动的样子。⑪怀：忧伤。

## 击　鼓

*这是戍边的战士的内心独白。方玉润《诗经原始》：“言此行虽远而苦，然不久当归，尚堪与子共期偕老，以乐承平。不意诸军悉回，我独久戍不归。”*

【原文】

击鼓其镗[①]，踊跃用兵[②]，土国城漕[③]，我独南行。　从孙子仲[④]，平陈与宋[⑤]。不我以归，忧心有忡。　爰居爰处[⑥]，爰丧其马，于以求之，于林之下。　死生契阔[⑦]，与子成说[⑧]。执子之手，与子偕老。　于嗟阔兮[⑨]，不我活兮！于嗟洵兮[⑩]，不我信兮[⑪]！

【注释】

①镗：击鼓的声音。②兵：刀、枪等武器。③土国：国中挑填混土的工作。④孙子仲：人名，统兵的主帅。⑤平：和好。⑥爰：语气助词，没有实义。⑦契阔：离散聚合。⑧成说：预先约定的话。⑨于嗟：感叹词。阔：远离。⑩洵：远。⑪信：实践、履行。

## 凯　风

*这是一首子女赞扬母爱，并深深自责的诗。方玉润《诗经原始》：“夫七子自责，而母心遂安，子固称孝，母亦不得谓为不贤也。”*

【原文】

凯风自南[1]，吹彼棘心[2]。棘心夭夭[3]，母氏劬劳[4]。　　凯风自南，吹彼棘薪。母氏圣善，我无令人[5]。　　爰有寒泉，在浚之下[6]。有子七人，母氏劳苦。　　睍睆黄鸟[7]，载好其音。有子七人，莫慰母心。

【注释】

①凯风：催生万物的南风。②棘：酸枣树。③夭夭：茁壮茂盛的样子。④劬：辛苦、劬劳。⑤令：善，美好。⑥浚：卫国的地名。⑦睍睆：鸟儿婉转鸣叫的声音。

## 雄雉

*这是一首妇女思念远役丈夫的诗。另有方玉润《诗经原始》：“雄雉，期友不归，思而共勖也。首章言远行乃自取。次言怀想之至。三章言难来之故。末期自勉，亦以共勖。”*

【原文】

雄雉于飞[1]，泄泄其羽[2]。我之怀矣，自诒伊阻[3]。　　雄雉于飞，下上其音。展矣君子[4]，实劳我心。　　瞻彼日月，悠悠我思。道之云远，曷云能来[5]。　　百尔君子[6]，不知德行。不忮不求[7]，何用不臧[8]。

【注释】

①雉：野鸡。②泄泄：自得的样子。③诒：同“贻”，遗留。伊：语气助词，没有实义。阻：隔离。④展：诚实。⑤云：语气助词，没有实义。⑥百：全部，所有。⑦忮：嫉妒。求：贪心。⑧臧：善，好。

## 匏有苦叶

*本诗为一位少女在济水边等待心仪男子时所吟唱的诗。另有方玉润《诗经原始》：“诗人之意，未必专刺宣公，亦未必非刺宣公。因时感事，触物警心，风诗义旨，大都如是。故谓之刺世也可，谓之刺宣公也亦可；谓之警世也可，谓之自警也，亦无不可。”*

【原文】

匏有苦叶①，济有深涉②。深则厉③，浅则揭④。　有瀰济盈⑤，有鷕雉鸣⑥。济盈不濡轨⑦，雉鸣求其牡。　雝雝鸣雁⑧，旭日始旦。士如归妻，迨冰未泮⑨。　招招舟子⑩，人涉卬否⑪。人涉卬否，卬须我友⑫。

【注释】

①匏：葫芦瓜，挖空后可以绑在人身上漂浮渡河。②济：河的名称。涉：可以踏着水渡过的地方。③厉：穿着衣服渡河。④揭：牵着衣服渡河。⑤瀰：水满的样子。盈：满。⑥鷕：雌野鸡的叫声。⑦不：语气助词，没有实义。濡：被水浸湿。轨：大车的轴头。⑧雝雝：鸟的叫声和谐。⑨迨：及时。泮：冰已融化。⑩招招：船摇动的样子。舟子：摇船的人。⑪卬：我。卬否：我不愿走。⑫友：指爱侣。

## 谷　风

*这是一位遭丈夫遗弃的女子所唱的悲歌。朱熹《诗集传》：“妇人为夫所弃，故作此诗，以叙其悲怨之情。”方玉润《诗经原始》：“是语虽巾帼，而志则丈夫。故知其为托词耳。大凡忠臣义士不见谅于其君，或遭谗间远逐殊方，必有一番怨抑*

*难于显诉，不得不托为夫妇词，以为其无罪见逐之状。”*

【原文】

习习谷风[①]，以阴以雨。黾勉同心[②]，不宜有怒。采葑采菲[③]，无以下体[④]。德音莫违[⑤]，及尔同死。　行道迟迟[⑥]，中心有违[⑦]。不远伊迩[⑧]，薄送我畿[⑨]。谁谓荼苦[⑩]，其甘如荠[⑪]。宴尔新昏[⑫]，如兄如弟。　泾以渭浊[⑬]，湜湜其沚[⑭]。宴尔新昏，不我屑以[⑮]。毋逝我梁[⑯]，毋发我笱[⑰]。我躬不阅[⑱]，遑恤我后[⑲]！　就其深矣，方之舟之[⑳]。就其浅矣，泳之游之。何有何亡，黾勉求之。凡民有丧[㉑]，匍匐救之[㉒]。　不我能慉[㉓]，反以我为雠[㉔]。既阻我德[㉕]，贾用不售[㉖]。昔育恐育鞫，及尔颠覆[㉘]。既生既育，比予于毒[㉙]。　我有旨蓄[㉚]，亦以御冬。宴尔新昏，以我御穷。有洸有溃[㉛]，既诒我肄[㉜]。不念昔者，伊余来塈[㉝]。

【注释】

①习习：和暖舒适的样子。谷风：东风。②黾勉：努力，勤奋。③葑、菲：蔓菁、萝卜一类的菜。④无以：不用。下体：根部。⑤德音：指夫妻间的誓言。违：背，背弃。⑥迟迟：缓慢的样子。⑦中心：心中。违：恨，怨恨。⑧伊：是。迩：近。⑨薄：语气助词，没有实义。畿：门槛。⑩荼：苦菜。⑪荠：芥菜，味甜。⑫宴：乐，安乐。⑬泾：泾水，其水清澈。渭：渭水，其水混浊。⑭湜湜：水清见底的样子。沚：止，沉淀。⑮不我屑以：不愿意同我亲近。⑯梁：河中为捕鱼垒成的石堤。⑰发：打开。笱：捕鱼的竹笼。⑱躬：自身。阅：容纳。⑲遑：空闲。恤：忧，顾念。⑳方：用木筏渡河。舟：用船渡河。㉑丧：灾祸。㉒匍匐：爬行。这里的意思是尽力而为。㉓慉：好，爱。㉔雠：同“仇”。㉕阻：拒绝。㉖贾：卖。不售：卖不掉。㉗育恐：生活在恐惧中。育鞫：生活在贫穷中。㉘颠覆：艰难，患难。㉙毒：害人之物。㉚旨蓄：储藏的美味蔬菜。㉛洸：粗暴。溃：发怒。㉜既：尽。诒：遗留，留下。肄：辛劳。㉝伊：唯，只有。余：我。来：语气助词，没有实义。塈：爱。

## 式　微

*这是一首人民苦于劳役，对君王不满的诗词。方玉润《诗经原始》："此必黎侯被逐后，不久狄亦自退，故可归不归，其臣因以劝也。"*

【原文】

式微式微[①]，胡不归[②]？微君之故[③]，胡为乎中露[④]！　　式微式微，胡不归？微君之躬[⑤]，胡为乎泥中！

【注释】

①式：语气助词，没有实义。微：幽暗不明。②胡：为什么。③微：非，不是。故：为了某事。④中露：露中，露水之中。⑤躬：本身、自己。

## 旄　丘

*这是一首流亡到卫国的人盼望贵族救济而不得的诗。另有《毛序》："旄丘，责卫伯也。狄人迫逐黎侯，黎侯寓于卫，卫不能修方伯连率之职，黎之臣子以责于卫也。"*

【原文】

旄丘之葛兮[①]，何诞之节兮[②]！叔兮伯兮[③]，何多日也[④]？　　何其处也[⑤]？必有与也[⑥]！何其久也？必有以也[⑦]！　　狐裘蒙戎[⑧]，匪车不东。叔兮伯兮，靡所与同[⑨]。　　琐兮尾兮[⑩]，流离之子[⑪]。叔兮伯兮，褎如充耳[⑫]。

【注释】

①丘：前高后低的土山。②何诞之节兮：它的枝节为什么那么长？何：为什么。诞：长。③叔：同辈中的年长者。伯：同辈中的年少者。④多：增加、延长。

⑤何：为何。其，助词，无义。处：居住。⑥与：指同伴或盟国。⑦以：原因、蹊跷。⑧蒙戎：纷乱之状。⑨靡：没有谁。同：在一起。⑩琐、尾：细小、卑贱。⑪流离：飘散流亡。⑫褎：盛服而傲慢自大的样子。充耳：塞耳，把耳朵塞住。

## 简　兮

*这首诗是一位女子观看跳舞后，对男子产生爱慕的诗作。另有方玉润《诗经原始》："盖所挟者大，所见者远，故不禁有怀西京盛世，而慨然想慕文武成康之至治不复得见于今日，因借美人以喻圣王，而独寄其遐思焉。"*

【原文】

简兮简兮①，方将万舞②。日之方中③，在前上处④。　　硕人俣俣⑤，公庭万舞⑥。有力如虎，执辔如组⑦。　　左手执籥⑧，右手秉翟⑨，赫如渥赭⑩，公言锡爵⑪。　　山有榛⑫，隰有苓⑬。云谁之思⑭，西方美人⑮。彼美人兮，西方之人兮。

【注释】

①简：鼓声。②方将：将要。万舞：一种大规模的舞蹈，分为文舞、武舞两部分。③方中：正中。④在前上处：在行列前方。⑤硕人：身材高大魁梧的人。俣俣：大而美的样子。⑥公庭：国君朝堂之庭。⑦辔：马缰绳。组：用丝织成的宽带子。⑧籥：古时一种乐器的名称。⑨秉：持。翟：野鸡尾巴的毛。⑩赫：红色。渥：厚。赭：红褐色的土。⑪公：指卫国国君。锡：赐。爵：古时的酒器。⑫榛：树名，一种落叶乔木，果仁可食。⑬隰：低湿的地方。苓：药名。⑭云：语气词，没有实义。⑮西方亡人：指舞师。

## 泉　水

*这是一首嫁到卫国的妇女，思家不得归的诗歌。方玉润*

*《诗经原始》："愚玩此诗与《竹竿》虽同为思归之词，而意旨迥殊。《竹竿》不过想慕故国风景人物及当年游钓之处，而此则直伤卫事，且为卫谋，与《载驰》互相唱和也。"*

【原文】

毖彼泉水①，亦流于淇②。有怀于卫，靡日不思③。娈彼诸姬④，聊与之谋。　出宿于泲⑤，饮饯于祢⑥。女子有行⑦，远父母兄弟。问我诸姑，遂及伯姊⑧。　出宿于干⑨，饮饯于言⑩。载脂载辖⑪，还车言迈⑫。遄臻于卫⑬，不瑕有害⑭。　我思肥泉⑮，兹之永叹⑯。思须与漕⑰，我心悠悠。驾言出游，以写我忧⑱。

【注释】

①毖：泉水流淌的样子。②淇：河的名称。③靡：无。④娈：美好的样子。诸姬：随嫁的姬姓女子。⑤泲：地名。⑥饯：饯行。祢：地名。⑦有行：出嫁。⑧伯姊：大姐。⑨干：地名。⑩言：地名。⑪载：语气助词，没有实义。脂：涂在车轴上的油脂。⑫还：返回，回转。还车：掉转车头。迈：行。⑬遄：迅速。臻：至，到达。⑭不瑕：不无，不何。⑮肥泉：卫国的水名。⑯兹：滋，更加。⑰须、漕：都是卫国地名。⑱写：用作"泻"，意思是宣泄。

## 北　门

*这首诗是一个官职卑微的小官员的倾诉。方玉润《诗经原始》："此贤人仕卫而不见知于上者之所作。观其王事之重，政务之烦，而能以一身肩之，则其才可想矣。"*

【原文】

出自北门，忧心殷殷①。终窭且贫②，莫知我艰。已焉哉③！天实为之，谓之何哉！　王事适我④，政事一埤益我⑤。我入自外，室人交偏谪我[6]。已焉哉！天实为之，谓之何哉！　　王事敦我，政事一埤遗我。我入自外，室人交偏摧我[7]。已焉哉！天实为之，谓之何哉！

【注释】

①殷殷：忧伤的样子。②窭：贫寒。③已焉哉：算了吧。④王事：王室的差事。适：掷，扔。⑤一：完全。埤益：增加。⑥偏：同“遍”。交偏：普遍。谪：责备。⑦摧：讽刺，嘲讽。

## 北　风

*这是一首表现人民因为国家暴政，集体出逃的诗歌。《毛序》：“刺虐也。卫国并为威虐，百姓不亲，莫不相携持而去焉。”方玉润《诗经原始》：“此篇不知其为卫作乎？抑为邶言乎？若以诗编《邶风》内，则当为邶言为是。”*

【原文】

北风其凉[1]，雨雪其雱[2]。惠而好我[3]，携手同行。其虚其邪[4]？既亟只且[5]！　　北风其喈[6]，雨雪其霏[7]。惠而好我，携手同归。其虚其邪？既亟只且！　　莫赤匪狐[8]，莫黑匪乌[9]。惠而好我，携手同车。其虚其邪？既亟只且！

【注释】

①凉：冰冷刺骨。②雱：雪大的样子。③惠：依赖、信任。好：喜欢。④其：助词，无义。虚、邪：舒缓的样子。⑤亟：急。只且：语气词。⑥喈：快的样子。⑦霏：雨雪纷飞。⑧莫：无。匪：通“非”，不。赤：红色。狐：狐狸。⑨乌：乌鸦。

## 静　女

*这是一首描绘青年男女约会情景的诗。方玉润《诗经原始》："特其词隐意微，不肯明斥君非，故难测识。迨至下章《新台》，则直刺无隐。愚故知此亦为宣公发也。"*

【原文】

静女其姝①，俟我于城隅②。爱而不见③，搔首踟蹰④。　静女其娈，贻我彤管⑤。彤管有炜⑥，说怿女美⑦。　自牧归荑⑧，洵美且异⑨。匪女之为美，美人之贻。

【注释】

①静：娴雅贞洁。姝：美好的样子。②城隅：城角。③爱：隐藏。④踟蹰：心思不定，徘徊不前。⑤彤管：指红管草。贻：赠。⑥炜：红色的光彩。⑦说怿：喜悦。⑧牧：旷野，野外。归：赠送。荑：一种香草，男女相赠表示结下恩情。⑨洵：信，实在。异：奇特，别致。

## 新　台

*这首诗反映了卫宣公的荒淫无道。《毛序》："刺卫宣公也，纳伋之妻，作《新台》于河上而要之，国人恶之而作是诗也。"方玉润《诗经原始》："千载下有从新台过者，犹将掩鼻而去之也。"*

【原文】

新台有泚①，河水沵沵②。燕婉之求③，蘧篨不鲜④。　新台有

参差荇菜，左右流之（《国风·周南·关雎》）

关关雎鸠，在河之洲（《国风·周南·关雎》）

葛之覃兮，施于中谷，维叶萋萋（《国风·周南·葛覃》）

桃之夭夭，灼灼其华（《国风·周南·桃夭》）

翘翘错薪，言刈其楚（《国风·周南·汉广》）

喓喓草虫，趯趯阜螽（《国风·召南·草虫》）

蔽芾甘棠，勿剪勿伐（《国风·召南·甘棠》）

摽有梅，其实七兮（《国风·召南·摽有梅》）

洒[5]，河水浼浼[6]。燕婉之求，蘧篨不殄[7]。　鱼网之设[8]，鸿则离之[9]。燕婉之求，得此戚施[10]。

【注释】

①泚：鲜明的样子。②弥弥：水满的样子。③燕婉：高尚、美好。求：同“逑”，伴侣。④蘧篨：长着鸡胸的丑八怪。鲜：鲜艳、漂亮。⑤洒：高大气派。⑥浼浼：碧波荡漾。⑦殄：和善。⑧鱼网之设：宾语前置句，即设置鱼网。⑨鸿：蛤蟆。离：碰到，撞进。之：代鱼网。⑩戚施，驼背的人。

## 二子乘舟

*本诗写的是人们驾舟起航，家乡的人便开始为其安全担心。《毛序》：“二子乘舟，思伋、寿也。卫宣公之二子争相为死，国人伤而思之，作是诗也。”方玉润《诗经原始》：“诸家曲为之说，亦岂能得意旨？唯其诗之作，或讽之于未行之先，或伤之于既死之后，则难臆定。盖二义均有可通故也。”*

【原文】

二子乘舟，泛泛其景[1]。愿言思子[2]，中心养养[3]。　二子乘舟，泛泛其逝[4]。愿言思子，不瑕有害[5]？

【注释】

①泛泛：船在水中行走的样子。景：同“憬”，远行的样子。②愿：思念的样子。言：语气助词，没有实义。③中心：心中。养养：同“漾漾”，忧愁不定的样子。④逝：往。⑤不瑕：该不会。

# 鄘风

*《通典》：卫州新乡县西南三十二里有鄘城，即鄘国。*

## 柏　舟

*这是一首少女要求婚姻自由的诗。姚际恒："此诗不可以事实之。当是贞妇有夫蚤死，其母欲嫁之，而誓死不愿之作。"*

【原文】

泛彼柏舟，在彼中河①。髧彼两髦②，实维我仪③。之死矢靡它④。母也天只⑤，不谅人只⑥！　　泛彼柏舟，在彼河侧。髧彼两髦，实维我特⑦。之死矢靡慝⑧。母也天只，不谅人只！

【注释】

①中河：河中。②髧：头发下垂的样子。两髦：古时未成年男子的发式，头发向两边分梳。③实：是。维：为。仪：配偶。④之：到。矢：誓。靡：无。⑤也、只：语气词，没有实义。⑥谅。相信。⑦特：配偶。⑧慝：改变，变心。

## 墙有茨

*这首诗是对卫国朝廷中荒淫无道的行为、风气的强烈批判。方玉润《诗经原始》："卫宫淫乱未必即止宣姜，而宣姜为尤甚。……盖廉耻至是而尽丧，有诗人不忍道，不忍详，不忍读者。"*

【原文】

墙有茨[①]，不可埽也[②]。中冓之言[③]，不可道也。所可道也，言之丑也。　墙有茨，不可襄也[④]。中冓之言，不可详也[⑤]。所可详也，言之长也。　墙有茨，不可束也[⑥]。中冓之言，不可读也[⑦]。所可读也，言之辱也[⑧]。

【注释】

①茨：蒺藜，草本植物，果实有刺。②埽：同“扫”，意思是除去。③中冓：宫室内部。④襄：消除。⑤详：详细讲述。⑥束：捆扎。⑦读：宣扬。⑧辱：羞辱，耻辱。

## 君子偕老

*本诗通过描写一位古代贵妇人的美丽容貌和她的华贵服饰，暗讽其品德不好，不贤淑。王照圆《诗说》：“君子偕老诗，笔法绝佳。通篇止‘子之不淑’二句，明露讥讽，余均叹美之词，含蓄不露。”*

【原文】

君子偕老[①]，副笄六珈[②]。委委佗佗[③]，如山如河，象服是宜[④]。子之不淑，云如之何？　玼兮玼兮[⑤]，其之翟也[⑥]。鬒发如云[⑦]，不屑髢也[⑧]。玉之瑱也[⑨]，象之揥也[⑩]，扬且之皙也[⑪]。胡然而天也[⑫]！胡然而帝也[⑬]！　瑳兮瑳兮[⑭]，其之展也[⑮]。蒙彼绉絺[⑯]，是绁袢也[⑰]。子之清扬[⑱]，扬且之颜也[⑲]。展如之人兮[⑳]，邦之媛也[㉑]！

【注释】

①偕：一起，共同。②副：妇人的一种首饰。笄：用来盘发的簪子。六珈：笄饰。③委委佗佗：华贵大方。④象服：带有花纹图案的礼服。宜：恰当，得体。

⑤玼：鲜艳夺目。⑥翟：画着野鸡彩绘的衣服。⑦鬒：黑发。⑧髢：假发。⑨瑱：耳旁的垂玉。⑩象之揥：象牙簪。⑪扬：额（宽）。皙：（肤）白。⑫胡：为什么。然：这样。天：天然美丽。⑬帝：高贵，端庄。⑭瑳：玉色鲜明洁白。⑮展：诚。⑯蒙：披，罩。绉絺：都是细麻布。⑰绁袢：贴身的内衣。⑱子：贵妇。清扬：眉目清秀。⑲颜：容貌。⑳展：的确。如：像。之人兮：这个人。㉑邦：国家。媛：美人。

## 桑　中

*这首诗写的是一对青年男女相约相见的事情。《毛序》谓“男女相奔，至于世族在位相窃妻妾，期于幽远，政散民流而不可止”。*

【原文】

爱采唐矣[1]？沬之乡矣。云谁之思[3]？美孟姜矣。期我乎桑中[4]，要我乎上宫[5]，送我乎淇之上矣。　　爱采麦矣[6]？沬之北矣。云谁之思？美孟弋矣。期我乎桑中，要我乎上宫，送我乎淇之上矣。　　爱采葑矣[7]？沬之东矣。云谁之思？美孟庸矣。期我乎桑中，要我乎上宫，送我乎淇之上矣。

【注释】

①爰：于何，在哪。唐：一种野菜。②沬：沬城，卫国都城朝歌。③云谁之思：思谁，想念哪个人。云：助词，无义。之：代词，于动词前复指前置宾语。④期：约定时间。⑤要：同“邀”，邀请。⑥麦：麦子。⑦葑：蔓草，可食。

## 鹑之奔奔

*这首诗是卫国人民讽刺统治者荒淫的诗。《毛序》：“刺卫宣姜也。卫人以为宣姜鹑鹊之不如也。”《郑笺》：*

*“刺其与公子顽为淫乱行，不如禽鸟。”*

【原文】

鹑之奔奔①，鹊之彊彊②。人之无良③，我以为兄④。　鹊之彊彊，鹑之奔奔。人之无良⑤，我以为君⑥。

【注释】

①鹑：鹌鹑。奔奔：雌雄一起飞的样子。②鹊：喜鹊。彊彊：同“奔奔”。③人：指公子顽。良：品行高尚。④兄：兄长。⑤人：指齐姜。⑥君：小君，春秋时对国君夫人的敬称。

## 定之方中

*这是一首描写了卫国战后重建家园的诗，也是十五国风中唯一一首叙事诗。《毛序》：“定之方中，美卫文公也。卫为狄所灭，东迁渡河，野处漕邑，齐桓公攘戎狄而封之。文公徙居楚丘，始建城市而营宫室，得其时制，百姓悦之，国家殷富焉。”*

【原文】

定之方中①，作于楚宫②。揆之以日③，作于楚室④。树之榛栗⑤，椅桐梓漆⑥，爰伐琴瑟⑦。　升彼虚矣⑧，以望楚矣。望楚与堂⑨，景山与京⑩。降观于桑⑪，卜云其吉⑫，终焉允臧⑬。　灵雨既零⑭，命彼倌人。星言夙驾⑮，说于桑田⑯。匪直也人⑰，秉心塞渊⑱，騋牝三千⑲。

【注释】

①定：定星，星宿名，俗称营室星。方中：天的正当中。②作于楚宫：在楚丘营建宫庙。作：营建。于：在。楚：楚丘。宫：宫庙。③揆：度，测量。以日：用太阳的影子。④室：居室，房屋。⑤树：作动词，种树。榛栗：榛和栗两种

树。⑥椅桐梓漆：四种不同的树木。⑦琴瑟：用以做琴的桑木。⑧升：登上。虚：废墟。⑨堂：地名，位于楚丘旁。⑩景山：大山。京：高岭。⑪降：从上往下走。观：查看。⑫卜：算卦的人。⑬终焉：一说“终然”，既是。允臧：的确很好。⑭灵雨：好雨。既：已经。零：飘落，降下。⑮星：晴。夙：早。⑯说：通“税”，休息。⑰匪：彼的假借，那个。直：正直。⑱秉心：秉性，性情。塞：丰富，诚实。渊：宽厚、仁德。⑲騋：高大的马。牝：母马。三千：泛指多。

## 蝃　蝀

*这是一首探讨女子是否应该追求婚姻自由的诗歌。《毛序》：“蝃蝀，止奔也。卫文公能以道化其民，淫奔之耻，国人不齿也。”*

【原文】

蝃蝀在东[①]，莫之敢指[②]。女子有行[③]，远父母兄弟。　朝隮于西[④]，崇朝其雨[⑤]。女子有行，远兄弟父母。　乃如之人也[⑥]，怀昏姻也[⑦]。大无信也[⑧]，不知命也[⑨]。

【注释】

①蝃蝀：虹。②莫：没有人。指：用手指点。古代以指虹为忌。③有行：原指出嫁，这里指私奔。④朝：早上。隮：也是虹。⑤崇朝：终朝，整个早上。⑥乃如：就像。⑦怀：想着。昏：同“婚”。⑧大：很，特别。无信：不讲信用。⑨知命：遵从父母之命。

## 相　鼠

*这首诗讽刺了高高在上、贪得无厌的统治者。方玉润《诗经原始》：“鼠尚有皮，人而无仪，则鼠之不若。以人之仪喻鼠之皮，则未免轻视礼仪，兽皮之不若矣。”*

【原文】

相鼠有皮①，人而无仪②。人而无仪，不死何为？　相鼠有齿，人而无止③。人而无止，不死何俟④？　相鼠有体，人而无礼⑤。人而无礼，胡不遄死⑥？

【注释】

①相：察看。②仪：礼仪。③止：节制，一说同“耻”。④俟：等待。⑤礼：道义，道理。⑥遄：迅速。

## 干旄

*这首诗描述了战后的卫国百废待兴，卫文公为了重建卫国招贤纳士的事件。崔述《读风偶识》：“盖国家之治惟赖贤才，而贤才不易得，故人君于贤才不惟当举之用之，而且当鼓之舞之。”*

【原文】

孑孑干旄①，在浚之郊②。素丝纰之③，良马四之④。彼姝者子⑤，何以畀之⑥？　孑孑干旟⑦，在浚之都⑧。素丝组之⑨，良马五之。彼姝者子，何以予之？　孑孑干旌⑩，在浚之城。素丝祝之⑪，良马六之。彼姝者子，何以告之⑫？

【注释】

①孑孑：高耸独立的样子。干：通“竿”。旄：竿头以牦牛尾为装饰的旗子。②浚：浚城，卫国的城邑。郊：城郊。③纰：在衣冠或旗帜上镶边。④四之：用四匹马拉。⑤姝：美好的样子。⑥畀之：给予。⑦旟：有老鹰图案的旗子。⑧都：古时区域名，指四方城邑。⑨组：组织，编织。⑩旌：用羽毛装饰的旗子。⑪祝：通“组”。⑫告：忠言。

## 载驰

*本诗是我国第一位女诗人许穆夫人所作。《左传·闵公二年》："冬十二月，狄人伐卫，战于荧泽，卫师败绩，遂灭卫。立戴公以庐于曹。许穆夫人赋《载驰》。齐侯使公子无亏帅车三百乘、甲士三千人以戍曹。"*

【原文】

载驰载驱①，归唁卫侯②。驱马悠悠，言至于漕③。大夫跋涉，我心则忧。　既不我嘉④，不能旋反⑤。视尔不臧⑥，我思不远。既不我嘉，不能旋济⑦。视尔不臧，我思不閟⑧。　陟彼阿丘⑨，言采其蝱⑩。女子善怀⑪，亦各有行⑫。许人尤之⑬，众穉且狂⑭。　我行其野，芃芃其麦⑮。控于大邦⑯，谁因谁极⑰。　大夫君子，无我有尤！百尔所思，不如我所之。

【注释】

①载：语气词，没有实义。驰、驱：车马奔跑。②唁：哀吊失国。③漕：卫国的邑名。④嘉：嘉许，赞成。⑤旋反：返回。⑥臧：善。⑦济：止，停止，阻止。⑧閟：同"毖"，意思是谨慎。⑨阿丘：一边倾斜的山丘。⑩蝱：药名，贝母。⑪善怀：多愁善感。⑫行：道路。⑬许人：许国的人。尤：怨恨，责备。⑭穉：同"稚"，幼稚。狂：愚妄。⑮芃芃：草木茂盛的样子。⑯控：告诉。⑰因：亲近，依靠。极：至，到。

# 卫风

*《地理志》：河内朝歌县，纣所都，康叔所封，更名卫。卫自康叔受封，至君角凡四十世。成公徙于帝邱，今濮阳是也。秦并天下，犹独置卫君，凡九百年，最后绝。*

## 淇奥

*这首诗是对一位男子的赞美，有说是女子爱慕男子，也有说是赞美卫武公。方玉润《诗经原始》：“《国语》称其耄而咨儆于朝，受戒不怠。今观诗词，宁不信然？然则初年篡弑，晚成圣德，英雄圣贤，固一转念间哉。”*

【原文】

瞻彼淇奥①，绿竹猗猗②。有匪君子③，如切如磋④，如琢如磨⑤。瑟兮僩兮⑥，赫兮咺兮⑦。有匪君子，终不可谖兮⑧！　　瞻彼淇奥，绿竹青青⑨。有匪君子，充耳琇莹⑩，会弁如星⑪。瑟兮僩兮，赫兮咺兮。有匪君子，终不可谖兮！　　瞻彼淇奥，绿竹如箦⑫。有匪君子，如金如锡，如圭如璧⑬。宽兮绰兮⑭，猗重较兮⑮。善戏谑兮⑯，不为虐兮⑰！

【注释】

①奥：通“澳”，水边弯曲的地方。②猗猗：长而美貌。③匪：通“斐”，有文采的样子。④如切如磋：就像切割打磨过的象牙般精致。⑤如琢如磨：就像雕

琢、磨光过的玉石般温润。⑥瑟：庄严的样子。⑦赫：光明的样子。咺：威严的样子。⑧谖：遗忘，忘怀。⑨青青：同“菁菁”，繁盛的样子。⑩充耳：用以塞耳的垂玉。琇莹：美石。⑪会弁：鹿皮帽的缝合处。⑫箦：通“积”，堆集。⑬圭、璧：美玉。⑭绰：旷达的样子。⑮猗：通“倚”，依靠。重较：车两边的扶手。⑯戏谑：说笑。⑰虐：刻薄，伤人。

## 考　槃

*这是一首抒写隐居生活的诗。方玉润《诗经原始》：“硕人自处如是，未必无意苍生，亦未必有望阙廷。穷无损，达亦何加？”*

【原文】

考槃在涧①，硕人之宽②。独寐寤言③，永矢弗谖④。　考槃在阿⑤，硕人之薖⑥。独寐寤歌，永矢弗过⑦。　考槃在陆⑧，硕人之轴⑨。独寐寤宿，永矢弗告⑩。

【注释】

①考槃：逗留，盘桓。②硕人：贤人。宽：宽宏。③寐：睡着。寤：醒来。④矢：誓。谖：忘记。⑤阿：山坳。⑥薖：舒适，欢畅。⑦过：流失，逝去。⑧陆：高而平的地方。⑨轴：徘徊不愿离去。⑩告：述说，表达。

## 硕　人

*这首诗描写了卫庄公的妻子庄姜的美丽、贤淑，表达了人民对她的赞美。《左传·隐公三年》：“卫庄公娶于齐，东宫得臣之妹，曰庄姜。美而无子，卫人所为赋《硕人》也。”*

【原文】

硕人其颀①，衣锦褧衣②。齐侯之子，卫侯之妻，东宫之妹③，邢侯之姨，谭公维私④。　　手如柔荑⑤，肤如凝脂。领如蝤蛴⑥，齿如瓠犀⑦，螓首蛾眉⑧。巧笑倩兮⑨，美目盼兮⑩。　　硕人敖敖⑪，说于农郊⑫。四牡有骄⑬，朱幩镳镳⑭，翟茀以朝⑮。大夫夙退，无使君劳。　　河水洋洋⑯，北流活活⑰。施罛涉涉⑱，鳣鲔发发⑲，葭菼揭揭⑳。庶姜孽孽㉑，庶士有朅㉒。

【注释】

①硕：美。颀：身材修长的样子。②褧：麻布制的罩衣，用来遮灰尘。③东宫：指太子。④私：姊妹的丈夫。⑤荑：白茅初生的嫩芽。⑥领：脖子。蝤蛴：天牛的幼虫，身体长而白。⑦瓠犀：葫芦子，洁白整齐。⑧螓：蝉类，头宽广方正。蛾：蚕蛾，眉细长而黑。⑨倩：笑时脸颊现出酒窝的样子。⑩盼：眼睛里黑白分明。⑪敖敖：身材苗条的样子。⑫说：同“税”，停息。农郊：近郊。⑬牡：雄，这里指雄马。骄：指马身体雄壮。⑭朱：红色。幩：马嚼铁外挂的绸子。镳镳：马嚼子。⑮翟茀：车后遮挡围子上的野鸡毛，用作装饰。⑯洋洋：河水盛大的样子。⑰北流：向北流的河。活活：水奔流的样子。⑱施：设，放下。罛：大鱼网。涉涉：撒网的声音。⑲鳣：蝗鱼。鲔：鳝鱼。发发：鱼多的样子。⑳葭：初生的芦苇。菼：初生的荻。揭揭：长的样子。㉑庶姜：众姜，指随嫁的姜姓女子。孽孽：装饰华丽的样子。㉒士：指陪嫁的媵臣。朅：威武的样子。

## 氓

*这首诗是一位遭丈夫遗弃的女子的深刻控诉。方玉润《诗经原始》：“此女始终总为情误，固非私奔失节者比，特其一念之差，所托非人，以致不终，徒为世笑。士之无识而失身以事人者何以异？是故可以为戒也。”*

【原文】

氓之蚩蚩[1]，抱布贸丝[2]。匪来贸丝[3]，来即我谋[4]。送子涉淇[5]，至于顿丘[6]。匪我愆期[7]，子无良媒。将子无怒[8]，秋以为期。　乘彼垝垣[9]，以望复关[10]。不见复关，泣涕涟涟。既见复关，载笑载言。尔卜尔筮，体无咎言[11]。以尔车来，以我贿迁[12]。　桑之未落，其叶沃若[13]。于嗟鸠兮，无食桑葚。于嗟女兮，无与士耽[14]。士之耽兮，犹可说也[15]。女之耽兮，不可说也。　桑之落矣，其黄而陨。自我徂尔[16]，三岁食贫。淇水汤汤，渐车帷裳[17]。女也不爽[18]，士贰其行。士也罔极[19]，二三其德。　三岁为妇，靡室劳矣。夙兴夜寐，靡有朝矣。言既遂矣[20]，至于暴矣。兄弟不知，咥其笑矣。静言思之，躬自悼矣。　及尔偕老，老使我怨。淇则有岸，隰则有泮[21]。总角之宴[22]，言笑晏晏[23]。信誓旦旦[24]，不思其反。反是不思，亦已焉哉！

【注释】

①氓：流民。蚩蚩：笑嘻嘻的样子。②布：古时的货币，即布币。贸：交换。③匪：非。④即我：到我这里来。谋：商议，这里指商谈婚事。⑤涉：渡过。淇：河名。⑥顿丘：地名。⑦愆：过，拖延。⑧将：请。⑨乘：登上。垝垣：毁坏了的墙。⑩复关：地名，诗中男子居住的地方。⑪体：卦体。咎言：不吉利的话。⑫贿：财物，这里指嫁妆。⑬沃若：润泽的样子。⑭耽：沉迷，迷恋。⑮说：同“脱”，摆脱。⑯徂：去，往。⑰渐：沾湿，浸湿。帷裳：车饰的帷幔。⑱爽：差错，过失。⑲罔极：无常，不可测。⑳遂：安定无忧。㉑隰：即“湿”，河名，指漯河。泮：岸。㉒总角：古时儿童的发式，借指童年。宴：逸乐。㉓晏晏：和好柔顺的样子。㉔旦旦：诚恳的样子。

## 竹　竿

*这是一位卫国女子出嫁后想家的诗。一说为许穆夫人*

*所作。方玉润《诗经原始》："俗儒说《诗》，务求确解，则三百诗词，不过一本记事珠，欲求一陶情寄兴之作，岂可得哉？"*

【原文】

籊籊竹竿①，以钓于淇②。岂不尔思③？远莫致之④。　泉源在左，淇水在右。女子有行，远兄弟父母。　淇水在右，泉源在左。巧笑之瑳⑤，佩玉之傩⑥。　淇水滺滺⑦，桧楫松舟⑧。驾言出游，以写我忧⑨。

【注释】

①籊籊：长而尖的样子。②以：连词，表示目的。③岂：难道。不尔思：不思尔，不思念你们。④致：到达。⑤瑳：巧笑的样子。⑥傩：轻盈优美。⑦滺滺：水流的样子。⑧桧楫：桧木做的桨。

## 芄（wán）兰

*这是一首讽刺贵族少年的诗。《小序》谓"刺惠公，骄而无礼，大夫刺之。"方玉润《诗经原始》载"然惠公纵少而无礼，臣下刺君，不应直以'童子'呼之。此诗不过刺童子之好躐等而进，诸事骄慢无礼，已见先进恂恂退让之风无复存者。"*

【原文】

芄兰之支①，童子佩觿②。虽则佩觿，能不我知。容兮遂兮③，垂带悸兮④。　芄兰之叶，童子佩韘⑤。虽则佩韘，能不我甲⑥。容兮遂兮，垂带悸兮。

【注释】

①芄兰：草本植物，即萝摩，有藤蔓生。支：同“枝”。②觿：解发结的用具，用象骨制成，供成年男子使用和佩戴。③容、遂：指傲慢、放肆的样子。④悸：带子下垂的样子。⑤韘：拉弓弦的用具，俗称“扳指”。⑥甲：胜过。

## 河　广

*这是一首住在卫国的他乡人思归的诗。《小序》谓：“宋襄公母归于卫，思而不止，故作是诗。”另有陈奂说：“当时卫有狄人之难，宋襄公母归在卫，见其宗国颠覆，君灭国破，忧思不已，故其篇内皆取其望宋渡河救卫，辞甚急也。”*

【原文】

谁谓河广[①]？一苇杭之[②]。谁谓宋远？跂予望之[③]。　　谁谓河广？曾不容刀[④]。谁谓宋远？曾不崇朝[⑤]。

【注释】

①河：指黄河。②苇：指用芦苇制成的小筏子。杭：航。③跂：踮起脚站着。④刀：小船。⑤崇：结束，终结。朝：上午。

## 伯　兮

*这是一位妇女思念远征丈夫的抒情诗。《毛序》：“言君子行役，为王前驱，过时而不返焉。”方玉润《诗经原始》：“后之帝王读是诗者，其亦以穷兵黩武为戒欤？”*

【原文】

伯兮朅兮[①]，邦之桀兮[②]。伯也执殳[③]，为王前驱[④]。　　自伯之东[⑤]，首如飞蓬[⑥]。岂无膏沐[⑦]，谁适为容[⑧]？　　其雨其雨[⑨]，杲杲出日[⑩]。愿言思伯[⑪]，甘心首疾[⑫]。　　焉得谖草[⑬]？言树之背[⑭]。愿言思伯，使我心痗[⑮]。

【注释】

①朅：威武的样子。②桀：通“杰”，杰出。③殳：古代的一种兵器。④为：是。前驱：先锋。⑤之：到……去。⑥首：头发。飞蓬：草。⑦膏沐：妇女润发的油脂。⑧适：取悦。容：修饰容貌。⑨其：语气词。雨：下雨。⑩杲杲：日出的样子。⑪愿：每一次。伯：指丈夫。言：副词词尾。⑫首疾：头痛。⑬言：助词，用在单音动词之前。树：用作动词，种树。背：屋子的北面。⑭谖草：忘忧草。⑮痗：疾病。

## 有狐

*这首诗描写一位女子担忧她流离失所的丈夫没有衣裳穿的情景，反应了社会底层人民的生活状况。方玉润《诗经原始》：“此必其夫久役在外，淹滞不归，或有所恋而忘返，故妇人忧之。以为久羁逆旅，必至金尽裘敝而难归耳。”*

【原文】

有狐绥绥[①]，在彼淇梁[②]。心之忧矣，之子无裳[③]。　　有狐绥绥，在彼淇厉[④]。心之忧矣，之子无带。　　有狐绥绥，在彼淇侧。心之忧矣，之子无服。

【注释】

①狐：在这里比喻男子。绥绥：独自慢走求偶的样子。②梁：桥梁。③之子：这个人。④厉：借为“濑”，水边浅滩。

## 木瓜

*这是一首男女互相赠答的优美的诗。《毛序》说为卫国*

*人思念齐桓公所作。方玉润、姚际恒驳之，朱熹说“亦男女相赠答之词。”姚际恒说：“然以为朋友相赠答亦奚不可，何必定是男女耶！”*

【原文】

投我以木瓜[①]，报之以琼琚[②]。匪报也[③]，永以为好也[④]。　投我以木桃，报之以琼瑶[⑤]。匪报也，永以为好也。　投我以木李，报之以琼玖[⑥]。匪报也，永以为好也。

【注释】

①投：投送。②琼：美玉。琚：佩玉。③匪：通“非”，不是。④永以为好也：希望能永久相爱。⑤瑶：美玉。⑥玖：浅黑色的玉。

# 王风

*王，谓周东都洛邑王城畿内六百里之地。周室之初，文王居丰，武王居镐，至成王，周公始营治邑，为时会诸侯之所。《禹贡》载其为豫州大华，外方之间，北得河阳，渐冀州之南地。*

## 黍离

shǔ

***本诗描写了一位东周的官员在迁都时的感伤之情。《大序》：“周大夫行役至于宗周，过故宗庙宫室，尽为禾黍，闵周室之颠覆，彷徨不忍去。”***

【原文】

彼黍离离①，彼稷之苗②。行迈靡靡③，中心摇摇④。知我者⑤，谓我心忧⑥。不知我者，谓我何求。悠悠苍天，此何人哉⑦！　彼黍离离，彼稷之穗⑧。行迈靡靡⑨，中心如醉。知我者，谓我心忧。不知我者，谓我何求。悠悠苍天，此何人哉！　彼黍离离，彼稷之实⑩。行迈靡靡，中心如噎⑪。知我者，谓我心忧。不知我者，谓我何求。悠悠苍天，此何人哉！

【注释】

①黍：谷物名。离离：成排成行的样子。②稷，谷物名。③行迈：前行。靡靡：步行缓慢的样子。④中心：心中。摇摇：心中不安的样子。⑤知我者：了解

我的人。⑥谓：说。心忧：心里有忧愁。⑦此何人哉：这是怎样的人呢？⑧穗：谷穗。⑨行迈靡靡：走路迟缓的样子。⑩实：果实，种子。⑪噎：忧闷已极而气塞，无法喘息。

## 君子于役

*这是一首描写女子之夫在外作战不得归的诗。方玉润《诗经原始》："此诗言情写景，可谓真实朴至，宣圣虽欲删之，亦有所不忍也。"*

【原文】

君子于役，不知其期[①]。曷至哉[②]？鸡栖于埘[③]，日之夕矣，羊牛下来。君子于役，如之何勿思！　　君子于役，不日不月[④]。曷其有佸[⑤]？鸡栖于桀[⑥]，日之夕矣，羊牛下括[⑦]。君子于役，苟无饥渴[⑧]！

【注释】

①期：行期，期限。②曷：什么时候。至：回到家。③埘：墙壁上挖洞做成的鸡窠。④不日不月：不分日月。⑤有："又"，再一次。佸：相见，相聚。⑥桀：鸡栖木。⑦括：来。⑧苟：句首语气词，表示希望。

## 君子阳阳

*这是一首描写舞师和乐工共同歌舞的诗，古来学人都觉另有深意，方玉润《诗经原始》："然为国而使贤人君子乐处下位，不欲居尊以任事，则其时势亦可想知，此诗之所以存而不削欤。"*

【原文】

君子阳阳[①]，左执簧[②]，右招我由房[③]。其乐只且[④]！　　君子陶陶[5]，左执翿[6]，右招我由敖[7]。其乐只且。

【注释】

①阳阳：得意的样子。②簧：古时的一种吹奏乐器。③由：同“游”。房：同“放”。由房：游乐。④只、且：语气助词，没有实义。⑤陶陶：快乐的样子。⑥翿：羽毛做成的舞具。⑦敖：同“遨”。由敖：遨游。

## 扬之水

*这是一首戍边的男子想家不得归的诗。周平王东迁后，派兵戍边，“其所以致民怨嗟，见诸歌咏而不已者，以征调不均，瓜代又难必耳……此东都之不再振而西辙之难归者有由然矣。”*

【原文】

扬之水[1]，不流束薪[2]。彼其之子，不与我戍申[3]。怀哉怀哉，曷月予还归哉？　　扬之水，不流束楚[4]。彼其之子，不与我戍甫。怀哉怀哉，曷月予还归哉？　　扬之水，不流束蒲[5]。彼其之子，不与我戍许。怀哉怀哉，曷月予还归哉？

【注释】

①扬：缓慢的。②不流：带不走。束：捆。薪：柴。③不与我：不和我一起。戍申：驻守申地。④楚：灌木，荆条。⑤蒲：蒲柳。

## 中谷有蓷

*这是一首妇女被弃，无处相告的诗。朱熹《诗集传》：“凶年饥馑，室家相弃。妇人览物起兴，而自述其悲叹之辞也。”*

【原文】

中谷有蓷[①]，暵其干矣[②]。有女仳离[③]，嘅其叹矣[④]。嘅其叹矣，遇人之艰难矣[⑤]。　中谷有蓷，暵其脩矣[⑥]。有女仳离，条其歗矣。条其歗矣，遇人之不淑矣。　中谷有蓷，暵其湿矣[⑦]。有女仳离，啜其泣矣[⑧]。啜其泣矣，何嗟及矣[⑨]。

【注释】

①蓷：益母草。②暵：天气大旱。③仳：别。④嘅其叹：慨叹。嘅：同“慨”。⑤遇人：所遇之人，这里指自己的丈夫。艰难：窘迫，困顿。⑥脩：干涸，枯死。⑦湿：通“曝”，晒干。⑧啜：哭泣时抽噎。⑨嗟：悲叹。

## 兔爰（yuán）

*这是一个没落贵族因厌世而作的诗。崔述《读风偶识》谓“其人当生于宣王之末年，王室未骚，是以谓之‘无为’。既而幽王昏暴，戎狄侵陵，平王播迁，家室飘荡，是以谓之‘逢此百罹’”。方玉润《诗经原始》谓当时“以致贤者退处下位，不欲居高以听政，小人幸逃法网，反得肆志而横行。于是狡者脱而介者烹，奸者生而良者死。”*

【原文】

有兔爰爰[①]，雉离于罗[②]。我生之初，尚无为[③]。我生之后，逢此百罹[④]。尚寐无吪[⑤]！　有兔爰爰，雉离于罦[⑥]。我生之初，尚无造。我生之后，逢此百忧。尚寐无觉[⑦]！　有兔爰爰，雉离于罿[⑧]。我生之初，尚无庸。我生之后，逢此百凶。尚寐无聪[⑨]！

【注释】

①爰爰：悠然自得。②雉：山鸡。离：撞上，碰上。罗：罗网。③尚：还，

仍然。为：劳役，与下文中“造”“庸”同义。④罹：祸患。⑤尚：还是。吪：活动。⑥罦：捕鸟的网。⑦觉：醒过来。⑧罿：同“罦”，网罗。⑨聪：听。

## 葛藟

gě lěi

*这首诗描写的是一个无家可归的人的倾述。朱熹《诗集传》：“世衰民散，有去其乡里家族而流离失所者，作此诗以自叹。”方玉润《诗经原始》更进一步说“世道如此，民情可知。谁则使之然哉？当必有任其咎者，即谓平王之弃其九族，而民因无九族之亲者，亦奚不可？”*

【原文】

绵绵葛藟[①]，在河之浒[②]。终远兄弟[③]，谓他人父。谓他人父，亦莫我顾[④]。　绵绵葛藟，在河之涘[⑤]。终远兄弟，谓他人母。谓他人母，亦莫我有[⑥]。　绵绵葛藟，在河之漘[⑦]。终远兄弟，谓他人昆[⑧]。谓他人昆，亦莫我闻[⑨]。

【注释】

①绵绵：延长不断的样子。葛藟：藤蔓。②浒：水边。③终：既然，已经。④顾：亲近，关爱。⑤涘：水边。⑥有：同“友”，友善，友好。⑦漘：同“涘”，水边。⑧昆：兄，哥哥。⑨闻：问，问候。

## 采葛

*这首诗是一位男子表达的对中意女子的相思之情。另有方玉润《诗经原始》：“夫良友情亲，如同夫妇，一朝远别，不胜相思，此证交情浓厚处，故有三月、三秋、三岁之感也。”*

【原文】

彼采葛兮[①]，一日不见，如三月兮！　　彼采萧兮[②]，一日不见，如三秋兮[③]！　　彼采艾兮[④]，一日不见，如三岁兮！

【注释】

①葛：葛麻。②萧：芦荻，用火烧有香气，古时用来祭祀。③三秋：这里指三季。④艾：艾草。

## 大　车

*这是一首女子爱慕男子，渴望与其相爱并大胆表白的诗。另有一说从方玉润《诗经原始》："周衰世乱，征伐不一，周人从军，迄无宁岁。恐此生永无团聚之期，故念其室家而与之诀绝如此。然其情亦可惨矣！"*

【原文】

大车槛槛[①]，毳衣如菼[②]。岂不尔思？畏子不敢。　　大车啍啍[③]，毳衣如璊[④]。岂不尔思？畏子不奔[⑤]。　　谷则异室[⑥]，死则同穴。谓予不信，有如皦日[⑦]。

【注释】

①槛槛：车辆行驶的声音。②毳衣：毛织的衣服。菼：青翠的芦苇。③啍啍：车行迟缓的声音。④璊：红色的玉。⑤奔：私奔。⑥谷：活着的时候。异室：不住在一起。⑦皦：同"皎"，意思是明亮。

## 丘中有麻

*这首诗描写的是一位女子在焦急的等待情郎的情景。另有三说，《毛序》："思贤也。庄王不明，贤人放逐，国人思*

*之而作是诗也。”朱熹《诗集传》：“妇人望其所与私者而不来，故疑丘中有麻之处，复有与之私而留之者，今安得其施施然而来乎？”方玉润《诗经原始》：“周衰，贤人放废，或越在他邦，或尚留本国，故互相招集，退处丘园以自乐。”*

【原文】

丘中有麻，彼留子嗟[①]。彼留子嗟，将其来施施[②]。　　丘中有麦，彼留子国[③]。彼留子国，将其来食。　　丘中有李，彼留之子[④]。彼留之子，贻我佩玖[⑤]。

【注释】

①子嗟：人名。②将：请、愿、希望。施施：高兴貌。③子国：人名。④之子：这个人。⑤佩玖：黑色佩玉。

# 郑风

*郑，李在西都畿内咸林之地。周宣王以封其弟友为采地。后为幽王司徒，死于犬戎之难，是为桓公。其子武公掘突，定平王于东都，又得虢、桧地，乃徙其封而施旧号于新邑，是为新郑。*

## 缁（zī）衣

***这是一首赠衣的诗。男子衣服破旧，女子为其新做了一件，并送到了他的办公地点。方玉润《诗经原始》："美郑武公好贤也。其好贤无倦之心，殆将与握发吐哺、后先相映，为万世美谈，此《缁衣》之诗所由作也。"***

【原文】

缁衣之宜兮①，敝，予又改为兮②。适子之馆兮③，还，予授子之粲兮④！　缁衣之好兮，敝，予又改造兮。适子之馆兮，还，予授子之粲兮！　缁衣之席兮⑤，敝，予又改作兮。适子之馆兮，还，予授子之粲兮！

【注释】

①缁衣：黑色的朝服。②敝：坏。予：我。又：再。改：重新。为：做。③馆：客舍。④还：回来。粲：新衣。⑤席：宽，大。

## 将仲子

*这首诗写了一个恋爱中的女子的矛盾的心理。三家诗以为“刺庄公”，朱熹谓为“淫奔者之辞”。唯独方玉润《诗经原始》道为“此诗难保非采自民间吕巷、鄙夫妇相爱慕之辞，然其义有合于圣贤守身大道，故太史录之，以为涉世法。”*

【原文】

将仲子兮①，无逾我里②，无折我树杞③。岂敢爱之④？畏我父母⑤。仲可怀也⑥，父母之言，亦可畏也。　将仲子兮，无逾我墙，无折我树桑。岂敢爱之？畏我诸兄。仲可怀也，诸兄之言，亦可畏也。　将仲子兮，无逾我园，无折我树檀⑦。岂敢爱之？畏人之多言⑧。仲可怀也，人之多言，亦可畏也。

【注释】

①将：请，希望。仲子：诗中指代男子。②逾：越过。里：古代二十五家为里，有院墙。③杞：树木名，即杞树。④爱：吝惜，痛惜。⑤畏：害怕。⑥可怀：值得想念。⑦檀：檀树。⑧多言：说闲话。

## 叔于田

*这首诗写的是女子对自己喜欢的猎人的表白与赞美。《毛序》：“刺庄公也。叔处于京，缮甲治兵，以出于田，国人说而归之。”此说多为后人诟病，犹朱熹《诗集传》：“或疑此亦民间男女相悦之辞也。”*

【原文】

叔于田①，巷无居人②。岂无居人？不如叔也，洵美且仁③。　　叔于狩④，巷无饮酒⑤。岂无饮酒？不如叔也，洵美且好。　　叔适野⑥，巷无服马⑦。岂无服马？不如叔也，洵美且武⑧。

【注释】

①田：田猎。②巷：城市或村庄里的道路。居人：居住的人。③洵：实在，确实。仁：仁爱。④狩：冬猎。⑤酒：能喝酒的人。⑥适：往，到……去。野：郊外。⑦服马：驾。⑧武：威武。

## 大叔于田

*这首诗描写的是猎人打猎的场面。方玉润《诗经原始》："前篇虚写，此篇实赋。前篇私游，此篇徒猎。"严粲《诗缉》："短篇者止曰叔于田，长篇者加大为别。"也有人认为后篇为改写后的作品。*

【原文】

叔于田，乘乘马①。执辔如组②，两骖如舞③。叔在薮④，火烈具举⑤。襢裼暴虎⑥，献于公所⑦。将叔无狃⑧，戒其伤女⑨。　　叔于田，乘乘黄。两服上襄⑩，两骖雁行。叔在薮，火烈具扬⑪。叔善射忌⑫，又良御忌⑬。抑磬控忌⑭，抑纵送忌⑮。　　叔于田，乘乘鸨⑯。两服齐首⑰，两骖如手⑱。叔在薮，火烈具阜⑲。叔马慢忌，叔发罕忌⑳。抑释掤忌㉑，抑鬯弓忌㉒。

【注释】

①乘马：四匹马。②执辔：挥动缰绳。组：编织丝带。③骖：四马中靠两边的马。如舞：像在跳舞，比喻有节奏。④薮：低地沼泽。⑤火烈：放火烧草，隔断野兽逃跑的路。具举：全都举起。⑥襢：敞开。襢裼：脱掉衣服。暴：徒手搏击。⑦公所：官府所在地。⑧狃：疏忽，大意。⑨戒：防备。⑩服：四马中间的辕马。上：在前面。襄：驾车。⑪扬：旺盛。⑫忌：语气词，表示赞美。⑬良：精通。

⑭抑：助词，于句首补足音节。磬：放马疾驰。控：勒住马。⑮纵：放箭。送：追逐。⑯鸨：花马。⑰齐首：齐头。⑱如手：像左右手。⑲阜：烧得旺。⑳发：把箭射出。罕：稀少。㉑掤：箭筒的盖子。㉒鬯：弓囊。

## 清　人

*这是一首讽刺郑国将军高克背叛郑国，逃往陈国的诗。《春秋·闵公二年》：“冬，十有二月，狄入卫，郑弃其师。”《左传》：“高克奔陈。郑人为之赋《清人》。”*

【原文】

清人在彭①，驷介旁旁②。二矛重英③，河上乎翱翔。　清人在消，驷介麃麃④。二矛重乔⑤，河上乎逍遥。　清人在轴，驷介陶陶⑥。左旋右抽⑦，中军作好⑧。

【注释】

①在：驻守，驻扎。彭：地名。②驷介：四匹一等马。介：一等。旁旁：雄健的样子。③矛：兵器长矛。英：做装饰的红缨。④麃麃：威武的样子。⑤乔：矛上挂饰物的钩子。⑥陶陶：驱驰的样子。⑦旋：还车。抽：进退。⑧作好：姿态美好。

## 羔　裘（qiú）

*这诗主要赞美官员。朱熹《诗集传》：“盖美其大夫之词，然不知其所指矣。”方玉润《诗经原始》：“愚谓此诗非专美一人，必当时盈廷硕彦济美一时……故诗人即其服饰之盛，以想其德谊经济文章之美，而咏叹之如此。”*

【原文】

羔裘如濡[①]，洵直且侯[②]。彼其之子，舍命不渝[③]。　　羔裘豹饰，孔武有力[④]。彼其之子，邦之司直[⑤]。　　羔裘晏兮[⑥]，三英粲兮[⑦]。彼其之子，邦之彦兮[⑧]。

【注释】

①濡：润泽。②洵：信，的确。侯：美。③渝：变。④孔：甚，很。⑤司直：主持正义的人。⑥晏：鲜盛的样子。⑦英：做装饰的丝绳。粲：鲜艳亮丽。⑧彦：杰出的人才。

## 遵(zūn)大路

*此诗描写了一位被抛弃的女子在旅途中遇见旧日情人，独诉衷肠的诗，感情丰富。方玉润《诗经原始》："挽君子勿速行矣。"*

【原文】

遵大路兮[①]，掺执子之祛兮[②]。无我恶兮，不寁故也[③]。　　遵大路兮，掺执子之手兮。无我魗兮[④]，不寁好也[⑤]。

【注释】

①遵：循，沿着。②掺执：拉着，牵着。祛：袖口。③寁：快，迅速。故：故人。④魗：同"丑"，厌恶。⑤好：旧好。

## 女曰鸡鸣

*这是一首描写夫妇之间晨间对话的诗。方玉润《诗经原始》："此诗人述贤夫妇相警戒之辞……《关雎》新昏，《葛覃》归宁，此则相夫以成内助之贤，房中雅乐，缺一不*

备也。”

【原文】

女曰鸡鸣，士曰昧旦①。子兴视夜②，明星有烂③。将翱将翔，弋凫与雁④。　弋言加之⑤，与子宜之⑥。宜言饮酒，与子偕老。琴瑟在御⑦，莫不静好。　知子之来之⑧，杂佩以赠之⑨。知子之顺之⑩，杂佩以问之⑪。知子之好之，杂佩以报之。

【注释】

①昧旦：天快要亮的时候。②兴：起。视夜：察看天色。③明星：启明星。烂：明亮。④弋：射。凫：野鸭。⑤加：射中。⑥宜：烹调菜肴。⑦御：弹奏。⑧来：劳，勤勉。⑨杂佩：女子佩戴的装饰物。⑩顺：顺从，体贴。⑪问：赠送。

## 有女同车

*这首诗讲一对同车男女的爱慕之情。《毛序》说“忽（郑太子）不昏于齐，后以无大国之援而见逐，故国人刺之。”后世解诗总不离毛说。此诗修辞“状妇女总不外容饰二字，此诗艳丽则以同车翱翔等字点注得妙。”*

【原文】

有女同车①，颜如舜华②。将翱将翔，佩玉琼琚。彼美孟姜，洵美且都③。　有女同行，颜如舜英④。将翱将翔，佩玉将将⑤。彼美孟姜，德音不忘⑥。

【注释】

①有：助词，位于单音节词前。同车：同乘一辆车。②舜华：木槿花。③洵：实在。都：体面，娴雅。④舜英：木槿花。⑤将将：同“锵锵”，佩玉互相碰击的声音。⑥德音：声誉美好。

## 山有扶苏

*这是一首女子寻求如意郎君不得的失意诗，也有一说为女子和情人之间的打情骂俏之语。诗中的“狂且”“狡童”并不是真实意义的讽刺，而是一种开玩笑式的嬉闹。又因为全诗出自少女之口，读来趣味盎然，不失其天真、善良。*

【原文】

山有扶苏[①]，隰有荷华[②]。不见子都[③]，乃见狂且[④]。　山有桥松，隰有游龙[⑤]。不见子充，乃见狡童[⑥]。

【注释】

①扶苏：茂木。②隰：低湿的洼地。荷华：荷花。③子都：古代的美男子。下文“子充”同。④乃：反而。狂：轻狂的人。且：句末语气助词。⑤游龙：植物名。⑥狡童：轻浮少年。

## 萚（tuò）　兮

*本诗写的是在一个聚会上男女间相互邀请，一起唱歌的热闹场面。《周礼》：“仲春之月，令会男女。于是时也，奔者不禁。若无故而不用令者，罚之。司男女之无夫家者而会之。”*

【原文】

萚兮萚兮[①]，风其吹女[②]。叔兮伯兮，倡予和女[③]。　萚兮萚兮，风其漂女[④]。叔兮伯兮，倡予要女[⑤]。

【注释】

①萚：脱落的木叶。②其：助词，无义。女：同“汝”，你。③和：跟着

唱。④漂：飘。⑤要：邀请，跟随。

## 狡　童

*这是一首描写女子失恋后的诗。朱熹谓“淫女见绝而戏其人之词。曰悦己者众，子虽见绝，未至於使我不能餐与息也。”方玉润《诗经原始》则说“忧君为群小所弄也。”*

【原文】

彼狡童兮[1]，不与我言兮。维子之故[2]，使我不能餐兮。　彼狡童兮，不与我食兮。维子之故，使我不能息兮[3]。

【注释】

①狡童：狡猾的孩子。②维：因为。③息：安，安宁。

## 褰（qiān）　裳

*这首诗大胆直接地描写了一位少女对情郎的挑逗，也有说是责备恋人的变心。方玉润《诗经原始》谓其“思见正于益友也。”*

【原文】

子惠思我，褰裳涉溱[1]。子不我思，岂无他人？狂童之狂也且[2]！　子惠思我，褰裳涉洧[3]。子不我思，岂无他士？狂童之狂也且！

【注释】

①褰：用手提起。裳：下身的衣服。涉：渡过。溱：河名。②也、且：语气助词，没有实义。③洧：河名。

## 丰

*这首诗一说为女子后悔没有与未婚夫成婚，闻一多《风诗类抄》：“亲迎不行，既而悔之。”另有方玉润《诗经原始》：“愚意此必寓言，非咏昏也。世衰道微，贤人君子隐处不仕。朝廷初或以礼聘之，不肯速行，后被敦迫，驾车就道。不能自主，发愤成吟。”*

【原文】

子之丰兮[①]，俟我乎巷兮[②]，悔予不送兮[③]。　　子之昌兮[④]，俟我乎堂兮，悔予不将兮[⑤]。　　衣锦褧衣[⑥]，裳锦褧裳[⑦]。叔兮伯兮，驾予与行[⑧]。　　裳锦褧裳，衣锦褧衣。叔兮伯兮，驾予与归[⑨]。

【注释】

①丰：丰满，标致。②俟：等待。③送：追随。④昌：健壮。⑤将：同“送”。⑥衣锦：穿着锦绣上衣。褧衣：麻纱罩衣。⑦裳锦：穿着锦绣下裙。褧裳：麻纱罩裙。⑧驾：驾车。与行：与你同行。⑨归：回家。

## 东门之墠

*这是一首恋人之间相互问答唱和的诗。王先谦《诗经集疏》：“言我岂不思为尔室家，但子不来就我，以礼相近，则我无由得往耳。”另有方玉润《诗经原始》：“古诗人多托男女情以写君臣朋友义……故此诗虽不敢遽定为朋友辞，亦不敢随声附和指为淫诗。”*

【原文】

东门之墠[①]，茹藘在阪[②]。其室则迩[③]，其人甚远。　　东门之

野有死麕，白茅包之（《国风·召南·野有死麕》）

匏有苦叶，济有深涉（《国风·邶风·匏有苦叶》）

谁谓荼苦，其甘如荠（《国风·邶风·谷风》）

鹑之奔奔，鹊之彊彊（《国风·鄘风·鹑之奔奔》）

螓首蛾眉，巧笑倩兮（《国风·卫风·硕人》）

有狐绥绥，在彼淇梁（《国风·卫风·有狐》）

投我以木瓜，报之以琼琚（《国风·卫风·木瓜》）

鸡栖于埘，日之夕矣（《国风·王风·君子于役》）

栗，有践家室[4]。岂不尔思？子不我即[5]。

【注释】

①墠：铲地使之平坦。②茹藘：茜草。阪：小山坡。③迩：近。④践：排列整齐。⑤即：就。

## 风　雨

*本诗一说为女子与心爱男子重逢后所作。《毛序》："《风雨》，思君子也。乱世则思君子不改其度焉。"方玉润《诗经原始》："夫风雨晦暝，独处无聊，此时最易怀人。况故友良朋，一朝聚会，则尤可以促膝谈心……凡属怀友，皆可以咏，则意味无穷矣。"*

【原文】

风雨凄凄，鸡鸣喈喈[1]。既见君子，云胡不夷[2]？　风雨潇潇，鸡鸣胶胶[3]。既见君子，云胡不瘳[4]？　风雨如晦[5]，鸡鸣不已。既见君子，云胡不喜？

【注释】

①喈喈：鸡叫的声音。②云：语气助词，无实义。胡：怎么。夷：平。③胶胶：鸡叫的声音。④瘳：病好，病痊愈。⑤晦：昏暗。

## 子　衿(jīn)

*这是一首表达相思之情的诗。另有方玉润《诗经原始》："此盖学校久废不脩，学者散处四方，或去或留，不能复聚如平日之盛，故其师伤之而作是诗。"*

【原文】

青青子衿①，悠悠我心。纵我不往②，子宁不嗣音③？　　青青子佩，悠悠我思。纵我不往，子宁不来？　　挑兮达兮④，在城阙兮⑤。一日不见，如三月兮！

【注释】

①衿：衣领。②纵：即使，就算。③宁：竟然。嗣：留下，留有。音：音信，消息。④挑兮达兮：往来踱步的样子。⑤城阙：城楼。

## 扬之水

*本诗可以看做是一首叮咛勤勉的诗。该诗自古难解，方玉润《诗经原始》："窃意此诗不过兄弟相疑，始因谗间，继乃悔悟，不觉愈加亲爱，遂相勤勉。"闻一多《风诗类抄》解其为"将与妻别，临行慰勉之词也。"*

【原文】

扬之水①，不流束楚②。终鲜兄弟③，维予与女④。无信人之言，人实迋女⑤。　　扬之水，不流束薪⑥。终鲜兄弟，维予二人。无信人之言，人实不信。

【注释】

①扬：水流缓慢的样子。②束：捆扎。楚：荆条。③鲜：少，缺少。④女：同"汝"，你。⑤迋：同"诳"，意思是欺骗。⑥薪：柴。

## 出其东门

*这首诗是男子对相恋女子的忠贞表白。另有方玉润《诗经原始》："此诗亦贫士风流自赏，不屑与人寻芳逐艳。"*

【原文】

出其东门，有女如云。虽则如云，匪我思存[①]。缟衣綦巾[②]，聊乐我员[③]。　　出其闉阇[④]，有女如荼[⑤]。虽则如荼，匪我思且[⑥]。缟衣茹藘[⑦]，聊可与娱。

【注释】

①匪：非。存：心中想念。②缟衣：白色的绢制衣服。綦巾：茜青色佩巾。③聊：且。员：同“云”，语气助词，没有实义。④闉阇：曲折的城墙重门。这里指城门。⑤荼：白色茅花。⑥且：语气助词，没有实义。⑦茹藘：茜草，可作红色染料。这里借指红色佩巾。

## 野有蔓草

*这是一首男子在野外偶遇一位美丽女子，一见钟情后所作的诗。欧阳修《诗本义》：“男女婚聚失时，邂逅相遇于田野间。”*

【原文】

野有蔓草[①]，零露漙兮[②]。有美一人，清扬婉兮[③]。邂逅相遇[④]，适我愿兮。　　野有蔓草，零露瀼瀼[⑤]。有美一人，婉如清扬。邂逅相遇，与子偕臧[⑥]。

【注释】

①蔓：延。②零：滴落。漙：露水多的样子。③清扬：眉清目秀的样子。婉：美好。④邂逅：无意中相见。⑤瀼：露水多的样子。⑥臧：善，美好。

## 溱　洧

*这首诗的背景是郑国的三月三日上巳节，青年未婚男女*

*可以在溱水、洧水边自由相恋、同居，该诗反映了这一盛况。方玉润《诗经原始》：“在三百篇中别为一种，开后世冶游艳诗之祖。”*

【原文】

溱与洧，方涣涣兮[①]。士与女[②]，方秉蕳兮[③]。女曰观乎[④]？士曰既且[⑤]。且往观乎！洧之外，洵訏且乐[⑥]。维士与女，伊其相谑，赠之以勺药。　　溱与洧，浏其清矣[⑦]。士与女，殷其盈矣[⑧]。女曰观乎？士曰既且。且往观乎！洧之外，洵訏且乐。维士与女，伊其将谑，赠之以勺药。

【注释】

①涣涣：水盛的样子。②士：古代的男子。③方：正。秉：执。蕳：兰草。④观乎：去看吗？⑤既：已经。且：通“徂”，去、往。⑥訏：大。⑦浏：水清的样子。⑧殷：众多。

# 齐风

*齐，本少昊时爽鸠氏所居之地。周武王以封太公望，东至于海，西至于河，南至于穆陵，北至于无棣。既封于齐，通工商之业，便鱼盐之利，民多归之，故为大国。*

## 鸡　鸣

*这是一首妻子催促丈夫早起的诗。姚际恒谓“警其夫欲令早起，故终夜关心，乍寐乍觉，误以蝇声为鸡鸣，以月光为东方明，真情实景，写来活现。”*

【原文】

鸡既鸣矣，朝既盈矣①。匪鸡则鸣，苍蝇之声。　东方明矣，朝既昌矣②。匪东方则明，月出之光。　虫飞薨薨，甘与子同梦③。会且归矣④，无庶予子憎⑤。

【注释】

①朝：朝廷，朝堂。盈：满。②昌：兴旺，众多。③甘：愿。④会：朝会。且：就要，即将。归：回家。⑤无庶：即“庶无”，希望，但愿。予：给予。憎：憎恶。

## 还

*这是猎人之间的互相赞美的诗。方玉润《诗经原始》：“‘子之还兮’己誉人也；‘谓我儇兮’人誉己也；‘并*

*驱’，则人己皆与有能也。寥寥数语，自具分合变化之妙。猎固便捷，诗亦轻利，神乎技矣！”*

【原文】

子之还兮[1]，遭我乎猺之间兮[2]。并驱从两肩兮[3]，揖我谓我儇兮[4]。 子之茂兮[5]，遭我乎猺之道兮。并驱从两牡兮[6]，揖我谓我好兮。 子之昌兮[7]，遭我乎猺之阳兮[8]。并驱从两狼兮，揖我谓我臧兮[9]。

【注释】

①还：身体轻捷的样子。②遭：相遇。猺：山名。③从：追赶。肩：三岁的兽。④揖：相见时做拱手状的礼节。儇：敏捷灵便。⑤茂：美好。⑥牡：雄兽。⑦昌：盛大光明。⑧阳：山的南面。⑨臧：强壮勇武。

## 著

*这首诗描写的是结婚时新郎亲自迎接新娘的情景。陈子展《诗经直解》推测其为“贵族女子出嫁，女伴相随歌唱之词，有如后世伴娘之歌词赞颂然。”*

【原文】

俟我于著乎而[1]，充耳以素乎而[2]，尚之以琼华乎而[3]。 俟我于庭乎而，充耳以青乎而，尚之以琼莹乎而。 俟我于堂乎而，充耳以黄乎而，尚之以琼英乎而。

【注释】

①著：门和屏风之间。乎而：语气连词。②以：用，拿。素：白色丝线。③尚：上。琼华：美玉。

## 东方之日

*这首诗写了一对青年男女间的恩爱。《毛序》谓“君臣失道，男女淫奔，不能以礼化也。”朱熹《诗序辩说》：“此男女淫奔者所自作，非有刺也。其曰君臣失道，尤无所谓。”*

【原文】

东方之日兮，彼姝者子，在我室兮。在我室兮，履我即兮①。　东方之月兮，彼姝者子，在我闼兮②。在我闼兮，履我发兮③。

【注释】

①履，蹑，踩。即：通“行”，足迹。②闼：门内。③发：脚印。

## 东方未明

*这首诗是一个在官府当差的小官吏的内心独白。此诗自古难解，以闻一多为佳。闻一多《风诗类钞》：“夫之在家，从不能守夜之正时，非出太早，即归太晚。妇人称夫曰狂夫。”*

【原文】

东方未明，颠倒衣裳①。颠之倒之，自公召之②。　东方未晞③，颠倒裳衣。倒之颠之，自公令之。　折柳樊圃④，狂夫瞿瞿⑤。不能辰夜⑥，不夙则莫⑦。

【注释】

①衣：上身穿的衣服。裳：下身穿的衣服。②自：因为。公：指王公贵族。③晞：破晓。④樊：篱笆。圃：菜园。⑤瞿瞿：瞪着眼睛看的样子。⑥不能：不能

分辨。辰：白天。⑦夙：早。莫：同“暮”，晚。

## 南 山

*本诗描写的是齐襄公与其同父异母的妹妹文姜淫乱私通的事。方玉润《诗经原始》：“刺襄公淫其妹，而鲁不能禁也……试问此事岂一人咎哉？鲁桓、文姜、齐襄三人者，皆千古无耻人也。故此诗不可谓专刺一人也。”*

【原文】

南山崔崔①，雄狐绥绥②。鲁道有荡③，齐子由归④。既曰归止⑤，曷又怀止⑥？　　葛屦五两⑦，冠緌双止⑧。鲁道有荡，齐子庸止⑨。既曰庸止，曷又从止？　　蓺麻如之何⑩？衡从其亩⑪。取妻如之何？必告父母。既曰告止，曷又鞠止⑫？　　析薪如之何⑬？匪斧不克⑭。取妻如之何？匪媒不得。既曰得止，曷又极止⑮？

【注释】

①崔崔：高。②绥绥：独行。③荡：平坦。④齐子：齐女，指文姜。由：从（这里）。归：出嫁。⑤既：既然。止：句末语气词。⑥曷：为什么。怀：怀念，想念（对方）。⑦葛屦：葛布鞋。五：配。两：双，两只。⑧冠：帽子。緌：帽带结于下巴后下垂的部分。⑨庸：由，用。⑩蓺：种植。如之何：如何，怎么样。⑪衡：横。⑮极：放纵无束。

## 甫（fǔ） 田

*该诗自古未有定解，一说为妇女对远方丈夫的深切呼唤，一说为对远方亲人的思念，皆从字面解诗。方玉润《诗经原始》：“前两章与后一章词气全部相类，此中必有所指，与*

*泛言义理者不同。”*

【原文】

无田甫田①，维莠骄骄②。无思远人，劳心忉忉③。　无田甫田，维莠桀桀④。无思远人，劳心怛怛⑤。　婉兮娈兮⑥，总角丱兮⑦。未几见兮，突而弁兮⑧！

【注释】

①无田：没有力量耕种。甫田：很大的田地。②莠：田间的杂草。骄骄：杂乱茂盛的样子。③忉忉：忧愁的样子。④桀桀：杂乱茂盛的样子。⑤怛怛：悲伤的样子。⑥婉：貌美。娈：清秀。⑦总角：小孩头两侧上翘的小辫。丱：两角的样子。⑧弁：帽子。古时男子成人才戴帽子。

## 卢令

*这是一首赞美猎人的诗。《毛序》认为该诗刺齐襄公“好田猎毕弋，而不修民事。”方玉润《诗经原始》：“盖游猎自是齐俗所尚，诗人即所见以咏之。”*

【原文】

卢令令①，其人美且仁。　卢重环②，其人美且鬈。　卢重鋂，其人美且偲③。

【注释】

①卢：猎犬。②重环：子母环。③偲：多才。

## 敝笱(gǒu)

*本诗讽刺了齐国的文姜与齐襄公私通。《大序》认为“齐人恶鲁桓公微弱”，朱熹认为“桓当为庄”，方玉润《诗*

*经原始》“此诗当作与（桓）公与夫人如齐之顷，而未薨于车之先。”*

【原文】

敝笱在梁[①]，其鱼鲂鳏。齐子归止，其从如云[②]。　敝笱在梁，其鱼鲂鱮。齐子归止，其从如雨。　敝笱在梁，其鱼唯唯[③]。齐子归止，其从如水。

【注释】

①敝笱：破旧渔网。②从：仆从，随从。③唯唯：鱼相随行的样子。

## 载驱（zǎi qū）

*本诗继《敝笱》和《南山》后，再次描写了襄公与文姜的私通。方玉润《诗经原始》：“此诗以专刺文姜为主，不必牵涉襄公，而襄公之恶自不可掩。”*

【原文】

载驱薄薄[①]，簟茀朱鞹[②]。鲁道有荡，齐子发夕[③]。　四骊济济[④]，垂辔沵沵[⑤]。鲁道有荡，齐子岂弟[⑥]。　汶水汤汤[⑦]，行人彭彭[⑧]。鲁道有荡，齐子翱翔。　汶水滔滔[⑨]，行人儦儦[⑩]。鲁道有荡，齐子游敖[⑪]。

【注释】

①载：乃。驱：驾车疾行。薄薄：车疾行的声音。②簟：竹席。茀：竹帘。朱鞹：红色的革子。③发：早上。夕：傍晚。④骊：黑色的马。济济：整齐。⑤辔：缰绳。沵沵：柔软。⑥岂弟：欢乐安闲。⑦汤汤：水大的样子。⑧彭彭：多的样子。⑨滔滔：水流浩荡。⑩儦儦：众多的样子。⑪游敖：优游自在。

## 猗（yī）嗟

*本诗是对一位英武少年的赞美。诸儒皆说为鲁庄公。方玉润《诗经原始》："此齐人初见庄公而叹其威仪技艺之美，不失名门子，而又可以为戡乱之材。"*

【原文】

猗嗟昌兮①，颀而长兮②。抑若扬兮③，美目扬兮④。巧趋跄兮⑤，射则臧兮⑥。　猗嗟名兮，美目清兮。仪既成兮⑦，终日射侯⑧。不出正兮⑨，展我甥兮⑩。　猗嗟娈兮，清扬婉兮。舞则选兮⑪，射则贯兮⑫。四矢反兮，以御乱兮。

【注释】

①猗嗟：叹词。昌：盛。②颀：长貌。③抑：美貌。扬：额角丰满。④扬：睁开。⑤巧：灵巧，机敏。趋：快走。跄：从容，舒展。⑥射：射箭。臧：好，妙。⑦仪：仪式。成：完成。⑧侯：靶。⑨出：离开。正：靶心。⑩展：诚，真是。⑪舞：跳舞。选：与众不同。⑫贯：中而穿革。

# 魏风

*魏，本舜、禹故都也。其地陕隘，而民贪俭俭，盖有圣贤之遗风焉。周初以封同姓，后为晋献公所灭，而取其地。今河中府解州即其地也。*

## 葛屦（jù）

***这首诗描写的是一个女仆为贵妇人缝制新衣服的场面。方玉润《诗经原始》：“俭，美德也，何可刺？然俭之过则必至于啬，啬之过则必至于褊……故俭亦当有节焉，乃为贵耳。”***

【原文】

纠纠葛屦①，可以履霜②。掺掺女手③，可以缝裳。要之襋之④，好人服之⑤。　好人提提⑥，宛然左辟⑦，佩其象揥⑧。维是褊心⑨，是以为刺⑩。

【注释】

①纠纠：纠结，绑住。葛屦：葛布鞋。②可：何的假借字。履霜：站立于霜雪寒天之中。③掺掺：形容女手的纤细。④要：即腰，作动词。襋：衣领，作动词。⑤好人：对自己主人的尊称。⑥提提：优雅动人。⑦宛然：回转的样子。辟：同“避”。⑧象揥：象牙做的发簪。⑨维：因为。是：指这个人。褊心：心地狭窄。⑩是：因此，所以。刺：讽刺。

## fén jǔ rù<br>汾沮洳

*这是一首赞美劳动者的诗。方玉润《诗经原始》："前篇刺褊，此篇美俭，二诗胡证，义旨乃明……诗人于采莫、采桑、采藚之际，得睹勤劳而叹美之。"*

【原文】

彼汾沮洳①，言采其莫②。彼其之子，美无度③。美无度，殊异乎公路④。　彼汾一方⑤，言采其桑。彼其之子，美如英⑥。美如英，殊异乎公行⑦。　彼汾一曲⑧，言采其藚⑨。彼其之子，美如玉。美如玉，殊异乎公族⑩。

【注释】

①汾：水名。沮洳：低湿的地方。②莫：莫菜。③度：衡量。无度：无法衡量。④殊异：优异出众。公路：官职。⑤方：边，旁。⑥英：花。⑦公行：官职。⑧曲：拐弯的地方。⑨藚：泽泻，一种草。⑩公族：官职。

## 园有桃

*这首诗是郁郁不得志之人所发的悲苦与牢骚。方玉润《诗经原始》："贤者忧国政日非也。魏之失不在俭，而在啬与褊，且不在卿大夫之俭，而在国君之褊与急……园必有桃而后可以为殽，国必有民而后可以为治。"*

【原文】

园有桃，其实之殽①。心之忧矣，我歌且谣②。不知我者，谓我士也骄。彼人是哉③，子曰何其④？心之忧矣，其谁知之⑤！其谁知之，盖亦勿思[6]！　　园有棘[7]，其实之食。心之忧矣，聊以行国[8]。不知我者，谓我士也罔极[9]。彼人是哉，子曰何其？心之忧矣，其谁知之！其谁知之，盖亦勿思！

【注释】

①殽：吃。②歌：众人同唱的曲子。谣：一人独唱的曲子。③是哉：对吗？正确吗？④子曰何：你认为如何。其：语气词，表疑问。⑤其：语气词，表推测。谁知之：谁了解我？⑥盖：何不，为什么不。⑦棘：酸枣树。⑧行国：在国内周游。⑨罔极：意思是心中没有知足的时候。

## 陟（zhì）岵（hù）

*这首诗表达的是征人对亲人，对家乡的深深思念。《毛序》：“《陟岵》，孝子行役，思念父母也。国迫而数侵削，役乎大国，父母兄弟离散，而作是诗也。”*

【原文】

陟彼岵兮[1]，瞻望父兮。父曰：“嗟！予子行役，夙夜无已[2]。上慎旃哉[3]！犹来无止[4]！”　　陟彼屺兮，瞻望母兮。母曰：“嗟！予季行役，夙夜无寐。上慎旃哉！犹来无弃[5]！”　　陟彼冈兮，瞻望兄兮。兄曰：“嗟！予弟行役，夙夜必偕[6]。上慎旃哉！犹来无死[7]！”

【注释】

①岵：有草木的山。②已：停止。③上：通“尚”，表示祈祷希望。慎：小心谨慎。旃：语气助词。④犹：还是。止：停留不归。⑤弃：弃家不归。⑥偕：勤奋刻苦。⑦死：客死不归。

## 十亩之间

*这首诗描写了采桑女子结束一天的劳动工作后，呼朋引伴归家的画面。另有方玉润《诗经原始》："夫妇偕隐也……盖隐者必挈眷偕往，不必定招朋类也。"*

【原文】

十亩之间兮，桑者闲闲兮①。行与子还兮②。　　十亩之外兮，桑者泄泄兮③。行与子逝兮④。

【注释】

①闲闲：宽闲的样子。②行：走。还：回家。③泄泄：悠然自在。④逝：离去。

## 伐檀（tán）

*这首诗描写的是一群伐木工对剥削阶级的强烈控诉，讽刺统治者不劳而获。方玉润《诗经原始》："此必魏廷贪婪充位比比皆是，间有一二贤人君子清操自失者，众共排之，俾居闲散无为之地。彼君子者，又耻无功受禄……故诗人伤之，作此以刺时。"*

【原文】

坎坎伐檀兮①，置之河之干兮②，河水清且涟漪③。不稼不穑④，胡取禾三百廛兮⑤？不狩不猎，胡瞻尔庭有县貆兮⑥？彼君子兮，不素餐兮⑦！　　坎坎伐辐兮⑧，置之河之侧兮，河水清且直猗⑨。不稼不穑，胡取禾三百亿兮⑩？不狩不猎，胡瞻尔庭有县特兮⑪？彼君子兮，不素食兮！　　坎坎伐轮兮，置之河之漘兮[12]，河水清且沦猗[13]。不稼不穑，胡取禾三百囷兮[14]？不狩不猎，胡瞻尔庭有县鹑兮[15]？彼君子兮，不素飧兮[16]！

【注释】

①坎坎：用力伐木的声音。②干：河岸。③涟：风吹水面形成的波纹。漪：语气助词，没有实义。④稼：种田。穑：收割。⑤禾：稻谷。廛：束，捆。⑥县：同“悬”，挂。貆：小貉。⑦素：空，白。素餐：意思是白吃饭不干活。⑧辐：车轮上的辐条。⑨直：河水直条状的波纹。⑩亿：束，捆。⑪特：四岁的兽。⑫漘：水边。⑬沦：小波。⑭囷：束，捆。⑮鹑：鹌鹑。⑯飧：熟食。

## 硕　鼠

*本诗讽刺了高高在上的统治者。方玉润《诗经原始》：“此诗见魏君贪残之效，其始皆由错悟以啬为俭之故，其弊遂至刻削小民而不知足，以致境内纷纷逃散，而有此咏。”*

【原文】

硕鼠硕鼠，无食我黍！三岁贯女[1]，莫我肯顾[2]。逝将去女[3]，适彼乐土。乐土乐土，爰得我所。　　硕鼠硕鼠，无食我麦！三岁贯女，莫我肯德[4]。逝将去女，适彼乐国。乐国乐国，爰得我直[5]。　　硕鼠硕鼠，无食我苗！三岁贯女，莫我肯劳[6]。逝将去女，适彼乐郊。乐郊乐郊，谁之永号[7]？

【注释】

①三岁：泛指多年。贯：事，侍奉。女：同“汝”，你。②顾：顾怜。莫我肯顾：莫肯顾我。③逝：用作“誓”。去：离开。④德：这里的意思是感激。⑤爰：乃。直：同“值”，代价。⑥劳：慰劳。⑦号：感激。

# 唐风

*唐，本帝尧旧都。周成王以封弟姬叔虞为唐侯，因国内有晋水，至子燮乃改国号曰晋。后徙曲沃，又徙居绛，其地土瘠尼贫，勤俭质朴，有尧之遗风焉。*

## 蟋　蟀

***本诗是古代官员的内心独白。方玉润《诗经原始》："其人素本勤俭，强作旷达，而又不敢过放其怀，恐耽逸乐，致荒本业。"***

【原文】

蟋蟀在堂①，岁聿其莫②。今我不乐，日月其除③。无已大康④，职思其居⑤。好乐无荒⑥，良士瞿瞿⑦。　蟋蟀在堂，岁聿其逝。今我不乐，日月其迈⑧。无已大康，职思其外⑨。好乐无荒，良士蹶蹶⑩。　蟋蟀在堂，役车其休⑪。今我不乐，日月其慆⑫。无以大康，职思其忧⑬。好乐无荒，良士休休⑭。

【注释】

①堂：堂屋。天气寒冷时蟋蟀从野外进到堂屋。②聿：语气助词，没有实义。莫：同"暮"。③除：消逝，过去。④已：过度，过分。大康：康乐，安乐。⑤职：常。居：所处的地位。⑥好：喜欢。荒：荒废。⑦瞿瞿：心中警戒的样子。⑧迈：消逝，过去。⑨外：指分外的事。⑩蹶蹶：勤劳敏捷的样子。⑪役车：服役

出差乘坐的车。休：休息。⑫慆：逝去。⑬忧：忧患。⑭休休：安闲自得的样子。

## 山有枢

*本诗讽刺了那些有钱有势的贵族及时行乐，贪婪、吝啬的守财奴嘴脸。方玉润《诗经原始》："此讽唐人富者徒俭而不中礼之诗，与前篇针锋相对。"*

【原文】

山有枢①，隰有榆②。子有衣裳，弗曳弗娄③。子有车马，弗驰弗驱。宛其死矣④，他人是愉。　山有栲⑤，隰有杻⑥。子有廷内⑦，弗洒弗埽。子有钟鼓，弗鼓弗考⑧。宛其死矣，他人是保⑨。　山有漆⑩，隰有栗⑪。子有酒食，何不日鼓瑟？且以喜乐，且以永日。宛其死矣，他人入室。

【注释】

①枢：树名，即刺榆树。②隰：潮湿的低地。榆：树名。③曳：拖。娄：牵。曳、拖在这里是指穿着。④宛：死去的样子。⑤栲：树名，即山樗。⑥杻：树名，即檍树。⑦廷内：庭院和房屋。⑧考：敲击。⑨保：占有，据为己有。⑩漆：漆树。⑪栗：栗子树。

## 扬之水

*公元前8世纪，晋昭公封他的叔叔桓叔于曲沃。随着桓叔的到来，曲沃逐渐强大起来，因而，桓叔的野心逐渐膨胀，妄图取代晋昭公。本诗为投靠桓叔之人所写，解诗之人从严粲说为忠告，从朱熹说为叛党。*

【原文】

扬之水，白石凿凿①。素衣朱襮②，从子于沃③。既见君子，云何不乐。　扬之水，白石皓皓④。素衣朱绣，从子于鹄。既见君子，云何其忧。　扬之水，白石粼粼⑤。我闻有命⑥，不敢以告人。

【注释】

①凿凿：鲜明的样子。②襮：绣有花纹的衣领。③从：跟随，到。沃：地名。④皓皓：洁白。⑤粼粼：清澈的样子。⑥闻：听到。命：命令，政令。

## 椒聊（jiāo jiáo）

*《毛序》和三家诗都说这是写曲沃桓叔子孙盛大的诗。方玉润《诗经原始》：“此诗为沃盛晋弱而发无疑……圣人存之，正以见其识之远而虑之深耳。若谓民罔常怀，怀于有仁，尽将诗人忠厚视同叛党，可乎哉？”*

【原文】

椒聊之实①，蕃衍盈升②。彼其之子，硕大无朋③。椒聊且，远条且④。　椒聊之实，蕃衍盈匊⑤。彼其之子，硕大且笃⑥。椒聊且，远条且。

【注释】

①椒聊：椒树。实：果实。②蕃衍：同“繁衍”。盈：满。升：古代计量单位。③无朋：无比。④远条：香气远扬。⑤匊：两手合捧。⑥笃：厚道，老实。

## 绸缪（chóu miù）

*这是一首歌咏新婚的诗。方玉润《诗经原始》：“《诗》咏新婚多矣，皆各有命意所在。唯此诗无甚深义，只*

*描摹男女初遇，神情逼真，自是绝作，不可废也。”*

【原文】

绸缪束薪[①]，三星在天[②]。今夕何夕[③]？见此良人。子兮子兮[④]，如此良人何[⑤]！　绸缪束刍[⑥]，三星在隅。今夕何夕？见此邂逅[⑦]。子兮子兮，如此邂逅何！　绸缪束楚，三星在户。今夕何夕？见此粲者[⑧]。子兮子兮，如此粲者何！

【注释】

①绸缪：捆绑，缠绕。②三星：参星。③今夕何夕：今晚是怎样的夜晚？④子兮：你呀。⑤如……何：把……怎么样。⑥刍：喂牲口的青草。⑦邂逅：不期而遇。⑧粲：鲜明的样子。

## 杕（dì）杜

*这首诗描写的是流民、无助之人的生活。姚际恒：“似不得于兄弟而终望兄弟比助之辞。言我独行无偶，岂无他人可共行乎？然终不如我兄弟也。”方玉润《诗经原始》：“自伤兄弟失好而无助也。”*

【原文】

有杕之杜[①]，其叶湑湑[②]。独行踽踽[③]，岂无他人？不如我同父[④]。嗟行之人，胡不比焉[⑤]？人无兄弟，胡不佽焉[⑥]？　有杕之杜，其叶菁菁[⑦]。独行睘睘[⑧]，岂无他人？不如我同姓[⑨]。嗟行之人，胡不比焉？人无兄弟，胡不佽焉？

【注释】

①杕：树林独生的样子。杜：棠梨树。②湑湑：繁盛。③踽踽：孤独的样子。④同父：共有一个父亲的人。⑤胡：为什么。比：亲近，帮助。⑥佽：帮忙，

扶助。⑦菁菁：繁茂。⑧睘睘：无依无靠。⑨同姓：指兄弟。

## 羔裘

*此诗题解甚难。《毛序》：“《羔裘》，刺时也。晋人刺其在位，不恤其民也。”方玉润《诗经原始》：“此篇‘羔裘豹袪’，指卿大夫而言也无疑。即下云‘岂无他人，维子之故’，亦其民欲去而不忍去之意也，亦无疑。”*

【原文】

羔裘豹袪①，自我人居居②。岂无他人？维子之故③。　　羔裘豹褎④，自我人究究⑤。岂无他人？维子之好⑥。

【注释】

①袪：袖口。②自：对。我人：我们这些人。居居：同“倨倨”，傲慢无礼。③维：因为。故：故人，故友。④褎：同“袖”。⑤究究：狂傲虚浮。⑥好：相好。

## 鸨羽

*这首诗描写的是社会底层人民的困苦生活。朱熹《诗集传》：“民从征役而不得养其父母，故作此诗。”方玉润《诗经原始》评述该诗“始则痛居处之无定，继则念征役之何极，终则恨旧乐之难复。”*

【原文】

肃肃鸨羽①，集于苞栩②。王事靡盬③，不能蓺稷黍④，父母何怙⑤？悠悠苍天，曷其有所⑥？　　肃肃鸨翼，集于苞棘。王事靡盬，不能蓺黍稷，父母何食⑦？悠悠苍天，曷其有极⑧？　　肃肃鸨行，集于苞桑。王事靡盬，不能蓺稻粱，父母何尝⑨？悠悠苍天，曷其有常⑩？

【注释】

①肃肃：雁振翅声。鸨：鸨雁。羽：羽毛。栩：栎树。②苞：丛生。③靡：没有。盬：停止。④蓺：种植。⑤怙：依靠。⑥曷：什么时候。其：语气词，表示推测。有所：得其所，安居的处所。⑦食：吃。⑧有极：到头，到顶点，终止。⑨尝：吃。⑩常：正常。

## 无　衣

*本诗是一首通过赞美衣服，感念爱人的诗。另有《毛序》："《无衣》，美晋武公也。武公始并晋国，其大夫为之请命乎天子之使，而作是诗也。"方玉润则认为该诗"代武公请命于王也。（武公）自恃强盛，不惟力能破晋，而且目无天王，特以晋人屡征不服，不能不藉王命以慑服众心。"*

【原文】

岂曰无衣七兮①。不如子之衣，安且吉兮②！　　岂曰无衣六兮。不如子之衣，安且燠兮③！

【注释】

①七：表示衣服很多。②安：舒适。吉：好，漂亮。③燠：暖和。

## 有杕之杜

*这是一首大胆的表白之作，女子为追求男子勇敢说出自己内心想法。朱熹《诗集传》认为"此人好贤而恐不足以致*

*之。”方玉润从之。*

【原文】

有杕之杜，生于道左。彼君子兮，噬肯适我①？中心好之②，曷饮食之③？　　有杕之杜，生于道周。彼君子兮，噬肯来游？中心好之，曷饮食之？

【注释】

①噬：发语词。②中心：心中。好之：钟爱它。③食：饮食。

## 葛　生

*本诗描写的是一位妇女在悼念已经死去的丈夫情景。方玉润《诗经原始》：“征妇怨也。征妇思夫，久役于外，或存或亡，均不可知，其归与否，更不能必……以为此生无复见理，惟有百岁后返其遗骸，或与吾同归一穴而已，他何望耶？”*

【原文】

葛生蒙楚①，蔹蔓于野②。予美亡此③，谁与④独处。　　葛生蒙棘，蔹蔓于域⑤。予美亡此，谁与独息。　　角枕粲兮⑥，锦衾烂兮⑦。予美亡此，谁与独旦。　　夏之日，冬之夜。百岁之后，归于其居⑧。　　冬之夜，夏之日。百岁之后，归于其室⑨。

【注释】

①蒙：缠绕。楚：荆条。②蔹：草名，即白蔹。③予美：指所爱的人。④谁与：与谁，能和谁在一起？⑤域：坟地。⑥角枕：兽骨做装饰的枕头，敛尸所用。粲：色彩鲜明。⑦锦衾：锦缎褥子，裹尸用。烂：色彩鲜明。⑧居：指坟墓。⑨室：指墓穴。

# 采 苓(líng)

*本诗意在劝告人们勿听谣言，以免受其害。方玉润《诗经原始》："自古人君听谗多矣，其始由于心之多疑而好察……其心公，故人之进言亦必姑舍其然，详察焉而后信。造言者既有所惮而难入，则谗不远而自息矣。"*

【原文】

采苓采苓①，首阳之巅②。人之为言③，苟亦无信④。舍旃舍旃⑤，苟亦无然⑥。人之为言，胡得焉⑦！　采苦采苦，首阳之下。人之为言，苟亦无与⑧。舍旃舍旃，苟亦无然⑨。人之为言，胡得焉？　采葑采葑，首阳之东。人之为言，苟亦无从⑩。舍旃舍旃，苟亦无然。人之为言，胡得焉？

【注释】

①苓：甘草。②首阳之巅：首阳山山顶。③为言：讹言，谎话。④苟：一定。无信：不要相信。⑤舍旃：离开它，舍弃它。⑥苟：诚，确实。无：不要。⑦胡得焉：能得到什么？⑧无与：不要参与。⑨无然：不要以为然。⑩无从：不要跟随。

# 秦风

*秦，禹时伯益治水有功，赐嬴氏，其子孙居西戎以保西垂。后世非子事周孝王，养马有功，孝王封为附庸而邑之秦。宣王时，非子曾孙秦仲为大夫。平王东迁后，秦仲之孙襄公以兵护之，封襄公为诸侯。*

## 车　邻

***这是一首反映秦国国君生活的诗。《毛序》谓“美秦仲”，刘公瑾疑为“美襄公”，无关诗旨。方玉润认为“秦君开创之始，法制虽备，礼数尚宽。且其人必恢廓大度，不饰边幅……开创若此，后效可知。圣人存之，以见嬴秦始基固若是耳。”***

【原文】

有车邻邻①，有马白颠②。未见君子，寺人之令③。　阪有漆，隰有栗。既见君子，并坐鼓瑟。今者不乐，逝者其耋④！　阪有桑，隰有杨。既见君子，并坐鼓簧。今者不乐，逝者其亡⑤！

【注释】

①邻邻：车行的声音。②白颠：马额上长白毛。③寺人：宦官。④逝者：今后，将来。其：语气词，表推测。耋：七八十岁，指年老。⑤亡：死去。

## 驷驖(tiě)

*这首诗描写了秦国国君打猎的场面。《毛序》谓“美襄公始命，有田狩之事”。然年代无可考，秦人喜欢打猎尽人皆知，方玉润谓“君子读《诗》至此，不禁有怀《兔罝》野人，知周之所以王而久，秦之所以帝而促者，其由来盖有素已”。*

【原文】

驷驖孔阜①，六辔在手。公之媚子②，从公于狩。　奉时辰牡③，辰牡孔硕④。公曰左之⑤，舍拔则获⑥。　游于北园，四马既闲。輶车鸾镳⑦，载猃歇骄⑧。

【注释】

①驷驖：四匹黑如铁的马。②媚子：亲信、宠爱的人。③奉：通“逢”，遭遇，碰上。时：即“是”，这。辰牡：公鹿。④硕：肥大。⑤左之：向左。⑥舍拔：放箭。舍：放。拔：箭末。⑦輶：轻便的车。⑧载：装载。猃：长嘴的猎狗。歇骄：短嘴的狗。

## 小　戎

*公元前766年，秦襄公率军远征西戎，本诗一说为妇人他远征的丈夫所作，另一说为秦襄公为缅怀西征将士所作。方玉润《诗经原始》：“后儒不察，又以为从役者之家人所言……则襄公劳士一片苦衷，不几为其所没，千载下谁复能谅之耶？”*

【原文】

小戎俴收①，五楘梁辀②。游环胁驱③，阴靷鋈续④。文茵畅毂[5]，驾我骐馵[6]。言念君子，温其如玉。在其板屋，乱我心曲。　　四牡孔阜，六辔在手。骐駵是中[7]，騧骊是骖。龙盾之合[8]，鋈以觼軜[9]。言念君子，温其在邑[10]。方何为期？胡然我念之。　　俴驷孔群[11]，厹矛鋈錞[12]。蒙伐有苑[13]，虎韔镂膺[14]。交韔二弓，竹闭绲縢[15]。言念君子，载寝载兴。厌厌良人[16]，秩秩德音[17]。

【注释】

①俴：浅。收：轸。②梁：用皮革在辕上缠绕形成的特定花纹。梁辀：如舟样弯曲的辕。③游环：活动的环。胁驱：马车上的皮条。④靷：引车前行的皮带。鋈：白铜。续：系在车上的环。⑤文茵：虎皮坐垫。畅：长。毂：车。⑥骐，馵：两种马。⑦中：在中间，指辕马。⑧龙盾：画龙的盾牌。⑨觼：有舌的环。軜：骖马的缰绳。⑩温：温文尔雅。在邑：驻守城邑。⑪俴驷：披薄金甲的四马。孔群：马群很协和。⑫厹矛：韧有三角的矛。錞：矛柄的金属套。⑬蒙：杂色。伐：盾。有苑：有花纹。⑭虎韔：虎皮做的弓袋。镂：雕刻花纹。膺：弓袋正面。⑮绲：绳。縢：捆扎。将竹闭用绳子捆扎在需要校正的弓上。⑯厌厌：安静。⑰秩秩：清正。

## 蒹（jiān）葭（jiā）

*此诗自古解诗之人观点不一。一说为这是一首思慕和追求意中人不得的诗。另有朱熹《诗集传》：“言秋水方盛之时，所谓彼人者，乃在水之一方，上下求之而皆不可得。然不知其何所指也。”方玉润则认为是“惜招隐难致也”。*

【原文】

蒹葭苍苍[1]，白露为霜。所谓伊人[2]，在水一方。遡洄从之，道阻且长。遡游从之，宛在水中央。　　蒹葭萋萋，白露未晞[3]。所谓伊人，在水之湄[4]。遡洄从之，道阻且跻[5]。遡游从之，宛在水中坻[6]。　　蒹葭采采[7]，白露未已[8]。所谓伊人，在水之涘[9]。遡洄从之，道阻且右[10]。遡游从之，宛在水中沚[11]。

【注释】

①蒹葭：芦苇。苍苍：茂盛的样子。②伊人：那个人。③晞：干。④湄：岸边。⑤跻：登高。⑥坻：水中的小沙洲。⑦采采：茂盛的样子。⑧已：止，干。⑨涘：水边。⑩右：弯曲，迂回。⑪沚：水中的小沙洲。

## 终 南

*这是一首劝诫秦君的诗。方玉润《诗经原始》："此必周之耆旧，初见秦君抚有西土，皆膺天子命以治其民，而无如何，于是作此以颂祷之。"*

【原文】

终南何有？有条有梅[1]。君子至止[2]，锦衣狐裘。颜如渥丹[3]，其君也哉。　终南何有？有纪有堂[4]。君子至止，黻衣绣裳[5]。佩玉将将[6]，寿考不忘[7]。

【注释】

①条：山楸。梅：楠树。②至：到达，来到。止：句末语气词。③颜：脸色。如：像。渥：涂抹。丹：红色涂料。④纪：杞的假借字。杞柳。堂：棠的假借字。棠梨。⑤黻：古代礼服上，黑与青相间的花纹。⑥将将：叮叮当当的声音。⑦寿考：健康长寿。不忘：不止，没有尽头。

## 黄 鸟

*秦穆公薨，子车氏三子奄息、仲行、鍼虎为之殉葬。这三人都是秦国当时的贤良之才，人民为之赋诗。方玉润有感而发"此苛政恶俗，天子不能黜，国人不敢违。哀哉良善，其何*

*以堪！……圣人存此，岂独为三良悼乎？亦将作万世戒耳！”*

【原文】

交交黄鸟①，止于棘。谁从穆公②？子车奄息③。维此奄息，百夫之特④。临其穴，惴惴其慄⑤。彼苍者天，歼我良人⑥！如可赎兮⑦，人百其身⑧！　　交交黄鸟，止于桑。谁从穆公？子车仲行。维此仲行，百夫之防⑨。临其穴，惴惴其慄。彼苍者天，歼我良人！如可赎兮，人百其身！　　交交黄鸟，止于楚。谁从穆公？子车鍼虎。维此鍼虎，百夫之御⑩。临其穴，惴惴其慄。彼苍者天，歼我良人！如可赎兮，人百其身！

【注释】

①交交：飞而往来的样子。②从：殉葬。③子车：姓。奄息：名。④特：匹敌。⑤慄：战栗。⑥歼：消灭，杀尽。⑦如：如果，假设。可：可以，能够。赎：交换，换回。⑧人百其身：以百倍的生命来交换。⑨防：防范，防备。⑩御：抵御，抵挡。

## 晨　风

*此诗说法较多，今从方玉润“今观诗词，以为‘刺康公’者固无据，以为妇人思夫者亦未足凭。男女情与君臣义原本相通，诗既不露其旨，人固难以臆测。”*

【原文】

鴥彼晨风①，郁彼北林②。未见君子，忧心钦钦③。如何如何？忘我实多④。　　山有苞栎⑤，隰有六驳⑥。未见君子，忧心靡乐⑦。如何如何？忘我实多。　　山有苞棣⑧，隰有树檖⑨。未见君子，忧心如醉⑩。如何如何？忘我实多。

【注释】

①鴥：疾飞的样子。②郁：茂盛的样子。③钦钦：愁闷的样子。④实多：可能性更大。⑤苞：灌木丛生的样子。栎：栎树。⑥六驳：梓榆。⑦靡乐：不乐。⑧棣：棣树。⑨树：挺立的。檖：山梨树。⑩醉：同“碎”。

## 无 衣

*这是我国最早的一首气壮山河的战歌。该诗有秦人风采，“春秋二百四十余年，天下无复知有复仇志，独《无衣》一诗毅然以天下大义为己任。”*

【原文】

岂曰无衣？与子同袍。王于兴师[①]，修我戈矛，与子同仇[②]！　　岂曰无衣？与子同泽[③]。王于兴师，修我矛戟，与子偕作[④]！　　岂曰无衣？与子同裳。王于兴师，修我甲兵，与子偕行[⑤]！

【注释】

①王：指国家。于：语气助词，没有实义。②同仇：有共同的敌人。③泽：内衣。④偕作：一起行动。⑤偕行：一起前进，一起上战场。

## 渭 阳

*这首诗是秦康公送其舅舅晋国的公子重耳回晋国时所作的。方玉润评其“诗格老当，情致缠绵，为后世送别之祖，令人想见携手河梁时也”。*

【原文】

我送舅氏，曰至渭阳[①]。何以赠之？路车乘黄[②]。　　我送舅氏，悠悠我思[③]。何以赠之？琼瑰玉佩[④]。

【注释】

①曰：语气助词，无实义。渭：渭水。阳：山之南，水之北。②路车：贵族使用的马车。乘：四匹。黄：黄红相间的马。③思：思念。④琼：美玉。瑰：美石。

## 权舆（yú）

*这首诗描写的是一位落魄的旧贵族在留恋过去的富贵生活，哀叹现在的生活不如从前。方玉润《诗经原始》："贤者去就，只争礼貌间耳。而此诗所较，不过区区安居餔饮事，恐非贤者志也。"*

【原文】

於，我乎[①]！夏屋渠渠[②]，今也每食无余。于嗟乎！不承权舆[③]！　　於，我乎！每食四簋[④]，今也每食不饱。于嗟乎！不承权舆！

【注释】

①於：感叹词。②夏：大。夏屋：大房子。渠渠：深而大的样子。③权舆：起初，开始。④簋：古时盛食物的器皿。

# 陈风

*陈，大伏羲氏之墟。今之陈州即其地也。陈、桧 、曹皆小国，而陈为伏羲旧治，又帝舜后裔，故在二国前。*

## 宛　丘

*古时陈国巫风盛行，这是一首描写女子祭祀跳舞的诗。方玉润《诗经原始》：“此诗刺游荡意固昭然……此必陈君与其臣下不务政治，相与游乐，君击鼓而臣舞翻，无冬无夏，威仪尽失。”*

【原文】

子之汤兮①，宛丘之上兮②。洵有情兮③，而无望兮④。　坎其击鼓⑤，宛丘之下。无冬无夏，值其鹭羽⑥。　坎其击缶⑦，宛丘之道。无冬无夏，值其鹭翿⑧。

【注释】

①汤：游荡，放荡。②宛丘：四方高、中央凹下的土山。③洵：确实。有情：有感染力。④望：希望。⑤坎：击鼓声。⑥值：同“执”，拿着。鹭羽：用白鹭羽毛做的舞具。⑦缶：瓦器。⑧翿：以白鹭羽毛做成的舞具。

## 东门之枌（fén）

*这首诗描写了陈国的青年男女在节日里聚会，唱歌跳舞*

有兔爰爰，雉离于罗（《国风·王风·兔爰》）

丘中有麻，彼留子嗟（《国风·王风·丘中有麻》）

山有扶苏，隰有荷华（《国风·郑风·山有扶苏》）

维士与女，伊其相谑，赠之以芍药（《国风·郑风·溱洧》）

敝笱在梁，其鱼鲂鳏（《国风·齐风·敝笱》）

园有棘，其实之食（《国风·魏风·园有桃》）

硕鼠硕鼠，无食我黍（《国风·魏风·硕鼠》）

蟋蟀在堂，岁聿其莫（《国风·唐风·蟋蟀》）

*的场面。朱熹《诗集传》："此男女聚会歌舞，而赋其事以相乐也。"方玉润《诗经原始》："此诗分明刺陈俗尚巫觋，'男女弃其旧业，亟会于道路，歌舞于市井。'"*

【原文】

东门之枌[①]，宛丘之栩[②]。子仲之子，婆娑其下[③]。　谷旦于差[④]，南方之原[⑤]。不绩其麻[⑥]，市也婆娑[⑦]。　谷旦于逝[⑧]，越以鬷迈[⑨]。视尔如荍[⑩]，贻我握椒[⑪]。

【注释】

①枌：白榆树。②栩：栎树。③婆娑：舞蹈。④谷旦：良辰；好日子。差：择。⑤南方之原：南方的原野。⑥绩：纺织。⑦市：到集市去。⑧逝：追随。⑨越以：语气助词。鬷：汇集。迈：前行。⑩荍：锦葵花。⑪握：一把。椒：花椒。

## 衡　门

*这是一首没落贵族以安于贫贱自我安慰的诗。另有方玉润《诗经原始》："此贤者隐居甘贫而无求于外之诗。"因为"卫虽淫乱，实多君子；秦虽强悍，不少高人。陈则委靡不振，巫觋盛行，其狂惑之风，尤难自拔"。*

【原文】

衡门之下[①]，可以栖迟[②]。泌之洋洋[③]，可以乐饥[④]。　岂其食鱼，必河之鲂[⑤]？岂其取妻[⑥]，必齐之姜[⑦]？　岂其食鱼，必河之鲤？岂其娶妻，必宋之子[⑧]？

【注释】

①衡门：横木做成的门，指简陋的居所。②栖迟：居住休歇。③泌：泉水。洋洋：水流不息的样子。④乐：疗救。饥：饥饿。⑤鲂：鱼名。⑥取：同"娶"。

⑦齐之姜：齐国姓姜的女子。⑧宋之子：宋国姓子的女子。

## 东门之池

*这是一首描写男女相会的诗。朱熹认为“男女会遇之词”，方玉润则认为“此诗终不可解……即或诗人寓言，以淑女比贤士未为不可，然其辞意浅率，终非佳构，不必再烦多辩已。”*

【原文】

东门之池[①]，可以沤麻[②]。彼美淑姬[③]，可与晤歌[④]。　东门之池，可以沤纻[⑤]。彼美淑姬，可与晤语[⑥]。　东门之池，可以沤菅[⑦]。彼美淑姬，可与晤言[⑧]。

【注释】

①池：护城河。②沤：渍。把麻用水浸泡。③美淑姬：美丽善良的女子。④晤歌：以歌声相互唱和。⑤纻：麻的一种。⑥晤语：见面交谈。⑦菅：菅草。⑧晤言：同“晤语”。

## 东门之杨

*这首诗描写的是一对青年男女相约幽会的情景。朱熹《诗集传》：“此亦男女期会而有负约不至者，故因其所见以起兴。”方玉润《诗经原始》：“辞意闪烁，似古迎神曲，非淫词，亦非昏姻诗也。”*

【原文】

东门之杨，其叶牂牂[①]。昏以为期[②]，明星煌煌[③]。　东门之杨，其叶肺肺[④]。昏以为期，明星晢晢[⑤]。

【注释】

①牂牂：茂盛的样子。②昏以为期：以昏为期，以黄昏为约会时间。③明星：启明星。煌煌：明亮。④肺肺：风吹树叶的声音。⑤晢晢：明亮。

## 墓门

*本诗讽刺了统治者的无能和昏庸。《左传》载“陈侯鲍卒，文公子佗杀太子免而代之，于是陈乱。”苏辙曰：“（陈）桓公之世，陈人知佗之不臣矣，而桓公不去，以及于乱。是以国人追咎桓公，以为桓公之智不能及其后，故以《墓门》刺焉。”*

【原文】

墓门有棘[①]，斧以斯之[②]。夫也不良[③]，国人知之。知而不已[④]，谁昔然矣[⑤]。　　墓门有梅[⑥]，有鸮萃止[⑦]。夫也不良，歌以讯止[⑧]。讯予不顾，颠倒思予[⑨]。

【注释】

①墓：墓道之门。棘：枣树。②斯：用斧头劈开。③夫：指这个人。不良：品行败坏。④已：停止。⑤谁昔：往昔，从前。然：这样。⑥梅：应为“棘”字。⑦鸮：猫头鹰。萃：聚集。止：语气助词，没有实义。⑧讯：劝诫，规劝。⑨颠倒：指是非混淆。

## 防有鹊巢

*这首诗描写的是诗人担忧有人离间自己和情人。但方玉润驳之“此诗忧谗无疑……夫《风》诗讬兴甚远，凡属君亲朋*

*友，意有难宣之处，莫不假托男女夫妇词婉转以达之。”*

【原文】

防有鹊巢[①]，邛有旨苕[②]。谁侜予美[③]，心焉忉忉[④]。　中唐有甓[⑤]，邛有旨鹝[⑥]。谁侜予美，心焉惕惕[⑦]。

【注释】

①防：堤岸，堤坝。②邛：土丘。旨：美，好。苕：苕草，一种长在低湿处的植物。③侜：欺诳。予美：我所爱的人。④忉忉：忧愁的样子。⑤中唐：庙和朝堂门内的大路。甓：砖瓦。⑥鹝：绶草。⑦惕惕：心中忧虑的样子。

## 月　出

*这是一首月下怀人诗。朱熹曰：“此亦男女相悦而相念之辞。”方玉润认为该诗“情念虽深，心非淫荡。且从男女意虚想，活现出一月下美人。并非实有所遇，盖巫山、洛水之滥觞也”。*

【原文】

月出皎兮[①]，佼人僚兮[②]。舒窈纠兮[③]，劳心悄兮[④]！　月出皓兮[⑤]，佼人懰兮[⑥]。舒懮受兮[⑦]，劳心慅兮[⑧]！　月出照兮，佼人燎兮[⑨]。舒夭绍兮[⑩]，劳心惨兮[⑪]！

【注释】

①皎：明亮。②佼人：美人。僚：美好的样子。③窈纠：女子舒缓的姿态。④劳：忧。悄：忧愁的样子。⑤皓：洁白。⑥懰：姣好的样子。⑦懮受：步行舒徐的样子。⑧慅：忧愁的样子。⑨燎：美好。⑩夭绍：女子体态柔美的样子。⑪惨：忧愁烦躁的样子。

## 株　林

*这首诗写的是陈灵公与夏姬私通，淫乱朝廷，以致陈国为楚所灭的事情。方玉润《诗经原始》：“诗人即体此情为之写照，不必更露淫字，而宣淫无忌之情已躍然纸上，毫无遁形，可谓神化之笔。”*

【原文】

胡为乎株林[①]？从夏南[②]。匪适株林，从夏南。　　驾我乘马[③]，说于株野[④]。乘我乘驹，朝食于株。

【注释】

①胡为：为胡，为什么。乎：介词“于”。株林：地名。②从：跟随，伴随。③我：指陈灵公。④说：停车休息。

## 泽（zé）　陂（pō）

*本诗描写的是一位少年偶遇心动女孩，久久不能忘怀的情景。闻一多说是“荷塘有遇，悦之无因，作诗自伤”。另有方玉润认为“大抵臣不得于其君，子不得于其父，皆可藉此抒怀”。*

【原文】

彼泽之陂[①]，有蒲与荷。有美一人，伤如之何[②]！寤寐无为[③]，涕泗滂沱[④]。　　彼泽之陂，有蒲与蕳[⑤]。有美一人，硕大且卷[⑥]。寤寐无为，中心悁悁[⑦]。　　彼泽之陂，有蒲菡萏[⑧]。有美一人，硕大且俨[⑨]。寤寐无为，辗转伏枕。

【注释】

①陂：水边的地。②伤：女子自指的代词，意思是“我”。③寤寐：醒着和睡着。④涕：眼泪。泗：鼻涕。滂沱：大雨般地淋下。⑤蕳：荷花。⑥硕大：高大。卷：美好的样子。⑦中心：心中。悁悁：心中忧愁的样子。⑧菡萏：荷花。⑨俨：庄重，端庄。

# 桧风

*桧，也作郐。高辛氏火正祝融之墟，居溱、洧之间。君妘姓，祝融之后。周衰为郑武公所灭，而迁国焉。*

## 羔 裘

*这是一首感怀的诗，至于对象，众说纷纭。方玉润《诗经原始》："此必国势将危，其君不知，犹以宝货为奇，终日游宴，边幅是脩，臣下忧之，谏而不听，夫然后去。去之而又不忍遽绝其君，乃形诸歌咏以见志也。"*

【原文】

羔裘逍遥①，狐裘以朝②。岂不尔思？劳心忉忉。　　羔裘翱翔，狐裘在堂。岂不尔思？我心忧伤。　　羔裘如膏③，日出有曜④。岂不尔思？中心是悼⑤。

【注释】

①逍遥：与"翱翔"同，游逛。②朝：上朝。③膏：油膏，油脂。④曜：照耀。⑤悼：难过，悲伤。

## 素 冠

*这是一首悼亡诗，至于所悼何人，说法不一。"或如诸篇以为君子也可，以为妇人思男也亦可。""或桧君国破*

*被执，拘于丛棘，其臣见之不胜悲痛，愿与同归就戮，亦未可知。”*

【原文】

庶见素冠兮[①]，棘人栾栾兮[②]，劳心慱慱兮[③]。　　庶见素衣兮，我心伤悲兮，聊与子同归兮。　　庶见素韠兮[④]，我心蕴结兮[⑤]，聊与子如一兮。

【注释】

①庶：有幸。②棘：瘦。栾栾：瘦弱的样子。③慱慱：忧愁劳苦的样子。④韠：朝服的蔽膝。⑤蕴结：心里郁结放不开。

## 隰有苌（cháng）楚

*本诗是一位生活不如意的没落贵族人的自叹。方玉润《诗经原始》：“此遭乱诗也……此必桧破民逃，自公族子姓以及小民之有室有家者，莫不扶老携幼，挈妻抱子，相与号泣路歧……合观前二篇，当是为公室发者居多。”*

【原文】

隰有苌楚[①]，猗傩其枝[②]。夭之沃沃[③]，乐子之无知[④]。　　隰有苌楚，猗傩其华。夭之沃沃，乐子之无家。　　隰有苌楚，猗傩其实。夭之沃沃，乐子之无室[⑤]。

【注释】

①苌楚：植物名，即猕猴桃。②猗傩：枝条柔美的样子。③夭：肥嫩的样子。沃沃：有光泽的样子。④乐：羡慕。子：指代猕猴桃树。无知：没有知觉。⑤室：妻室。

## 匪风

*这首诗是一个流落他乡之人思念家乡的慨叹。方玉润《诗经原始》："此诗诸儒皆泛作思周之作，未尝即桧时势而一论之……此桧臣自伤周道之不能兴复其国也。"*

【原文】

匪风发兮①，匪车偈兮②。顾瞻周道③，中心怛兮④！　　匪风飘兮⑤，匪车嘌兮⑥。顾瞻周道，中心吊兮⑦！　　谁能亨鱼⑧，溉之釜鬵⑨。谁将西归，怀之好音。

【注释】

①匪：彼。发：风声。②偈：疾驰的样子。③周道：大路。④怛：悲伤。⑤飘：旋风。⑥嘌：飞奔，疾驰。⑦吊：悲伤。⑧亨：烹。⑨溉：洗。釜鬵：锅。

# 曹风

*曹，本周武王以封弟振铎。陈傅良曰：桧亡，东周之始也；曹亡，春秋之终也。*

## 蜉　蝣

***这是一首叹息人生短促的诗。但自古诸儒均无定解，毛序说其“刺奢也”。方玉润《诗经原始》：“盖蜉蝣为物，其细已甚，何奢之有？取以为比，大不相类。”***

【原文】

蜉蝣之羽①，衣裳楚楚②。心之忧矣，于我归处③。　蜉蝣之翼，采采衣服④。心之忧矣，于我归息。　蜉蝣掘阅⑤，麻衣如雪。心之忧矣，于我归说⑥。

【注释】

①蜉蝣：一种寿命极短的虫，其羽翼极薄并有光泽。②楚楚：鲜明的样子。③于：通“何”，哪里。归：归依，回归。处：地方，居所。④采采：华丽的样子。⑤掘：穿，挖。阅：穴，洞。⑥说：止息，歇息。

## 候　人

***这是一首讥讽新贵的诗。《大序》谓“共公远君子而近小人”。方玉润《诗经原始》：“刺曹君远君子而近小人也。”***

【原文】

彼候人兮①，何戈与祋②。彼其之子③，三百赤芾④。　　维鹈在梁⑤，不濡其翼。彼其之子，不称其服⑥。　　维鹈在梁，不濡其咮⑦。彼其之子，不遂其媾⑧。　　荟兮蔚兮⑨，南山朝隮⑩。婉兮娈兮，季女斯饥⑪。

【注释】

①候人：在路上迎候宾客的小官。②何：同“荷”，扛。祋：古时的一种兵器。③彼其之子：他这个人，指前面提到的小官。④赤芾：指大夫以上的官穿戴的冕服。⑤鹈：鹈鹕，一种水鸟。梁：鱼梁。⑥不称：不配。⑦咮：鸟嘴。⑧遂：如愿。媾：宠，这里指高官厚禄。⑨荟、蔚：云雾弥漫的样子。⑩朝隮：早晨的云。⑪季女：年轻的女子，少女。斯：语气词，无义。饥：挨饿。

## 鸤鸠（shī jiū）

*这是一首赞美君子的诗。《小序》谓“刺不壹”，方玉润《诗经原始》：“诗中纯美无刺意。或谓‘美振铎’或谓‘美公子臧’，皆无确据。”*

【原文】

鸤鸠在桑①，其子七兮。淑人君子，其仪一兮②。其仪一兮，心如结兮③。　　鸤鸠在桑，其子在梅。淑人君子，其带伊丝。其带伊丝，其弁伊骐④。　　鸤鸠在桑，其子在棘。淑人君子，其仪不忒⑤。其仪不忒，正是四国⑥。　　鸤鸠在桑，其子在榛。淑人君子，正是国人。正是国人，胡不万年。

【注释】

①鸤鸠：布谷鸟。②仪：仪容。③结：死结，比喻意志坚决。④弁：礼帽。伊：助词，表示判断。骐：青黑色。⑤忒：差错。⑥正：模范，法则。是：指示代

词，这，这些。四国：泛指四方各个国家。

## 下　泉

*本诗表达了对昔日西周全盛时期的怀念。方玉润谓“夫天下有道，则礼乐征伐自天子出；天下无道，则礼乐征伐自诸侯出。今晋文入曹，执其君，分其田，以释私憾，宁能使曹人帖然心服乎？此诗之作，所以念周衰伤晋霸也”。*

【原文】

冽彼下泉[①]，浸彼苞稂。忾我寤叹[②]，念彼周京[③]。　　冽彼下泉，浸彼苞萧。忾我寤叹，念彼京周。　　冽彼下泉，浸彼苞蓍。忾我寤叹，念彼京师。　　芃芃黍苗[④]，阴雨膏之[⑤]。四国有王，郇伯劳之[⑥]。

【注释】

①冽：寒冷。下泉：泉下流。②忾：感慨。寤：醒来。③念：怀念，想念。周京，周的京城。④芃芃：繁盛的样子。⑤膏：润泽，滋润。⑥劳：慰问，慰劳。

# bīn
# 豳风

*豳，虞、夏之际，弃为后稷而封于命。及夏之衰，弃稷不务，弃子不窋失其官守，不窋生鞠陶，鞠陶生公刘，能复修后稷之业，居久富贵。乃相土地之宜，立周于豳谷焉。*

## 七　月

***该诗通篇描写了农民的农事，后世诸儒均认为周公所作。方玉润《诗经原始》：“《豳》仅《七月》一篇所言皆农桑稼穑之事。非躬亲陇亩，久于其道者，不能言之亲切有味也如是。周公生长世胄，位居冢宰，岂暇为此？且公刘世远，亦难代言。此必古有其诗，自公始陈王前，俾知稼穑艰难，并王业所自始，而后人遂以为公作也。”***

【原文】

七月流火[①]，九月授衣[②]。一之日觱发[③]，二之日栗烈[④]。无衣无褐[⑤]，何以卒岁[⑥]？三之日于耜[⑦]，四之日举趾[⑧]。同我妇子，馌彼南亩[⑨]，田畯至喜[⑩]。　　七月流火，九月授衣。春日载阳[⑪]，有鸣仓庚[⑫]。女执懿筐[⑬]，遵彼微行[⑭]，爰求柔桑。春日迟迟，采蘩祁祁[⑮]。女心伤悲，殆及公子同归[⑯]。　　七月流火，八月萑苇[⑰]。蚕月条桑[⑱]，取彼斧斨[⑲]。以伐远扬[⑳]，猗彼女桑[㉑]。七月鸣鵙[㉒]，八月载绩[㉓]。载玄载黄，我朱孔阳[㉔]，为公子裳。　　四月秀葽[㉕]，五月鸣蜩[26]。八月其获，十月陨萚[27]。一之日于貉，取彼狐狸，为公子裘。二之日其同[28]，载缵武功[29]。言私其豵[30]，献豜于公[31]。　五月斯螽动股[32]，六月莎鸡振羽[33]。七月在野，八月在宇，九月在户，十月蟋蟀入我床下。穹窒熏鼠[34]，塞向墐户[35]。嗟我妇子，曰为改岁[36]，入此室处。　六月食郁及薁[37]，七月亨葵及菽[38]。八月剥枣，十月获稻。为此春酒，以介眉寿[39]。七月食瓜，八月断壶[40]，九月叔苴[41]。采荼薪樗[42]，食我农夫。　九月筑场圃，十月纳禾稼。黍稷重穋[43]，禾麻菽麦。嗟我农夫！我稼既同，上入执宫功[44]；昼尔于茅[45]，宵尔索绹[46]，亟其乘屋[47]，其始播百谷。　二之日凿冰冲冲[48]，三之日纳于凌阴[49]。四之日其蚤[50]，献羔祭韭。九月肃霜[51]，十月涤场[52]。朋酒斯飨[53]，曰杀羔羊，跻彼公堂[54]，称彼兕觥[55]，万寿无疆！

【注释】

①流：落下。火：星名，又称大火。②授衣：叫妇女缝制冬衣。③一之日：周历一月，夏历十一月。以下类推。觱发：寒风吹起。④栗烈：寒气袭人。⑤褐：粗布衣服。⑥卒岁：终岁，年底。⑦于：为，修理。耜：古代的一种农具。⑧举趾：抬足，这里指下地种田。⑨馌：往田里送饭。南亩；南边的田地。⑩田畯：农官。喜：请吃酒菜。⑪载阳；天气开始暖和。⑫仓庚：黄鹂。⑬懿筐：深筐。⑭遵：沿着。微行：小路。⑮蘩：白蒿。祁祁：人多的样子。⑯公子：诸侯的女儿。归：出嫁。⑰萑苇：芦苇。⑱蚕月：养蚕的月份，即夏历三月。条：修剪。⑲斧斨：装柄处圆孔的叫斧，方孔的叫斨。⑳远扬：向上长的长枝条。㉑猗：攀折。女桑：嫩桑。㉒鵙：伯劳鸟，叫声响亮。㉓绩：织麻布。㉔朱：红色。孔阳：很鲜艳。㉕秀葽：秀是草木结籽，葽是草名。㉖蜩：蝉，知了。㉗陨：落下。萚：枝叶脱落。㉘同：会合。㉙缵：继续。武功：指打猎。㉚豵：一岁的野猪。㉛豜：三岁的野猪。㉜斯螽：蚱蜢。动股：蚱蜢鸣叫时要弹动腿。㉝莎鸡：纺织娘。㉞穹窒：堵塞鼠洞。㉟向：朝北的窗户。墐：用泥涂抹。㊱改岁：除岁。㊲郁：郁李。薁：野葡萄。㊳亨：烹。葵：滑菜。菽：豆。㊴介：求取。眉寿：长寿。㊵壶：同“瓠”，葫芦。㊶叔：抬起。苴：秋麻籽，可吃。㊷荼：苦菜。薪：砍柴。樗：臭

椿树。㊸重：晚熟作物。穋：早熟作物。㊹上：同“尚”。宫功：修建宫室。㊺于茅：割取茅草。㊻索绹：搓绳子。㊼亟：急忙。乘屋：爬上房顶去修理。㊽冲冲：用力敲冰的声音。㊾凌阴：冰室。㊿蚤：早，一种祭祖仪式。51肃霜：降霜。52涤场：打扫场院。53朋酒：两壶酒。飨：用酒食招待客人。54跻：登上。公堂：庙堂。55称：举起。兕觥：古时的酒器。

## 鸱鸮（chī xiāo）

*本诗是我国最早的一首托物象征的诗。全诗通过小鸟的语言，倾诉了孩子被夺走，家也险被毁坏的经历。方玉润认为是周公为保周朝基业，杀了其兄管、蔡二人，“会过已儆成王也……公心既伤且悔，唯有引咎自责，并望成王以戒将来。”*

【原文】

鸱鸮鸱鸮①，既取我子，无毁我室。恩斯勤斯②，鬻子之闵斯③！　迨天之未阴雨，彻彼桑土④，绸缪牖户⑤。今女下民⑥，或敢侮予？　予手拮据⑦，予所捋荼⑧，予所蓄租⑨，予口卒瘏⑩，曰予未有室家！　予羽谯谯⑪，予尾翛翛⑫，予室翘翘⑬，风雨所漂摇，予维音哓哓⑭！

【注释】

①鸱鸮：猫头鹰。②恩、勤：勤劳。斯：语气助词，没有实义。③鬻：养育。闵：病。④彻：寻取。桑土：桑树根。⑤绸缪：修缮。牖：窗。户：门。⑥女：汝，你。⑦拮据：手因操劳而不灵活。⑧捋：用手握住东西顺着抹取。⑨蓄：收藏。租：这里指茅草。⑩卒瘏：因劳累而得病。⑪谯谯：羽毛干枯稀疏的样子。⑫翛翛：羽毛枯焦的样子。⑬翘翘：危险的样子。⑭哓哓：由于恐惧而发出的叫声。

# 东　山

*这是一位在外征战多年，终于归家的士兵的心声。自《毛序》起，众人皆以为此诗“周公劳归将士”，崔述则认为“此篇毫无称美周公一语，其非大夫所作显然；然亦非周公劳士之诗也。细玩其词，乃归士自叙其离合之情耳”。*

【原文】

我徂东山[1]，慆慆不归[2]。我来自东，零雨其濛[3]。我东曰归[4]，我心西悲[5]。制彼裳衣，勿士行枚[6]。蜎蜎者蠋[7]，烝在桑野[8]。敦彼独宿[9]，亦在车下。　　我徂东山，慆慆不归。我来自东，零雨其濛。果臝之实[10]，亦施于宇[11]。伊威在室[12]，蟏蛸在户[13]。町畽鹿场[14]，熠燿宵行[15]。不可畏也？伊可怀也。　　我徂东山，慆慆不归。我来自东，零雨其濛。鹳鸣于垤[16]，妇叹于室。洒扫穹窒，我征聿至[17]。有敦瓜苦，烝在栗薪[18]。自我不见，于今三年。　　我徂东山，慆慆不归。我来自东，零雨其濛。仓庚于飞，熠燿其羽。之子于归，皇驳其马[19]。亲结其缡[20]，九十其仪[21]。其新孔嘉[22]，其旧如之何[23]？

【注释】

①徂：往。②慆慆：久。③濛：微雨的样子。④我东曰归：我在东边的时候听说要回家了。⑤我心西悲：我心里想着在西边的家伤心不已。⑥勿：不要。士：通“事”，从事，进行。行：含着，衔着。枚：古代行军时，为防止出声，士兵含在嘴里的小棍。⑦蜎蜎：蠕动的样子。蠋：蚕虫。⑧烝：助词，无义。桑野：长满桑树的田野。⑨敦：蜷缩。⑩果臝：瓜蒌。实：果实。⑪施：蔓延，攀延。宇：屋檐。⑫伊威：一种小虫。⑬蟏蛸：长腿蜘蛛。⑭町畽：房舍空地。鹿场：鹿的活动场所。⑮熠燿：荧光。宵行：萤火虫。⑯鹳：一种水鸟。垤：小土丘。⑰我征：我

那远征的人。聿：助词。至：回来，到家。⑱栗：通“裂”。⑲皇：黄色。驳：杂色。⑳亲：母亲。结：系。缡：佩巾。㉑九十：指多。仪：礼仪，礼节。㉒其：助词，无义。新：新人，新娘。孔：很，十分。嘉：美好。㉓旧：旧人，指妻子。如之何：如何，怎样。

## 破　斧

*本诗是一位追随周公平定管、蔡叛乱的幸存士兵所作。方玉润《诗经原始》：“此四国之民望救于公，如大旱之遇云霓也。”闻一多《风诗类钞》：“《破斧》，东征士卒喜生还也。”*

【原文】

既破我斧，又缺我斨。周公东征，四国是皇①。哀我人斯，亦孔之将②。　既破我斧，又缺我锜③。周公东征，四国是吪④。哀我人斯，亦孔之嘉。　既破我斧，又缺我銶⑤。周公东征，四国是遒⑥。哀我人斯，亦孔之休⑦。

【注释】

①四国：指商、管、蔡、霍四国。它们在周成王时作乱，周公率兵去平定。皇：匡正。②将：大，好。③锜：古代的一种凿子。④吪：感化，教化。⑤銶：古时的一种凿子。⑥遒：安定，坚固。⑦休：完美。

## 伐　柯（kē）

*此诗终不可解，一说为媒妁之诗，一说为美周公。方玉润《诗经原始》：“诸儒之说此诗者，悉牵强支离，无一确切通畅之语，故宁阙之以俟识者。”*

【原文】

伐柯如何①？匪斧不克②。取妻如何？匪媒不得。　　伐柯伐柯，其则不远③。我觏之子④，笾豆有践⑤。

【注释】

①柯：斧头的柄。②克：克服，完成。③则：法则。④觏：遇见。⑤笾：古时竹制的盛果物的器具。豆：古时木制的盛食物的器具。践：排列，陈列。

## 九　罭

*本诗是东方的百姓挽留周公的诗。方玉润《诗经原始》："此东人欲留周公不得，心悲而作是诗以送之也。"闻一多《风诗类钞》则认为"这是宴饮时，主人所赋留客的诗。"*

【原文】

九罭之鱼①，鳟、鲂。我觏之子，衮衣绣裳②。　　鸿飞遵渚③，公归无所，于女信处④。　　鸿飞遵陆，公归不复，于女信宿。　　是以有衮衣兮⑤，无以我公归兮，无使我心悲兮。

【注释】

①九罭：捕捉小鱼的细孔网。②衮：卷龙图案、花纹。③遵：沿着。④女：汝。信：住宿两晚。⑤有：收藏。

## 狼　跋（bá）

*该诗为周公平定叛乱后，人民作诗赞美他的品行，也有说成为讽刺贵族公孙的诗，自古各有证据，皆无定论，今均存之。*

【原文】

狼跋其胡[1]，载疐其尾[2]。公孙硕肤，赤舄几几[3]。　　狼疐其尾，载跋其胡。公孙硕肤，德音不瑕。

【注释】

①跋：踏。②疐：踩；牵绊。③舄：古代的一种鞋。几几：华贵的样子。

# 雅

*《左传》："天子之乐曰雅。"孔颖达《诗经正义》载："诗体既异，音乐亦殊。"惠周惕《诗说》："大小二雅，当以音乐别之，不以政之大小论也。"*

# 小雅

*严氏粲云："杂乎风之体者为雅之小。产生于从西周到东周的漫长时间，以厉、宣、幽王时代为最多。"*

## 鹿　鸣

***本诗描写的是统治者宴请群臣的场面。《毛序》谓"燕群臣嘉宾"。方玉润《诗经原始》："夫嘉宾即君臣，以名分言曰臣，以礼意言曰宾。文武之待群臣如待大宾，情意既洽而节文又敬，故能成一时盛治也。"***

【原文】

呦呦鹿鸣①，食野之苹②。我有嘉宾，鼓瑟吹笙。吹笙鼓簧③，承筐是将④。人之好我⑤，示我周行⑥。　呦呦鹿鸣，食野之蒿。我有嘉宾，德音孔昭⑦。视民不恌⑧，君子是则是效⑨。我有旨酒⑩，嘉宾式燕以敖⑪。　呦呦鹿鸣，食野之芩⑫。我有嘉宾，鼓瑟鼓琴。鼓瑟鼓琴，和乐且湛⑬。我有旨酒，以燕乐嘉宾之心。

【注释】

①呦呦：鹿的叫声。②苹：草名，即藾蒿。③簧：乐器中用以发声的片状振动体，这里指乐器。④承：捧着。将：献上。⑤好：关爱。⑥周行：大路。⑦德音：美德。孔：很，十分。昭：鲜明。⑧视：示，昭示。恌：轻浮。⑨则：榜样。效：模仿。⑩旨酒：美酒。⑪式：语气助词，无实义。燕：同"宴"。敖：同

“遨”，意思是游玩。⑫芩：草名，属蒿类植物。⑬湛：快活得长久。

## 四牡

mǔ

*这首诗是一个劳征在外，无法回家的差人所作。方玉润《诗经原始》：“是古来先有此诗，后乃采以为乐……诗之所以次《鹿鸣》者，以上章君之待臣之礼，故此章臣之事君以忠，上下交感，乃成泰运。”*

【原文】

四牡騑騑①，周道倭迟②。岂不怀归？王事靡盬③，我心伤悲！　　四牡騑騑，啴啴骆马④。岂不怀归？王事靡盬，不遑启处⑤！　　翩翩者鵻，载飞载下⑥，集于苞栩。王事靡盬，不遑将父！　　翩翩者鵻，载飞载止，集于苞杞。王事靡盬，不遑将母！　　驾彼四骆，载骤骎骎⑦。岂不怀归？是用作歌，将母来谂⑧！

【注释】

①騑騑：马行走不停的样子。②倭迟：迂回遥远的样子。③盬：停止。④啴啴：喘息的样子。⑤启处：安居休息。⑥载：句首发语词。⑦骤：马奔驰。骎骎：马速行的样子。⑧谂：思念。

## 皇皇者华

*这是一首描写使臣在民间考察民情，访求贤人的诗。方玉润《诗经原始》：“此遣使臣之诗……夫天下至大，朝廷至远，民间疾苦，何由周知？惟赖使者悉心访察以告天子。”*

【原文】

皇皇者华，于彼原隰[①]。駪駪征夫[②]，每怀靡及。　　我马维驹，六辔如濡。载驰载驱，周爰咨诹[③]。　　我马维骐，六辔如丝。载驰载驱，周爰咨谋。　　我马维骆，六辔沃若[④]。载驰载驱，周爰咨度。　　我马维骃，六辔既均[⑤]。载驰载驱，周爰咨询。

【注释】

①原隰：平原，低洼地。②征夫：行人。③咨诹：询问事情。④沃若：柔润，光泽。⑤均：协调。

## 常　棣

*这首诗描写了宴请兄弟，畅饮美酒的场面。作者旧说有二：一说为成王时周公所作；一说为厉王时召穆公虎所作。方玉润谓“良朋妻孥，未尝无助于己，然终不若兄弟之情亲而相爱也”。*

【原文】

常棣之华[①]，鄂不韡韡[②]。凡今之人，莫如兄弟。　　死丧之威[③]，兄弟孔怀[④]。原隰裒矣[⑤]，兄弟求矣。　　脊令在原[⑥]，兄弟急难。每有良朋，况也永叹[⑦]。　　兄弟阋于墙[⑧]，外御其务[⑨]。每有良朋，烝也无戎[⑩]。　　丧乱既平，既安且宁。虽有兄弟，不如友生[⑪]。　　傧尔笾豆[⑫]，饮酒之饫[⑬]。兄弟既具，和乐且孺[⑭]。　　妻子好合，如鼓瑟琴。兄弟既翕[⑮]，和乐且湛[⑯]。　　宜尔室家，乐尔妻帑[⑰]。是究是图[⑱]，亶其然乎[⑲]！

【注释】

①常棣：棠梨树。华：花。②鄂：同“萼”，花草。不：岂不。韡韡：花

色鲜明的样子。③威：畏惧。④孔怀：十分想念。⑤裒：堆积。⑥脊令：水鸟名。⑦况：本作兄，后作况，增加。永叹：长叹。⑧阋：争吵。阋于墙：在家里面争吵。⑨务：同“侮”，欺侮。⑩烝：乃。戎：帮助。⑪生：语气助词，没有实义。⑫傧：陈设，陈列。⑬饫：酒足饭饱。⑭孺：亲近。⑮翕：聚和。⑯湛：长久。⑰帑：儿女。⑱究：思虑。图：谋划。⑲亶：诚然，确实。

## 伐　木

*这是一首宴享友情的诗。方玉润《诗经原始》：“此朋友通用之乐歌也……朋友不离乎兄弟亲戚，亲戚兄弟自可以为朋友。所贵乎朋友者，心性相投，道义相交耳。”*

【原文】

伐木丁丁①，鸟鸣嘤嘤。出自幽谷，迁于乔木。嘤其鸣矣，求其友声。相彼鸟矣②，犹求友声③。矧伊人矣④，不求友生？神之听之，终和且平。　　伐木许许，酾酒有藇⑤。既有肥羜⑥，以速诸父⑦。宁适不来⑧？微我弗顾。於粲洒埽，陈馈八簋⑨。既有肥牡，以速诸舅。宁适不来，微我有咎⑩。　　伐木于阪，酾酒有衍。笾豆有践，兄弟无远。民之失德，乾糇以愆⑪。有酒湑我⑫，无酒酤我⑬。坎坎鼓我⑭，蹲蹲舞我⑮。迨我暇矣，饮此湑矣。

【注释】

①丁丁：伐木声。②相：看。③犹：还是，仍旧。④矧：况且，何况。⑤酾：滤，过滤。有：助词，放在形容词前。芎：甘美。⑥羜：五个月的小羊。⑦以：用。速：邀请，宴请。诸父：同族的长辈。⑧宁：宁可。适：恰好。不来：不能来。⑨陈：摆放。馈：食物。簋：古代的一种食器。⑩咎：过错，过失。⑪乾糇：干粮，指普通食物。愆：过失。⑫湑：滤酒去渣。⑬酤：有渣子的酒。⑭坎坎：鼓声。⑮蹲蹲：跳舞的样子。

## 天 保

*这是一首赞美、祝福君王的诗。《毛序》："《天保》，下报上也，君能下下以成其政，臣能归美以报其上焉。"姚际恒《诗经通论》："臣致祝于君之词。"*

【原文】

天保定尔，亦孔之固。俾尔单厚①，何福不除②？俾尔多益，以莫不庶③。　天保定尔，俾尔戬谷④。罄无不宜⑤，受天百禄。降尔遐福⑥，维日不足。　天保定尔，以莫不兴。如山如阜，如冈如陵。如川之方至，以莫不增。　吉蠲为饎⑦，是用孝享⑧。禴祠烝尝⑨，于公先王。君曰卜尔⑩，万寿无疆。　神之吊矣⑪，诒尔多福。民之质矣，日用饮食。群黎百姓，偏为尔德。　如月之恒⑫，如日之升。如南山之寿，不骞不崩⑬。如松柏之茂，无不尔或承⑭。

【注释】

①俾：让，使。单厚：富足，丰厚。②除：予，赐。③以：发语词，无实义。庶：众。④戬：福。⑤罄：尽。⑥遐：长久。⑦蠲：通"涓"，清洁。饎：酒食。⑧孝享：献祭。⑨禴祠烝尝：分别是夏、春、冬、秋四季的祭礼。⑩卜：予。⑪吊：至。⑫恒：月上弦。⑬骞：坍塌。崩：崩溃。

## 采 薇

*这是一个戍边征战的士兵在回家途中的内心独白。方玉润认为此诗"以戍役归者自作为近是"。至于成诗年代"或以为文王时，或以为宣王时，或谓季历时，都不可考。""此诗之佳，全在末章，真情实感，感时伤事，别有深情，非可言喻。"*

【原文】

采薇采薇①，薇亦作止②。曰归曰归，岁亦莫止③。靡室靡家，玁狁之故④。不遑启居⑤，玁狁之故。　　采薇采薇，薇亦柔止⑥。曰归曰归，心亦忧止。忧心烈烈，载饥载渴。我戍未定，靡使归聘⑦。　　采薇采薇，薇亦刚止⑧。曰归曰归，岁亦阳止⑨。王事靡盬⑩，不遑启处。忧心孔疚⑪，我行不来！　　彼尔维何⑫？维常之华。彼路斯何⑬？君子之车。戎车既驾，四牡业业⑭。岂敢定居？一月三捷⑮。　　驾彼四牡，四牡骙骙⑯。君子所依，小人所腓⑰。四牡翼翼⑱，象弭鱼服⑲。岂不日戒？玁狁孔棘⑳！　　昔我往矣，杨柳依依㉑。今我来思，雨雪霏霏㉒。行道迟迟，载渴载饥。我心伤悲，莫知我哀！

【注释】

①薇：一种野菜。②亦：语气助词，没有实义。作：初生。止：语气助词，没有实义。③莫：同“暮”，晚。④玁狁：北方少数民族戎狄。⑤遑：空闲。启：坐下。居：住下。⑥柔：软嫩。这里指初生的菠菜。⑦聘：问候。⑧刚：坚硬。这里指菠菜已长大。⑨阳：指农历十月。⑩盬：止息。⑪疚：病。⑫尔：花开茂盛的样子。⑬路：辂，大车。⑭业业：强壮的样子。⑮捷：交战，作战。⑯骙骙：马强壮的样子。⑰腓：隐蔽，掩护。⑱翼翼：排列整齐的样子。⑲弭：弓两头的弯曲处。鱼服：鱼皮制的箭袋。⑳棘：危急。㉑依依：茂盛的样子。㉒霏霏：纷纷下落的样子。

## 出　车

*这是周宣王时期出征将士得胜归来所作的诗。方玉润《诗经原始》：“大略此诗作于当时征夫，后世王者采以入乐，用劳还率以酬其庸，盖将以南仲劝业望之而已。”*

【原文】

我出我车[1]，于彼牧矣[2]。自天子所，谓我来矣[3]。召彼仆夫，谓之载矣。王事多难，维其棘矣。　　我出我车，于彼郊矣。设此旐矣[4]，建彼旄矣。彼旟旐斯，胡不旆旆[5]？忧心悄悄，仆夫况瘁[6]。　　王命南仲，往城于方[7]。出车彭彭，旂旐央央。天子命我，城彼朔方[8]。赫赫南仲，玁狁于襄[9]。　　昔我往矣，黍稷方华。今我来思，雨雪载涂。王事多难，不遑启居。岂不怀归？畏此简书。　　喓喓草虫，趯趯阜螽。未见君子，忧心忡忡。既见君子，我心则降。赫赫南仲，薄伐西戎[10]。　　春日迟迟，卉木萋萋。仓庚喈喈，采蘩祁祁。执讯获丑，薄言还归。赫赫南仲，玁狁于夷[11]。

【注释】

①出：出动。车：战车。②于：去，到。牧：郊外。③谓我来：对我说，让我出征来到这里。④设：设立，竖起。旐：有龟蛇图案的旗子。⑤旆旆：垂下来。⑥况：生病。瘁：憔悴。⑦往：去。城：建城。于方：地名。⑧朔方：北方。⑨襄：除，灭。⑩薄言：助词，用于动词前，无义。

## 杕杜

*这是一首妻子思念受征在外的丈夫的诗。方玉润《诗经原始》："此诗本室家思其夫归而未即归之词……始终望归，而未遽归，故作此猜疑无定之词耳。"*

【原文】

有杕之杜，有睆其实[1]。王事靡盬，继嗣我日[2]。日月阳止[3]，女心伤止，征夫遑止！　　有杕之杜，其叶萋萋。王事靡盬，我心伤悲。卉木萋止，女心悲止，征夫归止！　　陟彼北山，言采其杞[4]。

王事靡盬，忧我父母。檀车幝幝[5]，四牡痯痯[6]，征夫不远！　　匪载匪来，忧心孔疚。斯逝不至，而多为恤[7]。卜筮偕止，会言近止，征夫迩止！

【注释】

①有：助词，放在形容词前，无义。睆：果实饱满的样子。②嗣：续，延长。我日：服役时间。③日月：时间，光阴。阳：阴历十月。止：句末语气词。④杞：枸杞。⑤幝幝：破敝的样子。⑥痯痯：疲惫的样子。⑦恤：忧。

## 鱼　丽

*这是一首贵族宴会时做的诗。方玉润《诗经原始》："此诗本无意义，不过极言餚馔之多且美，故宴乡可以通用。且《燕礼》《乡饮酒礼》均皆用之，则亦未为过也……若夫餚酒备极丰美，燕宾之礼自当如是。"*

【原文】

鱼丽于罶[1]，鲿鲨。君子有酒，旨且多[2]。　　鱼丽于罶，鲂鳢。君子有酒，多且旨。　　鱼丽于罶，鰋鲤。君子有酒，旨且有。　　物其多矣，维其嘉矣[3]。　　物其旨矣，维其偕矣[4]。　　物其有矣，维其时矣[5]。

【注释】

①丽：同"罹"，遭遇，落入。罶：竹制的捕鱼工具。②多：指应有尽有。③维其：因为如此。④偕：品种齐全。⑤时：适时。

## 南有嘉鱼

*本诗是一首祝酒词，描写了宴会上宾朋的歌唱。方玉润*

*《诗经原始》："此与《鱼丽》意略同。但彼专言餚酒之美，此兼叙宾主绸缪之情。"*

【原文】

南有嘉鱼，烝然罩罩①。君子有酒，嘉宾式燕以乐②。　　南有嘉鱼，烝然汕汕③。君子有酒，嘉宾式燕以衎④。　　南有樛木，甘瓠累之⑤。君子有酒，嘉宾式燕绥之⑥。　　翩翩者鵻，烝然来思。君子有酒，嘉宾式燕又思⑦。

【注释】

①烝：众。这里指鱼很多。罩：捕鱼具。②式：应当。燕：饮酒。③汕汕：游来游去的样子。④衎：乐。⑤累：缠绕。⑥绥：惬意，安乐。⑦又：劝酒。

## 南山有台

*这是一首为君王颂德祝寿的诗。方玉润《诗经原始》："然自《鱼丽》至此，三诗各有一义。《集传》于《鱼丽》曰'优宾'，于《嘉鱼》曰'乐宾'，于此曰'尊宾'，颇得燕乐次序。……然三诗未必同出一时，不过后王用以入乐，其词义先后重轻适如其序焉云尔。"*

【原文】

南山有台①，北山有莱。乐只君子②，邦家之基。乐只君子，万寿无期！　南山有桑，北山有杨。乐只君子，邦家之光。乐只君子，万寿无疆！　南山有杞，北山有李。乐只君子，民之父母。乐只君子，德音不已③！　南山有栲，北山有杻。乐只君子，遐不眉寿④。乐只君子，德音是茂！　南山有枸，北山有楰。乐只君子，遐不黄耇⑤。乐只君子，保艾尔后⑥！

【注释】

①台：莎草。②乐：快乐，愉快。只：句中语气词。君子：这里指贵族。③已：停止。④遐：同“胡”，为什么。眉寿：长寿。⑤黄耇：老寿也。⑥保：安。艾：养。

## 蓼 萧

*这是一首诸侯在宴会上赞美周天子的诗。朱熹《诗集传》：“诸侯朝于天子，天子与之燕，以示慈惠，故歌此诗。”方玉润《诗经原始》：“此盖天子燕诸侯而美之之词耳。”*

【原文】

蓼彼萧斯，零露湑兮[①]。既见君子，我心写兮[②]。燕笑语兮，是以有誉处兮[③]。　蓼彼萧斯，零露瀼瀼[④]。既见君子，为龙为光。其德不爽，寿考不忘。　蓼彼萧斯，零露泥泥[⑤]。既见君子，孔燕岂弟[⑥]。宜兄宜弟，令德寿岂[⑦]。　蓼彼萧斯，零露浓浓。既见君子，鞗革冲冲[⑧]。和鸾雝雝，万福攸同[⑨]。

【注释】

①零：落。②写：宣泄。③是以：以是，因此。誉：通“豫”，畅快悠闲。④瀼瀼：露盛的样子。⑤泥泥：濡湿的样子。⑥岂弟：和易近人。⑦岂：乐。⑧冲冲：垂饰的样子。⑨攸：所。

## 湛（zhàn） 露

*这是一首描写周王宴请诸侯的诗。《左传》：文四年，卫宁武子来聘，公与之宴。为赋《湛露》，不拜，又不答赋。*

山有枢，隰有榆（《国风·唐风·山有枢》）

椒聊之实，蕃衍盈升（《国风·唐风·椒聊》）

采苓采苓，首阳之巅（《国风·唐风·采苓》）

有车邻邻，有马白颠（《国风·秦风·车邻》）

蒹葭苍苍，白露为霜（《国风·秦风·蒹葭》）

交交黄鸟，止于棘。（《国风·秦风·黄鸟》）

山有苞棣，隰有树檖（《国风·秦风·晨风》）

东门之枌，宛丘之栩（《国风·陈风·东门之枌》）

*使行人私焉。对曰："臣以为肄业及之也。昔诸侯朝正于王，王宴乐之，于是乎为赋《湛露》，则天子当阳，诸侯用命也。"*

【原文】

湛湛露斯[①]，匪阳不晞[②]。厌厌夜饮[③]，不醉无归。　湛湛露斯，在彼丰草。厌厌夜饮，在宗载考[④]。　湛湛露斯，在彼杞棘。显允君子[⑤]，莫不令德[⑥]。　其桐其椅，其实离离[⑦]。岂弟君子，莫不令仪[⑧]。

【注释】

①湛湛：露重的样子。②阳：阳光，太阳。晞：干。③厌厌：安乐的样子。④宗：宗庙。载：举行。考：祭祀庆典。⑤显：光明坦荡。允：诚实守信。⑥令：彰显，完善。⑦离离：果实多而密集的样子。⑧仪：礼仪风范。

## 彤　弓

*这首诗描写的是周天子答谢有功之臣的诗。《左传》：文公四年载卫宁武子聘鲁，文公与之宴，为赋《彤弓》。武子曰："诸侯敌王所忾而献其功，于是乎赐之彤弓一，彤矢百，玈弓矢千，以觉报宴。"*

【原文】

彤弓弨兮[①]，受言藏之[②]。我有嘉宾，中心贶之[③]。钟鼓既设，一朝飨之[④]。　彤弓弨兮，受言载之。我有嘉宾，中心喜之。钟鼓既设，一朝右之[⑤]。　彤弓弨兮，受言櫜之[⑥]。我有嘉宾，中心好之。钟鼓既设，一朝酬之[⑦]。

【注释】

①彤弓：朱红的弓。②言：语词。③贶：爱戴。④飨：用酒食款待人。⑤右：劝酒。⑥櫜：隐藏。⑦酬：劝酒。

## 菁菁者莪

*这首诗描写的是天子在宴请有功的诸侯，感慨人才之盛的情景。方玉润《诗经原始》："故此诗当是君临辟庸，见学校人才之盛，喜而作此。或即以燕犒群才，亦未可知。总之，不离育材者近是。"*

【原文】

菁菁者莪[1]，在彼中阿[2]。既见君子，乐且有仪。　菁菁者莪，在彼中沚[3]。既见君子，我心则喜。　菁菁者莪，在彼中陵[4]。既见君子，锡我百朋[5]。　泛泛杨舟，载沉载浮[6]。既见君子，我心则休[7]。

【注释】

①菁菁：草木繁盛的样子。莪：萝蒿。②阿：大的丘陵。③沚：水中小洲。④陵：大土丘。⑤锡：赠送。百朋：百金。朋：古代货币单位。⑥载：通"再"，又。⑦休：喜。

## 六　月

*这首诗描写的是宣王时代吉甫北伐有功，归朝受宴的诗。《汉书》：周室即衰，四夷并侵，猃狁最强，于今匈奴是也。至宣王而伐之，诗人美而颂之。姚际恒《诗经通论》："此篇则系吉甫有功而归，燕饮诸友，诗人美之而作也。"*

【原文】

六月栖栖①，戎车既饬②。四牡骙骙③，载是常服④。玁狁孔炽⑤，我是用急⑥。王于出征，以匡王国⑦。　　比物四骊，闲之维则⑧。维此六月，既成我服。我服既成，于三十里。王于出征，以佐天子。　　四牡修广⑨，其大有颙。薄伐玁狁，以奏肤公⑩。有严有翼，共武之服⑪。共武之服，以定王国。　　玁狁匪茹⑫，整居焦获⑬。侵镐及方，至于泾阳。织文鸟章，白旆央央。元戎十乘，以先启行。　　戎车既安，如轾如轩⑭。四牡既佶，既佶且闲⑮。薄伐玁狁，至于大原。文武吉甫，万邦为宪。　　吉甫燕喜，既多受祉⑯。来归自镐，我行永久。饮御诸友⑰，炰鳖脍鲤⑱。侯谁在矣，张仲孝友。

【注释】

①栖栖：繁忙的样子。②饬：整饬；整顿。③骙骙：马强壮的样子。④载：设立。常：日月旗。服：军服。⑤炽：气势很盛。⑥是用：因此。急：紧急动员。⑦匡：拯救。⑧闲：训练。则：规则。⑨修：长。广：大。⑩奏：为。肤：大。公：功。⑪共武之服：共同作战。⑫茹：度。⑬整：整齐。居：驻扎。焦获：地名。⑭如：或。轾：向下俯。轩：向上冲。⑮佶：健壮的样子。⑯祉：福。⑰御：进。⑱炰：烹煮。

## 采芑(qǐ)

*这是一首赞美周宣王时期方叔南征荆蛮的诗。朱熹认为是“王命方叔南征，军行采芑而食，故赋其事”，方玉润则觉得“人自他方来临吾土之谓，非我从本国适彼殊方之言，故知其为南人作也”。*

【原文】

薄言采芑[①]，于彼新田[②]，于此菑亩[③]。方叔涖止，其车三千，师干之试[④]。方叔率止，乘其四骐，四骐翼翼[⑤]。路车有奭[⑥]，簟茀鱼服，钩膺鞗革[⑦]。　　薄言采芑，于彼新田，于此中乡。方叔涖止，其车三千，旂旐央央。方叔率止，约軧错衡[⑧]，八鸾玱玱[⑨]。服其命服，朱芾斯皇[⑩]，有玱葱珩[⑪]。　　鴥彼飞隼，其飞戾天[⑫]，亦集爰止[⑬]。方叔涖止，其车三千，师干之试。方叔率止，钲人伐鼓，陈师鞠旅[⑭]。显允方叔，伐鼓渊渊[⑮]，振旅阗阗[⑯]。　　蠢尔蛮荆，大邦为仇。方叔元老，克壮其犹[⑰]。方叔率止，执讯获丑[⑱]。戎车啴啴[⑲]，啴啴焞焞，如霆如雷[⑳]。显允方叔，征伐玁狁，蛮荆来威。

【注释】

①芑：苦菜。②新田：开垦两年的田地。③菑：开垦一年的田地。④师：军队。干：武器。之：放在动词前复指前置宾语。试：操练，演习。⑤翼翼：顺序的样子。⑥奭：赤色。⑦钩膺：马颈和胸部的带饰。鞗革：带有铜饰的马辔头。⑧约：缠绕。軧：车毂的末端。错：金色。衡：车上驾牲口的横木。⑨鸾：铃铛。玱玱：铃声。⑩芾：通“绂”，官服上的纹饰。皇：鲜艳耀眼。⑪葱：绿色。珩：佩玉。⑫戾：至。⑬爰：在这里。⑭陈师：整列队伍。鞠旅：告诫士众。⑮渊渊：鼓声。⑯振：指挥。阗阗：声势大。⑰克：能够。犹：谋略。⑱执、获：俘虏。讯：将领。丑：士兵。⑲啴啴：众多。⑳霆：霹雷。

## 车　攻

*本诗描写的就是周宣王朝会诸侯在东方举行狩猎时的雄壮场面。《大序》：“宣王内修政事，外攘夷狄，复文武之境土，修车马，备器械，复会诸侯于东都。”，方玉润《诗经原始》：“盖此举重在会诸侯，而不重在事田猎。不过藉田猎以*

*会诸侯，修复先王旧典耳。”*

【原文】

我车既攻①，我马既同②。四牡庞庞③，驾言徂东。　田车既好，田牡孔阜④。东有甫草，驾言行狩。　之子于苗，选徒嚣嚣⑤。建旐设旄，薄狩于敖⑥。　驾彼四牡，四牡奕奕。赤芾金舄⑦，会同有绎⑧。　决拾既佽⑨，弓矢既调。射夫既同⑩，助我举柴⑪。　四黄既驾，两骖不猗。不失其驰，舍矢如破⑫。　萧萧马鸣，悠悠旆旌。徒御不惊⑬，大庖不盈⑭。　之子于征，有闻无声。允矣君子⑮，展也大成⑯。

【注释】

①攻：牢固。②同：聚。③庞庞：强壮。④阜：壮大。⑤选：通“算”。嚣嚣：喧嚣。⑥敖：敖山，地名。⑦赤芾：红色绂衣。金舄：金色的鞋子。⑧绎：秩序井然。⑨决：扳指。拾：护臂。既：已经。佽：齐全。⑩射夫：射手。⑪举：抬起。柴：打死的猎物。⑫舍矢如破：发矢命中，如锥破物。⑬徒：士卒。御：车夫。不：通“丕”，很，十分。惊：机警，敏捷。⑭庖：厨房。盈：满。⑮允：信。⑯展：诚。

## 吉　日

*这首诗同样描写了周宣王野外狩猎的场面，与前一首不同的是“此宣王猎于西都之诗，不过畿内岁时举行之典，与《车攻》之复古制大不相侔”。*

【原文】

吉日维戊，既伯既祷①。田车既好，四牡孔阜。升彼大阜，从其群丑②。　吉日庚午，既差我马③。兽之所同，麀鹿麌麌④。漆沮之从[5]，天子之所。　瞻彼中原，其祁孔有[6]。儦儦俟俟[7]，或群或友。悉率左右，以燕天子[8]。　既张我弓，既挟我矢。发彼小豝[9]，殪此大兕[10]。以御宾客，且以酌醴[11]。

【注释】

①伯：马的祖先。祷：祭祀，祷告。②从：追逐。丑：指野兽。③差：选择。④麀鹿：母鹿。麌麌：鹿群聚的样子。⑤漆沮：漆水、沮水。⑥其：那里。祁：大猎物。孔：非常。有：多。⑦儦儦：奔跑的样子。俟俟：行走的样子。⑧燕：取悦。⑨小豝：小猪。⑩殪：射死。兕：野牛。⑪醴：甜酒。

## 鸿　雁

*这是首反映百姓流离失所，饱受苦难的诗。旧说以为“之子”指使臣，为宣王安抚流民的诗。朱熹《诗集传》：“流民以鸿雁哀鸣自比而作此歌也……今亦未有以见其为宣王之诗。”*

【原文】

鸿雁于飞，肃肃其羽[1]。之子于征[2]，劬劳于野[3]。爰及矜人[4]，哀此鳏寡[5]。　鸿雁于飞，集于中泽[6]。之子于垣[7]，百堵皆作[8]。虽则劬劳，其究安宅[9]？　鸿雁于飞，哀鸣嗸嗸。维此哲人[10]，谓我劬劳；维彼愚人，谓我宣骄[11]。

【注释】

①肃肃：翅膀飞动的声音。②之子：这个人。征：出行。③劬劳：辛苦劳累。④爰：助词，无义。及：施加。矜人：穷苦人。⑤鳏寡：年老无妻叫鳏，年老无夫叫寡。⑥中泽：泽中，水中。⑦垣：墙头。⑧堵：墙壁。古时一丈墙叫板，五板叫堵。⑨究：穷。宅：居。⑩哲人：明理的人，聪明的人。⑪宣骄：外表骄傲、逞强。

## 庭燎

liáo（燎）

*本诗描写的是大臣们早朝，天子理政的情景。方玉润认为“此与《鸡鸣》同一勤于早朝之诗。然彼是士大夫妻警其夫以趋朝，此乃王者自警急于视朝”。*

【原文】

夜如何其[1]？夜未央[2]，庭燎之光[3]。君子至止，鸾声将将。　　夜如何其？夜未艾[4]，庭燎晰晰[5]。君子至止，鸾声哕哕。　　夜如何其？夜乡晨[6]，庭燎有辉。君子至止，言观其旂[7]。

【注释】

①如何：怎么样。其：句末语气词，表疑问。②央：尽，完。③庭燎：庭中用以照明的火炬；大烛。④艾：止；尽。⑤晰晰：明亮的样子。⑥乡：同“向”，趋于，倾向。⑦旂：旌旗。

## 沔水

miǎn（沔）

*这是诗人看到世道衰落，人心乱离后有感而发的诗。朱熹《诗集传》：“此忧乱之诗。”方玉润则认为“宣王初政，多乱定归来之诗，后皆美词，无所谓忧乱也……姑阙之以俟识者”。*

【原文】

沔彼流水[1]，朝宗于海[2]。鴥彼飞隼[3]，载飞载止。嗟我兄弟，邦人诸友。莫肯念乱[4]，谁无父母？　　沔彼流水，其流汤汤[5]。鴥彼飞隼，载飞载扬。念彼不迹[6]，载起载行。心之忧矣，不可弭忘[7]。　　鴥彼飞隼，率彼中陵[8]。民之讹言[9]，宁莫之惩[10]？我友敬矣[11]，谗言其兴。

【注释】

①沔：水流满的样子。②朝宗：诸侯朝觐天子。这里指百川入海。③鴥：鸟疾飞的样子。④念：忧心，挂念。乱：动荡混乱。⑤汤汤：水势盛大的样子。⑥不迹：不轨的事。⑦弭：止息，停止。⑧陵：大土山。⑨讹言：说假话。⑩惩：禁止。⑪敬：同“儆”，警惕。

## 鹤　鸣

*这是一首写天子求才招贤的诗。方玉润《诗经原始》：“此一篇好招隐诗也……即景以思其人，因人而慕其景，不必更言其贤，而贤已跃然纸上矣。其词意在若隐若现，不即不离之间……所以为佳。”*

【原文】

鹤鸣于九皋[1]，声闻于野。鱼潜在渊，或在于渚[2]。乐彼之园，爰有树檀[3]，其下维萚[4]。它山之石[5]，可以为错[6]。　　鹤鸣于九皋，声闻于天。鱼在于渚，或潜在渊。乐彼之园，爰有树檀，其下维榖[7]。它山之石，可以攻玉[8]。

【注释】

①皋：沼泽。九皋：曲折深远的沼泽。②渚：水中的小块陆地。③爰：语气助词，没有实义。檀：紫檀树。④萚：落下的树叶。⑤它：别的，其他。⑥错：磨玉的石块。⑦榖：楮树。⑧攻：打磨制作。

## 祈　父

（qí）

*这是王都的卫兵怨恨司马征调之诗。方玉润《诗经原*

*始》："此禁旅责司马徵调失常之诗……禁旅原不出征，偶一用之，尚且致怨，况久戍乎？且自古兵政，亦无有一禁卫戍边方者。"*

【原文】

祈父！予王之爪牙。胡转予于恤[①]？靡所止居。　　祈父！予王之爪士。胡转予于恤？靡所厎止。　　祈父！亶不聪[②]。胡转予于恤？有母之尸饔[③]。

【注释】

①恤：忧。②亶：确实。③尸：主持。饔：煮饭。

## 白　驹

*这是一首客人即将离去，主人挽留不舍的诗。另有方玉润说"此王者欲留贤士不得，因放归山林而赐以诗也。其好贤之心可谓切，而留贤之意可谓殷，奈士各有志，难以相强"。*

【原文】

皎皎白驹[①]，食我场苗。絷之维之[②]，以永今朝[③]。所谓伊人，于焉逍遥[④]？　　皎皎白驹，食我场藿[⑤]。絷之维之，以永今夕。所谓伊人，于焉嘉客？　　皎皎白驹，贲然来思[⑥]。尔公尔侯？逸豫无期[⑦]？慎尔优游[⑧]，勉尔遁思[⑨]。　　皎皎白驹，在彼空谷[⑩]。生刍一束[⑪]，其人如玉。毋金玉尔音[⑫]，而有遐心[⑬]。

【注释】

①皎皎：洁白，光明。这里指马皮毛发光。②絷：绊。维：拴。③永：度过。④焉：犹言此，在这儿。⑤藿：豆叶。⑥贲然：华美的样子。来：来到这里。思：句末语气词。⑦逸豫：安乐。⑧慎：小心，珍惜。⑨勉：通"免"，打消。

遁：逃离。思：想法。⑩空谷：深谷。⑪刍：喂牲口的草。⑫音：信。⑬遐：远。

## 黄　鸟

*这是一位流亡异国者想家的诗。朱熹谓“民適异国，不得其所，故作此诗。”另有方玉润谓“此民风偷薄也……此不过泛言邦人之不可与处，下章则并昏姻亦不肯相恤”。*

【原文】

黄鸟黄鸟，无集于谷，无啄我粟。此邦之人，不我肯谷[①]。言旋言归，复我邦族[②]。　　黄鸟黄鸟，无集于桑，无啄我粱。此邦之人，莫可与明[③]。言旋言归，复我诸兄。　　黄鸟黄鸟，无集于栩，无啄我黍。此邦之人，不可与处。言旋言归，复我诸父。

【注释】

①谷：木名，亦名楮。不我肯谷：不肯谷我。②复：返。③明：通“盟”，缔结盟约。

## 我行其野

*这首诗是一位嫁入他乡却被丈夫遗弃的妇女的内心独白。《易林·巽之豫》：“黄鸟采蓄，既嫁不答。念吾父兄，思复邦国。”《郑笺》：“男女失道，以求外昏，弃其旧姻而相怨。”*

【原文】

我行其野[①]，蔽芾其樗[②]。昏姻之故，言就尔居。尔不我畜[③]，复我邦家[④]。　　我行其野，言采其蓫。昏姻之故，言就尔宿。尔不我畜，言归斯复。　　我行其野，言采其葍。不思旧姻[5]，求尔新特[6]。成不以富[7]，亦祇以异[8]。

【注释】

①行：徘徊。②蔽芾：繁盛的样子。樗：臭椿树。③畜：扶养。④复：返回。⑤思：想。旧姻：原先的婚约。⑥特：配偶。⑦成：诚，实在。以：凭借。富：富裕。⑧祇：适。

## 斯　干

*这首诗是对周王室新建成的宫殿的歌颂。学者多认为宣王时所作，方玉润《诗经原始》："此诗似卜筑初成，祀寿屋神之词，非落成宴饮诗也。"但其认为非宣王时作，"宣王虽中兴，不无建营宫室之举，京仍镐京，室仍旧室"。此诗只是"纪一时盛事，为中兴生色耳"。*

【原文】

秩秩斯干，幽幽南山[1]。如竹苞矣，如松茂矣。兄及弟矣，式相好矣[2]，无相犹矣[3]。　　似续妣祖[4]，筑室百堵，西南其户。爰居爰处[5]，爰笑爰语。　　约之阁阁[6]，椓之橐橐[7]。风雨攸除[8]，鸟鼠攸去，君子攸芋[9]。　　如跂斯翼[10]，如矢斯棘[11]，如鸟斯革[12]，如翚斯飞[13]，君子攸跻[14]。　　殖殖其庭[15]，有觉其楹[16]。哙哙其正[17]，哕哕其冥[18]。君子攸宁。　　下莞上簟[19]，乃安斯寝。乃寝乃兴，乃占我梦。吉梦维何？维熊维罴，维虺维蛇。　　大人占之[20]：维熊维罴，男子之祥；维虺维蛇，女子之祥。　　乃生男子，载寝之床，载衣之裳，载弄之璋[21]。其泣喤喤，朱芾斯皇，室家君王。　　乃生女子，载寝之地，裁衣之裼[22]，载弄之瓦[23]。无非无仪，唯酒食是议，无父母诒罹[24]。

【注释】

①幽幽：深远的样子。②式：助词，表示劝诱。③无：不要。犹：计谋，算计。④似续：继承。妣祖：祖先。⑤爰：在这里。⑥约：束。阁阁：牢固。⑦椓：击。橐橐：敲击的声音。⑧攸：语气助词，无实义。⑨芋：通“宇”，指居住。⑩跂：踮起脚。斯：结构助词，相当于“的”。翼：严肃齐整的样子。⑪矢：箭。棘：屋角。⑫革：翅膀。⑬翚：野鸡。飞：飞翔。⑭跻：登。⑮殖殖：平正。⑯觉：高大直立。楹：柱子。⑰哙哙：宽敞，透亮。正：白天。⑱哕哕：幽暗宁静。冥：黑夜。⑲莞：草席。簟：竹席。⑳占：占卜。㉑弄：把玩。璋：玉制的礼器。㉒裼：婴儿的包被。㉓瓦：古代纺线的纺锤。这里指将来纺线主持家务。㉔诒：留下，遗留。罹：祸患。

## 无　羊

*此诗描写了一幅广阔绚丽的草原放牧图和牧人的勤劳。姚际恒评为“此两章是群牧图，或写物态，或写人情，深得人物两忘之妙”。方玉润说：“其体物入微处，有画手所不能到。”*

【原文】

谁谓尔无羊？三百维群。谁谓尔无牛？九十其犉[1]。尔羊来思，其角濈濈[2]。尔牛来思，其耳湿湿[3]。　或降于阿[4]，或饮于池，或寝或讹[5]。尔牧来思，何蓑何笠[6]，或负其糇[7]。三十维物[8]，尔牲则具。　尔牧来思，以薪以蒸[9]，以雌以雄。尔羊来思，矜矜兢兢[10]，不骞不崩[11]。麾之以肱[12]，毕来既升[13]。　牧人乃梦，众维鱼矣[14]，旐维旟矣[15]，大人占之：“众维鱼矣，实维丰年；旐维旟矣，室家溱溱[16]。”

【注释】

①犉：嘴唇是黑色的黄牛。②濈濈：聚集在一起的样子。③湿湿：耳朵摇动的样子。④阿：山坳。⑤讹：动。⑥何：同“荷”。⑦糇：干粮。⑧物：颜色。⑨薪：粗柴。蒸：细柴。⑩矜矜兢兢：强壮的样子。⑪骞：身体亏损。崩：集体生病。⑫麾：同“挥”。肱：手臂。⑬升：登上，这里指入圈。⑭众：指蝗虫。⑮旐：龟蛇旗。旟：鸟隼旗。⑯溱溱：众多的样子。

## 节南山

*这诗描写了周幽王（一说为宣王）时期一位名叫家父（另说嘉父）的诗人讽刺太师伊氏独断专权，误国误民的行为。方玉润《诗经原始》：“此作诗表字之意所由来欤？然非忠诚为怀，不计利害，亦孰肯以一身当尹氏之怒而不辞者？呜乎！家父亦可谓为人之所不能为者矣，岂不壮哉？”*

【原文】

节彼南山，维石岩岩。赫赫师尹，民具尔瞻①。忧心如惔②，不敢戏谈。国既卒斩③，何用不监④？　节彼南山，有实其猗。赫赫师尹，不平谓何！天方荐瘥⑤，丧乱弘多。民言无嘉，憯莫惩嗟⑥。　尹氏大师，维周之氐⑦。秉国之均⑧，四方是维⑨，天子是毗⑩，俾民不迷⑪。不吊昊天⑫，不宜空我师⑬！　弗躬弗亲，庶民弗信。弗问弗仕，勿罔君子⑭。式夷式已，无小人殆⑮。琐琐姻亚⑯，则无膴仕⑰。　昊天不佣，降此鞠訩⑱！昊天不惠，降此大戾⑲！君子如届⑳，俾民心阕㉑。君子如夷，恶怒是违。　不吊昊天，乱靡有定。式月斯生，俾民不宁！忧心如酲，谁秉国成？不自为政，卒劳百姓。　驾彼四牡，四牡项领。我瞻四方，蹙蹙靡所骋！　　方茂尔恶，相尔矛矣。既夷既怿[22]，如相酬矣[23]。　　昊天不平，我王不宁！不惩其心，覆怨其正。　　家父作诵[24]，以究王讻[25]。式讹尔心[26]，以畜万邦。

【注释】

①具：俱。②惔：通“炎”，火烧。③卒：尽。斩：灭绝。④何用：为什么。监：察。⑤方：正。荐：反复，不断。瘥：疫病，灾难。⑥憯：竟然，居然。惩：悔过自新。嗟：语末助词。⑦周：周朝。氐：根本。⑧秉：掌握。均：国家大权。⑨维：关系。⑩毗：辅佐。⑪俾：以便，使。民：百姓。迷：失去方向。⑫不吊：不辨是非，不好。昊天：上天。⑬空：使贫穷。师：群众，百姓。⑭罔：欺骗，迷惑。⑮殆：陷入困境、危险。⑯琐琐：小的样子。姻亚：裙带关系。⑰膴：优越，厚实。仕：当官。⑱鞫：极，穷。讻：凶，祸乱。⑲戾：灾祸。⑳届：极，止。㉑阕：止息。㉒怿：喜悦。㉓酬：反复无常。㉔作诵：作诗讽刺。㉕究：追究。王：周王朝。讻：凶手。㉖讹：变化。

## 正　月

*本诗也是一首政治抒情诗，讲诉了周幽王昏庸无道，最终导致国家灭亡的结局。方玉润《诗经原始》：“此周大夫感时伤遇之作，非躬亲其害，不能言之痛切如此……故诗人愤极而为是诗，亦欲救之无可救药时矣。”*

【原文】

正月繁霜，我心忧伤。民之讹言，亦孔之将[1]。念我独兮，忧心京京[2]。哀我小心，癙忧以痒[3]。　　父母生我，胡俾我瘉[4]？不自我先，不自我后。好言自口，莠言自口。忧心愈愈[5]，是以有侮。　　忧心茕茕，念我无禄。民之无辜，并其臣仆[6]。哀我人斯，于何从禄？瞻乌爰止[7]，于谁之屋？　　瞻彼中林，侯薪侯蒸[8]。

民今方殆，视天梦梦[9]。既克有定，靡人弗胜。有皇上帝，伊谁云憎[10]？　　谓山盖卑[11]，为冈为陵。民之讹言，宁莫之惩！召彼故老，讯之占梦。具曰予圣，谁知乌之雌雄！　　谓天盖高，不敢不局[12]。谓地盖厚，不敢不蹐[13]。维号斯言[14]，有伦有脊[15]。哀今之人，胡为虺蜴[16]？　　瞻彼阪田[17]，有菀其特[18]。天之扤我[19]，如不我克。彼求我则，如不我得。执我仇仇[20]，亦不我力。　　心之忧矣，如或结之。今兹之正，胡然厉矣？燎之方扬，宁或灭之？赫赫宗周，褒姒灭之！　　终其永怀，又窘阴雨。其车既载，乃弃尔辅。载输尔载[21]，将伯助予[22]！无弃尔辅，员于尔辐[23]。屡顾尔仆，不输尔载。终逾绝险，曾是不意。　　鱼在于沼，亦匪克乐。潜虽伏矣，亦孔之炤[24]。忧心惨惨[25]，念国之为虐[26]！　　彼有旨酒，又有嘉殽。洽比其邻[27]，昏姻孔云。念我独兮，忧心殷殷。　　佌佌彼有屋，蔌蔌方有谷；民今之无禄，天夭是椓[28]。哿矣富人[29]，哀此茕独！

【注释】

①将：盛大，猖獗。②京京：忧不止。③癙：抑郁，烦闷。痒：生病。④胡：为什么。俾：使。瘉：痛苦，烦恼。⑤愈愈：忧惧的样子。⑥并：全，皆。臣仆：奴仆。⑦瞻：看。乌：乌鸦。爰止：落在什么地方。⑨梦梦：形容昏聩。⑩伊谁云憎：憎谁，恨哪个人。伊、云：助词。⑪盖：何。卑：矮小，低微。⑫局：低头弯腰。⑬蹐：放轻脚步走路。⑭维：只有，只能。号：大声说出。斯言：这些话。⑮伦：条理。脊：内涵。⑯虺蜴：毒蛇和蜥蜴。⑰阪田：山坡上的田。⑱菀：茂盛的样子。⑲扤：动；摇。⑳执：得到。仇仇：傲慢不逊。㉑输：掉落。㉒将：请求。伯：大哥。助：帮助。㉓员：巩固。㉔炤：明。㉕惨惨：忧郁的样子。㉖为：遭受。虐：灾祸。㉗洽：和谐。邻：亲近的人。㉘夭：摧残。椓：以斧劈柴。比喻沉重打击。㉙哿：表称许之词。

# 十月之交

*本诗通过对日食、地震的描写，揭示了社会黑暗，人民流离失所的社会现实。《小序》谓“大夫刺幽王”。方玉润《诗经原始》：“然亦非刺幽王，乃刺皇父耳……皇父援党布置要枢，窃权固宠，罔上营私，以致灾异，曾莫自惩。”*

【原文】

十月之交，朔月辛卯。日有食之，亦孔之丑①。彼月而微，此日而微。今此下民，亦孔之哀。　日月告凶，不用其行②。四国无政，不用其良。彼月而食，则维其常。此日而食，于何不臧。　烨烨震电，不宁不令。百川沸腾，山冢崒崩③。高岸为谷，深谷为陵。哀今之人，胡憯莫惩④！　皇父卿士，番维司徒，家伯维宰，仲允膳夫。棸子内史，蹶维趣马，楀维师氏，艳妻煽方处⑤。　抑此皇父，岂曰不时？胡为我作，不即我谋？彻我墙屋，田卒污莱⑥。曰予不戕⑦，礼则然矣。　皇父孔圣⑧，作都于向。择三有事⑨，亶侯多藏⑩。不慭遗一老，俾守我王。择有车马，以居徂向。　黾勉从事，不敢告劳。无罪无辜，谗口嚣嚣。下民之孽⑪，匪降自天。噂沓背憎⑫，职竞由人⑬。　悠悠我里⑭，亦孔之痗⑮。四方有羡⑯，我独居忧。民莫不逸，我独不敢休。天命不彻⑰，我不敢效我友自逸。

【注释】

①丑：恶，不好。②行：道，度。③冢：山顶。④憯：乃。⑤艳：美色。方：正在，现时。⑥莱：指田土荒芜，杂草丛生。⑦戕：残害。⑧圣：聪明。这里有讽刺之意。⑨择三有事：选择人来担任三卿。⑩藏：积蓄，聚敛。⑪孽：灾难。⑫噂：会聚。沓：和气的样子。背：背地里。憎：仇恨。⑬职：主。⑭悠：忧思。

⑮痗：病。⑯羡：宽裕。⑰天命不彻：上天不遵循常道。

## 雨无正

*这是一首讽刺周幽王昏庸，害国害民的诗。方玉润《诗经原始》："诗中所言，亦非为雨伤稼穑也。岁饥民乱，分明是荒原景象，且不过借时势以立言耳。其大旨乃执御近臣伤国无正人，以匡正王失也。"*

【原文】

浩浩昊天，不骏其德①。降丧饥馑，斩伐四国。旻天疾威②，弗虑弗图。舍彼有罪，既伏其辜；若此无罪，沦胥以铺③。　周宗既灭，靡所止戾④。正大夫离居，莫知我勚⑤。三事大夫，莫肯夙夜；邦君诸侯，莫肯朝夕。庶曰式臧⑥，覆出为恶。　如何昊天，辟言不信⑦。如彼行迈，则靡所臻⑧。凡百君子，各敬尔身。胡不相畏，不畏于天？　戎成不退，饥成不遂。曾我暬御⑨，憯憯日瘁⑩。凡百君子，莫肯用讯。听言则答，谮言则退⑪。　哀哉不能言！匪舌是出⑫，维躬是瘁。哿矣能言！巧言如流，俾躬处休！　维曰于仕⑬，孔棘且殆⑭。云不可使，得罪于天子；亦云可使，怨及朋友。　谓尔迁于王都，曰予未有室家。鼠思泣血⑮，无言不疾⑯。昔尔出居，谁从作尔室？

【注释】

①骏：长，久。②旻天：老天。疾威：暴戾，残忍。③沦胥：轮流，相继。铺：陷入苦难。④戾：平定，安详。⑤莫：没有人。勚：操劳，忙碌。⑥庶：庶几：也许可以。⑦辟：法度。⑧臻：至。⑨曾：居然。暬御：近臣。⑩憯憯：忧愁。瘁：憔悴，病弱。⑪谮言：谏言。退：叱责。⑫出：病。⑬维：语气词。于：去，往。⑭殆：危。⑮鼠：忧愁。泣血：哭得眼睛通红。⑯疾：痛恨。

## 小　旻

*本诗揭示了朝廷腐化，政出多门等现象。朱熹《诗集传》："大夫以王惑于邪谋不能断以从善，而作此诗。"方玉润则谓"此必幽王多欲而无制，好谋而弗明，故群小得以邪辟进，王心愈回惑而不辨其是非"。*

【原文】

旻天疾威，敷于下土。谋犹回遹①，何日斯沮②？谋臧不从，不臧覆用。我视谋犹，亦孔之邛③。　潝潝訿訿④，亦孔之哀。谋之其臧，则具是违⑤。谋之不臧，则具是依。我视谋犹，伊于胡底！　我龟既厌⑥，不我告犹⑦。谋夫孔多，是用不集。发言盈庭，谁敢执其咎？如匪行迈谋⑧，是用不得于道。　哀哉为犹，匪先民是程⑨，匪大犹是经。维迩言是听，维迩言是争。如彼筑室于道谋⑩，是用不溃于成。　国虽靡止，或圣或否。民虽靡膴⑪，或哲或谋，或肃或艾。如彼泉流，无沦胥以败。　不敢暴虎⑫，不敢冯河⑬。人知其一，莫知其他。战战兢兢，如临深渊，如履薄冰。

【注释】

①回遹：奇怪，怪异。②沮：停止。③邛：错漏百出。④潝潝：相互应和。訿訿：诋毁，诽谤。⑤具：俱，完全。违：违背，违反。⑥龟：占卜用的龟壳，指代占卜。厌：厌倦，厌烦。⑦犹：谋划。⑧匪：那，那些。行迈：行人。⑨程：法律，规则。⑩谋：聪明。⑪膴：多的样子。⑫暴虎：徒手打虎。⑬冯河：涉水过河。

## 小　宛

*本诗是用以劝诫周王勤政爱民、严于教子的诗。另有朱*

*熹说“大夫遭时之乱，而兄弟相戒以免祸之诗”。方玉润《诗经原始》：“圣贤悔过自箴，特因一端以警其余，规小过而全大德，是以愈推而愈广耳。”*

【原文】

宛彼鸣鸠①，翰飞戾天②。我心忧伤，念昔先人。明发不寐③，有怀二人④。　人之齐圣⑤，饮酒温克⑥。彼昏不知，壹醉日富⑦。各敬尔仪，天命不又⑧。　中原有菽，庶民采之。螟蛉有子⑨，蜾蠃负之⑩。教诲尔子，式谷似之⑪。　题彼脊令⑫，载飞载鸣。我日斯迈，而月斯征。夙兴夜寐，无忝尔所生⑬。　交交桑扈⑭，率场啄粟。哀我填寡⑮，宜岸宜狱⑯。握粟出卜⑰，自何能谷？　温温恭人⑱，如集于木。惴惴小心，如临于谷。战战兢兢，如履薄冰。

【注释】

①宛：小的样子。②翰：高。戾：至，达到。③明发：指湖。④二人：指父母亲。⑤齐圣：聪明正直。⑥温克：蕴藉，从容。⑦壹：语气助词，没有实义。富：满。⑧不又：不再来。⑨螟蛉：螟蛾的幼虫。⑩蜾蠃：细腰蜂。负：背。⑪式：用。榖：善。似：继嗣。⑫题：看。⑬忝：愧，辱没。生：指父母。⑭交交：飞来飞去的样子。桑扈：鸟名。⑮填：苦。⑯岸：牢房。⑰出：问。⑱温温：和软的样子。

## 小　弁

*周幽王的太子宜臼被废黜后怀念父母，哀伤悲苦，因此作了这首诗。方玉润《诗经原始》：“此诗与《邶·谷风》同为弃妻逐子，而有风、雅之异者。盖彼寓言，此则实事，故气体亦因之不同耳。”*

【原文】

弁彼鸒斯[1]，归飞提提[2]。民莫不谷[3]，我独于罹。何辜于天？我罪伊何？心之忧矣，云如之何？　　踧踧周道[4]，鞫为茂草[5]。我心忧伤，惄焉如捣[6]。假寐永叹，维忧用老。心之忧矣，疢如疾首[7]。　　维桑与梓，必恭敬止。靡瞻匪父，靡依匪母。不属于毛？不罹于里？天之生我，我辰安在[8]？　　菀彼柳斯[9]，鸣蜩嘒嘒[10]。有漼者渊[11]，萑苇淠淠[12]。譬彼舟流，不知所届[13]。心之忧矣，不遑假寐。　　鹿斯之奔，维足伎伎[14]。雉之朝雊[15]，尚求其雌。譬彼坏木，疾用无枝。心之忧矣，宁莫之知。　　相彼投兔[16]，尚或先之[17]。行有死人，尚或墐之[18]。君子秉心，维其忍之。心之忧矣，涕既陨之。　君子信谗，如或酬之。君子不惠，不舒究之。伐木掎矣[19]，析薪扡矣。舍彼有罪，予之佗矣[20]。　莫高匪山，莫浚匪泉。君子无易由言，耳属于垣[21]。无逝我梁，无发我笱[22]。我躬不阅[23]，遑恤我后？

【注释】

①弁：快乐。鸒：一种像乌鸦的小鸟。②提提：群飞的样子。③谷：生活好。④踧踧：平坦的样子。周道：大道。⑤鞫：全，尽。⑥惄：难过，伤心。⑦疢：痛苦。疾首：头疼。⑧辰：好运。⑨菀：茂盛的样子。⑩蜩：蝉。嘒嘒：蝉鸣声。⑪漼：水深的样子。⑫淠淠：茂盛的样子。⑬届：至。⑭伎伎：舒展的样子。⑮朝雊：早上叫。⑯投：关闭。⑰先：放纵。⑱墐：埋葬。⑲掎：依。⑳佗：加。㉑属：附于，贴在。垣：墙。㉒笱：鱼篓。㉓躬：自身。阅：相容，接纳。

## 巧　言

*这是一首强烈讽刺制造谣言的人的诗。方玉润《诗经原始》：“此诗大旨因谗致乱，而谗之所以能入与不能入，则信*

*与不信之故耳。”又认为这诗“必有所指，惜史无征，《序》不足信，徒存空言以为世戒。”*

【原文】

悠悠昊天①，曰父母且②。无罪无辜，乱如此幠③。昊天已威，予慎无罪④。昊天泰幠，予慎无辜。　乱之初生，僭始既涵⑤。乱之又生，君子信谗。君子如怒⑥，乱庶遄沮⑦。君子如祉⑧，乱庶遄已。　君子屡盟⑨，乱是用长。君子信盗，乱是用暴。盗言孔甘，乱是用餤⑩。匪其止共，维王之邛⑪。　奕奕寝庙⑫，君子作之。秩秩大猷⑬，圣人莫之⑭。他人有心，予忖度之。跃跃毚兔⑮，遇犬获之。　荏染柔木⑯，君子树之。往来行言⑰，心焉数之。蛇蛇硕言⑱，出自口矣。巧言如簧，颜之厚矣。　彼何人斯？居河之麋⑲。无拳无勇，职为乱阶⑳。既微且尰㉑，尔勇伊何？为犹将多，尔居徒几何？

【注释】

①悠悠：远大的样子。②且：语气助词，没有实义。③幠：大。④慎：诚，确实。⑤僭：谗言。涵：包容。⑥君子如怒：君子如果听到谗言便发怒。⑦遄：很快。沮：止住。⑧祉：福。这里指贤人。⑨盟：在神坛前发誓。⑩餤：增加。⑪邛：病。⑫奕奕：房屋高大的样子。寝庙：宫室和宗庙。⑬秩秩：聪明的样子。大猷：大道理。⑭莫：谋划。⑮跃跃：跳得很快的样子。毚兔：狡猾的兔子。⑯荏染：软弱的样子。⑰行言：流言。⑱蛇蛇：轻率的样子。硕言：大言，大话。⑲麋：水边。⑳职：主管，职掌。㉑微：腿骨上生疮。尰：脚肿。

## 何人斯

*《诗序》有云：“何人斯，苏公刺暴公也。”暴公为卿士而僭苏公，故苏公作是诗以绝之。方玉润《诗经原始》：*

*“唯案诗意，通篇极力摹写小人反侧情状，未及谗谮一语；止‘谁为此祸’四字见其互相倾轧之意，似不专指谮愬言。”*

【原文】

彼何人斯？其心孔艰①。胡逝我梁，不入我门？伊谁云从？维暴之云②。　二人从行，谁为此祸？胡逝我梁，不入唁我③？始者不如今，云不我可。　彼何人斯？胡逝我陈④？我闻其声，不见其身。不愧于人？不畏于天？　彼何人斯？其为飘风。胡不自北？胡不自南？胡逝我梁？祇搅我心⑤。　尔之安行，亦不遑舍。尔之亟行⑥，遑脂尔车⑦？壹者之来，云何其盱。　尔还而入，我心易也⑧。还而不入，否难知也。壹者之来，俾我祇也⑨。　伯氏吹埙，仲氏吹篪。及尔如贯⑩，谅不我知。出此三物⑪，以诅尔斯⑫。　为鬼为蜮，则不可得。有靦面目⑬，视人罔极⑭。作此好歌，以极反侧⑮。

【注释】

①艰：狠心。②维：只能。暴：暴君。③唁：安慰。④逝：去，离开。陈：堂前的路。⑤祇：仅，只。搅：打搅，扰乱。⑥亟行：急行。⑦遑：有空。脂尔车：给你的车加油。⑧易：喜悦。⑨祇：病。⑩贯：用绳串物。⑪三物：指狗、猪、鸡。⑫诅：盟誓。⑬靦：清楚的样子。⑭视人：对待他人。罔极：迷惘，反复。⑮极：揭示，追究。反侧：反复无常的面目。

## 巷　伯

*巷伯即寺人，即宦官。其说有两解，一为《大序》云“寺人伤于谗，故作此诗”。朱熹《诗集传》遂以为“时有遭谗而被宫刑为巷伯者作此诗”。方玉润从此说。*

【原文】

萋兮斐兮[①]，成是贝锦。彼谮人者[②]，亦已大甚！　　哆兮侈兮[③]，成是南箕[④]。彼谮人者，谁适与谋？　　缉缉翩翩[⑤]，谋欲谮人。慎尔言也，谓尔不信。　　捷捷幡幡，谋欲谮言。岂不尔受？既其女迁。　　骄人好好[⑥]，劳人草草[⑦]。苍天苍天！视彼骄人，矜此劳人[⑧]。　　彼谮人者，谁适与谋？取彼谮人，投畀豺虎[⑨]！豺虎不食，投畀有北[⑩]！有北不受，投畀有昊！　　杨园之道，猗于亩丘[⑪]。寺人孟子，作为此诗。凡百君子，敬而听之。

【注释】

①萋、斐：花纹错杂的样子。②谮：陷害，诬陷。③哆兮侈兮：嘴张大的样子。④成：简直，就像。箕：星座名，位南方。⑤缉缉：交头接耳。翩翩：来来往往。⑥好好：得意非凡。⑦草草：忧郁，愁苦。⑧矜：同情，怜悯。⑨畀：给予。⑩北：北方寒冷不毛之地。⑪猗：依傍。

## 谷　风

*本诗是一位遭丈夫遗弃的妇女的哀怨自诉。《后汉书·阴皇后纪》载光武诏书曰“吾微贱之时，娶于阴氏。因将兵征伐，遂各别离，幸得安全，俱脱虎口。‘将恐将惧，维予与女。将安将乐，女转弃予’风人之戒，可不慎乎！”*

【原文】

习习谷风[①]，维风及雨。将恐将惧[②]，维予与女[③]。将安将乐，女转弃予。　　习习谷风，维风及颓[④]。将恐将惧，寘予于怀[⑤]。将安将乐，弃予如遗。　　习习谷风，维山崔嵬[⑥]。无草不死，无木不萎。忘我大德，思我小怨[⑦]。

【注释】

①习习：风吹和顺的样子。谷风：东风。②将。连词，且。③与：亲近，救助。女：汝，你。④颓：旋风。⑤寘：同“置”，放置。⑥崔嵬：山势高峻的样子。⑦小怨：小毛病。

## 蓼莪（liǎo é）

*这是一首孤儿之歌。方玉润《诗经原始》：“此诗为千古孝思绝作，尽人能识。……诗首尾各二章，前用比，后用兴；前说父母劬劳，后说人子不幸，遥遥相对。中间二章，一写无亲之苦，一写育子之艰，备极沉痛，几于一字一泪，可抵一部《孝经》读。”*

【原文】

蓼蓼者莪①，匪莪伊蒿。哀哀父母②，生我劬劳！　蓼蓼者莪，匪莪伊蔚。哀哀父母，生我劳瘁！　瓶之罄矣③，维罍之耻④。鲜民之生⑤，不如死之久矣！无父何怙⑥？无母何恃⑦？出则衔恤⑧，入则靡至⑨。　父兮生我，母兮鞠我⑩。拊我畜我，长我育我，顾我复我，出入腹我⑪。欲报之德，昊天罔极⑫？　南山烈烈⑬，飘风发发。民莫不谷，我独何害！　南山律律，飘风弗弗。民莫不谷，我独不卒⑭！

【注释】

①蓼：长大的样子。②哀哀：可怜，可叹。③罄：空，完。④罍：酒坛子。耻：嘲笑。⑤鲜民：父母双亡的人。⑥怙：依靠。⑦恃：倚仗，指望。⑧出：外出。衔：饱含。恤：忧虑。⑨入：回家。靡至：没有目的。⑩鞠：养育。⑪腹：抱。⑫罔极：没有原则。⑬烈烈：艰阻的样子。⑭卒：终养父母。

# 大　东

*这首诗描写的是西周王朝对东方诸侯国的剥削和压榨，反映了西周朝廷与东方诸侯国之间的巨大矛盾。《大序》谓“东国困于役而伤于财”。*

【原文】

有饛簋飧①，有捄棘匕②。周道如砥③，其直如矢。君子所履④，小人所视。睠言顾之⑤，潸焉出涕⑥。　小东大东⑦，杼柚其空⑧。纠纠葛屦，可以履霜？佻佻公子，行彼周行。既往既来，使我心疚。　有冽氿泉，无浸获薪。契契寤叹，哀我惮人⑨。薪是获薪⑩，尚可载也。哀我惮人，亦可息也。　东人之子，职劳不来。西人之子，粲粲衣服。舟人之子，熊罴是裘。私人之子，百僚是试⑪。　或以其酒，不以其浆。鞙鞙佩璲⑫，不以其长。维天有汉⑬，监亦有光⑭。跂彼织女，终日七襄。　虽则七襄，不成报章⑮。睆彼牵牛，不以服箱⑯。东有启明，西有长庚。有捄天毕，载施之行。　维南有箕，不可以簸扬。维北有斗⑰，不可以挹酒浆⑱。维南有箕，载翕其舌⑲。维北有斗，西柄之揭⑳。

【注释】

①饛：装满食物的样子。簋：食器。飧：熟食。②捄：长而弯曲的样子。匕：勺子。③砥：磨刀石，形容平坦。④所履：走过的地方。⑤睠：同“眷”。⑥潸：流泪的样子。⑦小东大东：大小诸侯。⑧杼柚：织布机。⑨哀：可怜。惮人：劳苦人。⑩薪：作动词，劈柴。获薪：砍来的柴火。⑪百僚：各种仆役。试：充当。⑫鞙鞙：长的样子。佩璲：佩戴的瑞玉。⑬汉：银河。⑭监：视。光：闪闪发光。⑮报：反复。章：图案花纹。⑯服：负，背。⑰斗：北斗星。⑱挹：舀。⑲翕：引。⑳揭：高举。

## 四　月

*这是一首反应一个小官吏尽心为朝廷办事，却得不到提拔和重用的诗。另有方玉润《诗经原始》：“逐臣南迁也。此诗明明逐臣南迁之词，而诸家所解，或主遭乱，或主行役，或主构祸，或主思祭，皆未尝即全诗而一诵之也。”*

【原文】

四月维夏，六月徂暑[①]。先祖匪人，胡宁忍予？　秋日凄凄，百卉具腓[②]。乱离瘼矣[③]，爰其适归？　冬日烈烈，飘风发发。民莫不谷，我独何害？　山有嘉卉，侯栗侯梅。废为残贼[④]，莫知其尤[⑤]！　相彼泉水，载清载浊。我日构祸[⑥]，曷云能谷？　滔滔江汉，南国之纪[⑦]。尽瘁以仕，宁莫我有[⑧]？　匪鹑匪鸢，翰飞戾天。匪鳣匪鲔，潜逃于渊。　山有蕨薇，隰有杞桋。君子作歌，维以告哀！

【注释】

①徂：到。暑：炎热。②腓：草木枯萎。③乱离：祸乱，忧愁。瘼：病，疾苦。④废：习以为常。残：残害。贼：破坏。⑤尤：罪过。⑥构祸：遭遇，祸害。⑦纪：守则，纲纪。⑧有：通“友”，相亲。

## 北　山

*这首诗描写的是人们为官差所累，抱怨苦乐不均，受到不公正待遇的境况。姚际恒《诗经通论》：“此为为士者所作以怨大夫也，故曰‘偕偕士子’‘大夫不均’，有明文矣。”*

【原文】

陟彼北山，言采其杞[①]。偕偕士子[②]，朝夕从事。王事靡盬，忧我父母。　　溥天之下[③]，莫非王土。率土之滨[④]，莫非王臣。大夫不均，我从事独贤[⑤]。　　四牡彭彭[⑥]，王事傍傍[⑦]。嘉我未老[⑧]，鲜我方将[⑨]。旅力方刚[⑩]，经营四方[⑪]。　　或燕燕居息[⑫]，或尽瘁事国。或息偃在床，或不已于行。　　或不知叫号[⑬]，或惨惨劬劳[⑭]。或栖迟偃仰[⑮]，或王事鞅掌[⑯]。　　或湛乐饮酒[⑰]，或惨惨畏咎[⑱]。或出入风议[⑲]，或靡事不为。

【注释】

①言：我。②偕偕：身体强壮的样子。③溥：大。④率：从，沿着。滨：水边。率土之滨：意思是说四海之内。⑤独贤：一个人辛苦。⑥彭彭：奔跑不停的样子。⑦傍傍：无穷无尽。⑧嘉：夸奖。⑨鲜：珍视，重视。将：强壮。⑩旅力：体力，筋力。⑪经营：做事。⑫燕燕：安闲的样子。⑬叫号：辛苦叫喊的声音。⑭惨惨：愁苦的样子。⑮栖迟：闲游。⑯鞅掌：负荷捧持，指公事繁忙。⑰湛乐：沉溺于享乐之中。⑱咎：过错。⑲风议：夸夸其谈。

## 无将大车

*这是一首感怀时势纷乱之诗。方玉润《诗经原始》："此诗人感时伤乱，搔首茫茫，百忧并集，既又知徒忧无益，只以自病，故作此旷达，聊以自遣之词。"*

【原文】

无将大车[①]，祇自尘兮[②]。无思百忧，祇自疧兮[③]。　　无将大车，维尘冥冥[④]。无思百忧，不出于颎[⑤]。　　无将大车，维尘雝兮。无思百忧，祇自重兮[⑥]。

【注释】

①将：用手推车。大车：牛拉的载重车。②祇：只。自尘：招惹灰尘。③疷：生病。④冥冥：昏暗的样子。⑤颎：火光，亮光。⑥重：拖累。

## 小　明

*这是一位官员久役于外思念故友的诗。《毛序》："小明，大夫悔仕于乱世也。"陈廷杰驳之曰："顾自悔其出仕，乃反勉人以'靖共'，恐诗人之意不若是之矛盾焉。"方玉润《诗经原始》："此因己之久役而念友之安居。"*

【原文】

明明上天，照临下土。我征徂西，至于艽野[①]。二月初吉，载离寒暑。心之忧矣，其毒大苦[②]！念彼共人[③]，涕零如雨。岂不怀归？畏此罪罟[④]！　　昔我往矣，日月方除。曷云其还？岁聿云莫[⑤]。念我独兮，我事孔庶[⑥]。心之忧矣，惮我不暇。念彼共人，睠睠怀顾！岂不怀归？畏此谴怒[⑦]！　　昔我往矣，日月方奥[⑧]。曷云其还？政事愈蹙。岁聿云莫，采萧获菽。心之忧矣，自诒伊戚！念彼共人，兴言出宿。岂不怀归？畏此反覆[⑨]！　　嗟尔君子，无恒安处！靖共尔位，正直是与。神之听之，式谷以女。　　嗟尔君子，无恒安息！靖共尔位，好是正直。神之听之，介尔景福[⑩]。

【注释】

①艽：边远。②毒：灾祸。③共人：同僚。④罪罟：律法。⑤岁：年。聿云：助词，无义。莫：晚。⑥事：差事。庶：众，多。⑦谴怒：谴责，生气。⑧奥：暖。⑨反覆：乱加罪名。⑩介：给予。

## 鼓钟

*这首诗的诗旨未明。方玉润《诗经原始》："此诗循文案义，自是作乐淮上，然不知其为何时、何代、何王、何事……玩其词意，极为叹美周乐之盛，不禁有怀在昔淑人君子德不可忘，而至于忧心且伤也。此非淮徐诗人重观周乐以志欣慕之作，而谁作哉？"*

【原文】

鼓钟将将①，淮水汤汤②。忧心且伤。淑人君子③，怀允不忘④。　　鼓钟喈喈⑤，淮水湝湝⑥。忧心且悲。淑人君子，其德不回⑦。　　鼓钟伐鼛⑧，淮有三洲。忧心且妯⑨。淑人君子，其德不犹⑩。　　鼓钟钦钦⑪，鼓瑟鼓琴。笙磬同音⑫。以雅以南⑬，以籥不僭⑭。

【注释】

①鼓：敲击。将将：钟声。②汤汤：水势奔腾的样子。③淑：善。④允：语气助词，没有实义。⑤喈喈：钟声。⑥湝湝：水势奔腾的样子。⑦回：奸邪。⑧伐：击打。鼛：大鼓。⑨妯：悲伤。⑩犹：终止。⑪钦钦：钟声。⑫笙：古代的一种管乐器。磬：古代的一种打击乐器。⑬雅：雅乐。南：南夷之乐。⑭籥：古代的一种乐器。僭：乱。

## 楚茨

*这是一首周王祭祀祖先的乐歌，大概成诗于西周昭穆时代。吕祖谦《东塾读诗记》："楚茨极言祭祀事神受福之节，观其威仪之盛，物品之丰，所以交神明，逮群下至于受福无疆*

*者，非德政修何以致之！”*

【原文】

楚楚者茨[①]，言抽其棘[②]，自昔何为？我蓺黍稷。我黍与与[③]，我稷翼翼[④]。我仓既盈，我庾维亿[⑤]。以为酒食，以飨以祀，以妥以侑[⑥]，以介景福[⑦]。　济济跄跄[⑧]，絜尔牛羊[⑨]，以往烝尝。或剥或亨，或肆或将[⑩]。祝祭于祊，祀事孔明[⑪]。先祖是皇，神保是飨。孝孙有庆，报以介福，万寿无疆！　执爨踖踖[⑫]，为俎孔硕。或燔或炙。君妇莫莫[⑬]，为豆孔庶。为宾为客，献酬交错。礼仪卒度，笑语卒获。神保是格[⑭]，报以介福，万寿攸酢！　我孔熯矣[⑮]，式礼莫愆。工祝致告，徂赉孝孙[⑯]。苾芬孝祀[⑰]，神嗜饮食。卜尔百福[⑱]，如几如式[⑲]。既齐既稷[⑳]，既匡既敕。永锡尔极，时万时亿！　礼仪既备，钟鼓既戒。孝孙徂位。工祝致告。神具醉止，皇尸载起[㉑]。钟鼓送尸，神保聿归[㉒]。诸宰君妇，废彻不迟[㉓]。诸父兄弟，备言燕私[㉔]。　乐具入奏，以绥后禄[㉕]。尔殽既将，莫怨具庆。既醉既饱，小大稽首。神嗜饮食，使君寿考。孔惠孔时[㉖]，维其尽之。子子孙孙，勿替引之！

【注释】

①楚楚：植物丛生的样子。②抽：除。③与与：茂盛的样子。④翼翼：繁盛的样子。⑤庾：雨天堆积谷物处。⑥妥：安。侑：劝饮食。⑦景：大。⑧济济：形容众多。⑨絜：洁净。⑩肆：陈设。将：捧持。⑪明：指祭礼齐备。⑫爨：烧火煮饭。踖踖：敏捷而又恭敬。⑬莫莫：安静。⑭格：至。⑮熯：敬惧。⑯徂：往。赉：赏赐。⑰苾芬：形容祭品的香味。孝祀：祭献。⑱卜：予。⑲几：期。⑳稷：急。㉑皇：荣耀。尸：代表祖先受祭的人。㉒聿：助词，无义。㉓废彻：撤去。不迟：不拖延。㉔备：结束。燕私：私燕，私家宴会。燕：通“宴”。

## 信南山

*这也是一首周王祈福的乐歌。姚际恒《诗经通论》认为《楚茨》是周王秋祭的乐歌，因其中有“以往烝尝”一句，《信南山》是冬祭的乐歌，因其中有“以烝以享”一句，按次章云“雨雪雰雰”，正是冬祭时节。*

【原文】

信彼南山①，维禹甸之②。畇畇原隰③，曾孙田之。我疆我理④，南东其亩。　上天同云，雨雪雰雰。益之以霢霂⑤，既优既渥。既霑既足，生我百谷。　疆埸翼翼。黍稷彧彧⑥。曾孙之穑，以为酒食。畀我尸宾，寿考万年。　中田有庐，疆埸有瓜。是剥是菹，献之皇祖。曾孙寿考，受天之祜。　祭以清酒，从以骍牡，享于祖考。执其鸾刀⑦，以启其毛，取其血膋。　是蒸是享，苾苾芬芬。祀事孔明，先祖是皇。报以介福，万寿无疆。

【注释】

①信：通“伸”，长的样子。②甸：治理。③畇畇：平坦整齐的样子。形容开垦的田地。④疆：划分界限。理：区分田地好坏。⑤霢霂：小雨。⑥彧彧：茂盛的样子。⑦鸾刀：挂有铃铛的刀。

## 甫　田

*这是一首周王祭祀土地和农神的乐歌。方玉润《诗经原始》：“此王者祈年因而耕也。祭方社，祀田祖，皆所以祈甘雨，非报成也。”*

【原文】

倬彼甫田[①]，岁取十千。我取其陈，食我农人。自古有年。今适南亩，或耘或耔[②]。黍稷薿薿[③]，攸介攸止，烝我髦士[④]。　以我齐明，与我牺羊[⑤]。以社以方，我田既臧。农夫之庆，琴瑟击鼓。以御田祖，以祈甘雨。以介我稷黍，以穀我士女。　曾孙来止，以其妇子，馌彼南亩[⑥]，田畯至喜。攘其左右[⑦]，尝其旨否。禾易长亩[⑧]，终善且有，曾孙不怒，农夫克敏。　曾孙之稼，如茨如梁。曾孙之庾，如坻如京[⑨]。乃求千斯仓，乃求万斯箱。黍稷稻粱，农夫之庆。报以介福，万寿无疆。

【注释】

①倬：大。②耘：锄草。耔：培土。③薿薿：茂盛的样子。④髦：漂亮潇洒。⑤牺：牛。⑥馌：给在田耕作的人送饭。⑦攘：礼让。⑧易：禾盛的样子。⑨坻：水中高地。

## 大　田

*这首诗与《甫田》一样是祭奠农事的诗。方玉润《诗经原始》："前篇重在祈年省耕……此篇重在播种收成，故从农人一面极力摹写春耕秋敛，害必务去尽，利必使有余，所以竭在下者之力也。"*

【原文】

大田多稼，既种既戒[①]，既备乃事。以我覃耜[②]，俶载南亩[③]，播厥百谷，既庭且硕[④]，曾孙是若[⑤]。　既方既皁，既坚既好，不稂不莠。去其螟螣，及其蟊贼，无害我田稺。田祖有神，秉畀炎火[⑥]。　有渰萋萋[⑦]，兴雨祁祁[⑧]，雨我公田，遂及我私。彼有不获

视尔如荍，贻我握椒（《国风·陈风·东门之枌》）

岂其食鱼，必河之鲤（《国风·陈风·衡门》）

彼泽之陂，有蒲与荷（《国风·陈风·泽陂》）

六月食郁及薁，七月亨葵及菽（《国风·豳风·七月》）

鸱鸮鸱鸮，既取我子，无毁我室。（《国风·豳风·鸱鸮》）

呦呦鹿鸣，食野之苹（《雅·小雅·鹿鸣》）

南有嘉鱼，烝然罩罩（《雅·小雅·南有嘉鱼》）

我行其野，言采其蓫（《雅·小雅·我行其野》）

穉，此有不敛穧[⑨]；彼有遗秉[⑩]，此有滞穗[⑪]，伊寡妇之利。　　曾孙来止，以其妇子，馌彼南亩，田畯至喜。来方禋祀[⑫]，以其骍黑，与其黍稷，以享以祀，以介景福[⑬]。

【注释】

①种：选种。戒：修整农具。②覃：锋利。③俶载：开始从事。④庭：直。⑤是：代词，位动词前复指宾语。若：顺心，任意。⑥秉：拿。畀：给。炎火：大火。⑦渰：云兴起的样子。萋萋：指云密集的样子。⑧祁祁：众多的样子。⑨穧：已割而未收的农作物。⑩秉：谷把。⑪滞穗：丢弃的谷穗。⑫禋祀：祭祀。⑬介：请求，求得。景：大的。福：福气，福泽。

## 瞻彼洛矣

*这是一首赞美“君子”的诗。朱熹《诗集传》：“天子会诸侯于东都以讲武事，而诸侯美天子之诗。”方玉润《诗经原始》：“唯此等歌咏必有所纪，非泛泛者。今既求其事而不得，则不如阙疑以俟知者之为愈也。”*

【原文】

瞻彼洛矣，维水泱泱[①]。君子至止，福禄如茨[②]。韎韐有奭[③]，以作六师。　　瞻彼洛矣，维水泱泱。君子至止，鞞琫有珌[④]。君子万年，保其家室。　　瞻彼洛矣，维水泱泱。君子至止，福禄既同。君子万年，保其家邦。

【注释】

①泱泱：水深广的样子。②茨：草屋的房顶。③奭：赤色。④珌：刀鞘的下饰。

## 裳裳者华

*这是周王美诸侯之诗。朱熹《诗集传》：“此天子美诸侯之辞。”魏源《诗古微》：“裳裳者华，亦诸侯嗣位初见之诗，故与瞻洛相次……盖朝于东都所作。”*

【原文】

裳裳者华，其叶湑兮。我觏之子，我心写兮[①]。我心写兮，是以有誉处兮。　　裳裳者华，芸其黄矣。我觏之子[②]，维其有章矣。维其有章矣，是以有庆矣[③]。　　裳裳者华，或黄或白。我觏之子，乘其四骆。乘其四骆，六辔沃若[④]。　　左之左之，君子宜之。右之右之，君子有之。维其有之，是以似之[⑤]。

【注释】

①写：通“泻”，高兴，畅快。②觏：遇见。③庆：福气。④沃若：鲜艳气派。⑤似：嗣。指继承祖宗的功业。

## 桑　扈

*这是一首天子宴会诸侯的诗。方玉润《诗经原始》：“此诗词义昭然，的为天子燕诸侯之诗无疑。然颂祷中寓箴规意，非上世君臣交儆，未易有此和平庄雅之音。”王质《诗总闻》：“当是诸侯来朝，而归国饯送之际，美戒兼同。”*

【原文】

交交桑扈[①]，有莺其羽[②]。君子乐胥[③]，受天之祜。　　交交桑扈，有莺其领[④]。君子乐胥，万邦之屏。　　之屏之翰[⑤]，百辟为宪⑥。不戢不难⑦？受福不那⑧？　　兕觥其觩⑨，旨酒思柔⑩。彼交匪敖⑪，万福来求。

【注释】

①交交：鸟的叫声。桑扈：布谷鸟。②莺：鸟羽有文采。③胥：语气词。④领：颈。⑤翰：栋梁。⑥辟：君主。⑦不：通“丕”，很，十分。戢：谦和。难：恭敬。⑧那：多。⑨兕觥：兕角做的酒杯。觩：兽角弯曲的样子，这里指酒杯。⑩思：助词，无义。⑪交：通“骄”，骄横。敖：通“傲”，骄傲。

## 鸳　鸯

*这是一首祝贺贵族新婚的诗。方玉润《诗经原始》：“盖臣子颂君，何物不可以起兴，而乃有取于在梁敛翼之鸳鸯鸟耶？夫鸳鸯匹鸟，当其倦而双栖……有夫妇情而无君臣义焉……但彼谓咏成王，自不如幽王之切而有据耳。”*

【原文】

鸳鸯于飞，毕之罗之①。君子万年，福禄宜之。　　鸳鸯在梁，戢其左翼②。君子万年，宜其遐福。　　乘马在厩，摧之秣之③。君子万年，福禄艾之。　　乘马在厩，秣之摧之。君子万年，福禄绥之④。

【注释】

①毕、罗：捕鸟的网。②戢：收起。③摧：轧草。秣：马料。④绥：平安。

## 頍　弁

*这是一首周王宴请族人兄弟的诗。《毛序》谓“诸公刺幽王也”。旧说多从之。陈廷杰《诗序解》：“此诗写王者燕*

*兄弟亲戚，其情颇相通，而忧柔纡舒，甚有悲凉之概。非涵泳浸渍，何能得其音哉？诸家多拘于大小序之说，刺幽刺厉，辄乖戾不当，以是知三百篇之厄于传疏。信然。”*

【原文】

有頍者弁①，实维伊何？尔酒既旨，尔殽既嘉。岂伊异人？兄弟匪他。茑与女萝②，施于松柏③。未见君子，忧心奕奕④。既见君子，庶几说怿⑤。　　有頍者弁，实维何期⑥？尔酒既旨，尔肴既时。岂伊异人？兄弟具来。茑与女萝，施于松上。未见君子，忧心怲怲。既见君子，庶几有臧。　　有頍者弁，实维在首。尔酒既旨，尔殽既阜⑦。岂伊异人？兄弟甥舅。如彼雨雪，先集维霰⑧。死丧无日，无几相见⑨。乐酒今夕，君子维宴。

【注释】

①頍：戴（帽）。弁：帽子。②茑与女萝：比喻兄弟、亲戚相互依附。③施：蔓延，延续。④奕奕：心神不宁。⑤说怿：快乐的样子。⑥何期：期何，期待什么？⑦阜：丰富。⑧霰：雪粒。⑨无几：没有多少。

## 车　辖

*这是一首诗人迎娶新娘时途中所作之诗。《左传》：“昭二十五年，叔孙婼如宋迎女，赋车牵。”方玉润《诗经原始》谓此诗“嘉贤友得淑女为配也”。*

【原文】

间关车之辖兮①，思娈季女逝兮②。匪饥匪渴，德音来括③。虽无好友？式燕且喜④。　　依彼平林⑤，有集维鷮⑥。辰彼硕女⑦，令德来教⑧。式燕且誉，好尔无射⑨。　　虽无旨酒？式饮庶几⑩。虽无嘉肴？式食庶几。虽无德与女？式歌且舞。　　陟彼高冈，析其柞薪[11]。析其柞薪，其叶湑兮[12]。鲜我觏尔[13]，我心写兮[14]。　　高山仰止，景行行止[15]。四牡騑騑[16]，六辔如琴[17]。觏尔新昏，以慰我心。

【注释】

①间关：车轮的摩擦声。舝：车轮轴头上的键。②思娈：思慕美貌。季女：少女。③德音：好消息。括：会面，见面。④式：语气助词，没有实义。燕：同"宴"。⑤依：茂密。平林：平地上的树林。⑥鷮：野鸡。⑦辰：时刻。这里指出嫁的时刻。硕女：长大了的女子。⑧令德：好德行。⑨射：厌，厌恶。⑩庶几：勉强可以。⑪析：砍。柞：树名，栎树。⑫湑：茂盛。⑬鲜：善。觏：见到。⑭写：同"泻"，除尽。⑮景行：大路，大道。⑯騑騑：排列行走。⑰辔：马缰绳。

## 青　蝇

*这是一首告诫人们谗言误国害民的诗。朱熹《诗集传》："诗人以王好听谗言，故以青蝇飞声比之，而戒王以勿听也。"方玉润《诗经原始》："盖诗明言'构我二人'，是此人已中其害，乃为诗以遗王，非徒空言刺而戒之已耳。"*

【原文】

营营青蝇[1]，止于樊[2]。岂弟君子[3]，无信谗言！　　营营青蝇，止于棘。谗人罔极[4]，交乱四国。　　营营青蝇，止于榛。谗人罔极，构我二人[5]。

【注释】

①营营：苍蝇飞来飞去的叫声。②樊：篱笆。③岂弟：性格快活平易。④罔极：没有定准。⑤构：离间。

## 宾之初筵

*这是一首讽刺统治者饮酒无度，失礼败德的诗。《毛序》谓“卫武公刺时也”。方玉润《诗经原始》：“诗为武公之作无疑，不必过为苛论也……武公出入为王卿士，难免不与其宴，既见其如此无礼，而又未敢真陈君失，只好作悔过用以自警，使王闻之，或以稍正其失，未始非诗之力也。”*

【原文】

宾之初筵，左右秩秩。笾豆有楚，殽核维旅。酒既和旨，饮酒孔偕。钟鼓既设，举酬逸逸。大侯既抗①，弓矢斯张。射夫既同②，献尔发功③。发彼有的，以祈尔爵。　籥舞笙鼓，乐既和奏。烝衎烈祖④，以洽百礼。百礼既至，有壬有林⑤。锡尔纯嘏⑥，子孙其湛⑦。其湛曰乐，各奏尔能。宾载手仇，室人入又。酌彼康爵，以奏尔时。　宾之初筵，温温其恭。其未醉止，威仪反反⑧。曰既醉止，威仪幡幡⑨。舍其坐迁，屡舞僊僊⑩。其未醉止，威仪抑抑⑪。曰既醉止，威仪怭怭⑫。是曰既醉，不知其秩。　宾既醉止，载号载呶⑬。乱我笾豆，屡舞僛僛。是曰既醉，不知其邮⑭。侧弁之俄，屡舞傞傞⑮。既醉而出，并受其福⑯。醉而不出，是谓伐德⑰。饮酒孔嘉，维其令仪。　凡此饮酒，或醉或否。既立之监，或佐之史。彼醉不臧，不醉反耻。式勿从谓，无俾大怠。匪言勿言，匪由勿语⑱。由醉之言⑲，俾出童羖⑳。三爵不识，矧敢多又㉑？

【注释】

①大侯：箭靶。②同：协调一致。③献：展现。发功：射箭的本领。④烝：进献。衎：使……快乐。⑤壬：隆重。林：众多。⑥纯：大。嘏：福。⑦湛：安乐、祥和。⑧威仪：严肃的仪容。反反：得体适宜。⑨幡幡：轻率不当。⑩僊僊：

脚步轻浮。⑪抑抑：态度谨慎。⑫怭怭：轻薄的样子。⑬呶：叫喊，喧哗。⑭邮：过错。⑮傞傞：醉舞不止的样子。⑯并：指主人和客人。⑰伐德：败坏道德。⑱由：事由，情由。⑲由：因，由于。⑳羖：黑色公羊。㉑又：劝酒。

## 鱼　藻

*这是镐京的人民赞美周王建都于此的诗。陈廷杰《诗序解》："是篇写鱼之乐，藻蒲相依，悠然自得。盖兴王之在镐，颇安所居。其体近乎风。"方玉润《诗经原始》："此镐民私幸周王都镐而祝其永远在兹之词也。"*

【原文】

鱼在在藻，有颁其首。王在在镐，岂乐饮酒①。　　鱼在在藻，有莘其尾②。王在在镐，饮酒乐岂。　　鱼在在藻，依于其蒲。王在在镐，有那其居③。

【注释】

①岂乐：欢乐。②莘：长长的。③那：安闲的样子。

## 采　菽

*这是赞美诸侯来朝，周天子赏赐诸侯的诗。姚际恒《诗经通论》："大抵西周盛王，诸侯来朝，加以锡命之诗。"陈廷杰《诗序解》："当是诸侯来朝，人君致礼。诗人观此情景，慨然而赋，于以见盛世之象焉。"*

【原文】

采菽采菽，筐之莒之①。君子来朝，何锡予之？虽无予之？路车乘马。又何予之？玄衮及黼。　　觱沸槛泉②，言采其芹。

君子来朝，言观其旂。其旂淠淠，鸾声嘒嘒。载骖载驷，君子所届[3]。　　赤芾在股[4]，邪幅在下[5]。彼交匪纾[6]，天子所予。乐只君子，天子命之。乐只君子，福禄申之[7]。　　维柞之枝，其叶蓬蓬。乐只君子，殿天子之邦[8]。乐只君子，万福攸同。平平左右，亦是率从。　　泛泛杨舟，绋纚维之[9]。乐只君子，天子葵之。乐只君子，福禄膍之[10]。优哉游哉，亦是戾矣。

【注释】

①之莒之：用筐和莒盛。筐：方形竹制器具。莒：圆形竹制器具。②沸：形容泉水冒出，像沸水一样。③届：至。④芾：蔽膝。⑤邪幅：绑腿。⑥交：通“娇”，骄横。纾：怠慢。⑦申：重复。⑧殿：镇定。⑨绋：大索。⑩膍：厚赐。

## 角　弓

*这是一首劝告周王亲兄弟远小人的诗。《汉书·刘向传》：“幽、厉之际，朝廷不和，转向非怨。诗人刺之曰‘民之无良，相怨一方。’”方玉润《诗经原始》：“疏远兄弟而亲近小人，是此诗大旨。”*

【原文】

骍骍角弓，翩其反矣[1]。兄弟昏姻，无胥远矣[2]。　　尔之远矣，民胥然矣。尔之教矣，民胥效矣。　　此令兄弟，绰绰有裕[3]。不令兄弟，交相为瘉[4]。　　民之无良，相怨一方。受爵不让，至于已斯亡。　　老马反为驹，不顾其后。如食宜饇[5]，如酌孔取。　　毋教猱升木，如涂涂附。君子有徽猷，小人与属[6]。　　雨雪瀌瀌[7]，见晛曰消[8]。莫肯下遗[9]，式居娄骄[10]。　　雨雪浮浮，见晛曰流。如蛮如髦，我是用忧。

【注释】

①翩：通“偏”。反：反转。②胥：相互。远：疏远。③绰绰有裕：宽裕舒缓的样子。④为瘉：残害。⑤饇：饱。⑥小人与属：小人来依附。⑦瀌瀌：雨雪盛的样子。⑧晛：日气。⑨莫肯下遗：指小人不肯卑下顺从。⑩式：助词，无义。居：通“倨”。娄：通“屡”，多次。骄：骄横。

## 菀 柳

*这是一位大臣有功于国又获罪的怨诗。方玉润《诗经原始》：“大概王待诸侯不以礼，诸侯相与忧危之诗……然诗中所刺又似厉王，非幽王也。盖其所述非暴即虐，于厉王为尤近云。”*

【原文】

有菀者柳①，不尚息焉②。上帝甚蹈③，无自暱焉。俾予靖之④，后予极焉⑤！　有菀者柳，不尚愒焉⑥。上帝甚蹈，无自瘵焉⑦。俾予靖之，后予迈焉⑧！　有鸟高飞，亦傅于天⑨。彼人之心，于何其臻⑩？曷予靖之，居以凶矜⑪！

【注释】

①菀：枝叶十分茂盛的样子。②尚：庶几。③蹈：动，指变动无常。④俾：使。靖：谋划。⑤极：诛，责罚。⑥愒：歇息，休息。⑦瘵：病，生病。⑧迈：行，指放逐。⑨傅：到达。⑩臻：至，到。⑪以：于。凶矜：凶险。

## 都人士

*这是一首怀旧的诗。朱熹《诗集传》：“乱离之后，人不复见昔日都邑之盛，人物仪容之美，而作此诗以叹息之。”*

*方玉润《诗经原始》：“诗本无甚关系，然存之可以纪一时盛衰之盛，而因以见先王化淳俗美之休犹未尽泯于人心云。”*

【原文】

彼都人士，狐裘黄黄。其容不改，出言有章。行归于周，万民所望。　　彼都人士，台笠缁撮①。彼君子女，绸直如发②。我不见兮，我心不说。　　彼都人士，充耳琇实。彼君子女，谓之尹吉。我不见兮，我心苑结③。　　彼都人士，垂带而厉④。彼君子女，卷发如虿⑤。我不见兮，言从之迈。　　匪伊垂之，带则有馀。匪伊卷之，发则有旟。我不见兮，云何盱矣⑥！

【注释】

①缁：黑色的衣料。撮：束发的帽子。台：草名，可以做笠。②绸：浓密。③苑结：忧闷积于心。④厉：腰带下垂的部分。⑤虿：毒虫。⑥盱：通“吁”，忧叹。

## 采　绿

*这首诗表达了一个妇女思念她丈夫的感情。方玉润《诗经原始》：“此真风诗也……幽王之时，政烦赋重，征夫久劳于外，逾时不归，故其室思之如此。”*

【原文】

终朝采绿，不盈一匊①。予发曲局，薄言归沐。　　终朝采蓝，不盈一襜②。五日为期，六日不詹③。　　之子于狩，言韔其弓④。之子于钓，言纶之绳。　　其钓维何？维鲂及鱮⑤。维鲂及鱮，薄言观者！

【注释】

①匊：两手合捧。②襜：围裙。③詹：到。④韔：装弓入袋。⑤鱮：一种大头鲢。

## 黍 苗

*这是修建申国都城的人在完成工程后在途中的欢歌。朱熹《诗集传》："宣王封申伯于谢，命召穆公往城邑，故将徒役南行，而行者作此。"方玉润《诗经原始》："此诗明言召穆公营谢功成，士役美之之作。"*

【原文】

芃芃黍苗，阴雨膏之。悠悠南行，召伯劳之。　　我任我辇①，我车我牛②。我行既集③，盖云归哉。　　我徒我御④，我师我旅。我行既集，盖云归处。　　肃肃谢功⑤，召伯营之。烈烈征师⑥，召伯成之。　　原隰既平，泉流既清。召伯有成，王心则宁。

【注释】

①任：负荷。②车：手扶车行。③集：成功。④徒：步行。御：驾驶。⑤谢功：营建谢邑的工程。

## 隰 桑

*这是一首女人思念爱人的诗。陈启源《稽古篇》："隰桑思君子，犹丘中有麻之思留子也。隰桑诗音节略与风雨同。"另有方玉润认为其诗"思贤人之在野也"。*

【原文】

隰桑有阿①，其叶有难②。既见君子，其乐如何？　　隰桑有阿，其叶有沃③。既见君子，云何不乐？　　隰桑有阿，其叶有幽④。既见君子，德音孔胶⑤。　　心乎爱矣，遐不谓矣⑥！中心藏之⑦，何日忘之！

【注释】

①阿：美好的样子。②难：枝叶茂盛的样子。③沃：柔嫩光滑的样子。④幽：深黑色。⑤胶：牢固。⑥遐不：何不，为什么不。⑦藏：同“臧”，善。

## 白　华

*这是一首被抛弃的妇女所作怨诗。《毛序》：“白华，幽王取申女以为后，又得褒姒而黜申后，周人为之作诗也。”方玉润认为“此诗情词凄婉，托恨幽深，非外人所能代，故《诗集传》以为申后作”。*

【原文】

白华菅兮，白茅束兮。之子之远，俾我独兮。　　英英白云，露彼菅茅。天步艰难①，之子不犹②。　　滮池北流，浸彼稻田。啸歌伤怀，念彼硕人。　　樵彼桑薪，卬烘于煁③。维彼硕人，实劳我心。　　鼓钟于宫，声闻于外。念子懆懆④，视我迈迈⑤。　　有鹙在梁，有鹤在林。维彼硕人，实劳我心。　　鸳鸯在梁，戢其左翼。之子无良，二三其德⑥。　　有扁斯石⑦，履之卑兮⑧，之子之远，俾我疷兮⑨。

【注释】

①天步：命运。②不犹：无谋。③烘：燎。煁：能移动的灶。④懆懆：忧

虑不安。⑤迈迈：不高兴。⑥二三：多次。⑦扁：扁平的上车用的垫脚石。⑧履：踩。卑：低。⑨疷：忧病，指相思病。

## 绵 蛮

*这首诗历来解读不同。王质《诗总闻》：“重臣出行，而下士冗役告劳者也。闻其告劳，而旋生悯心。亦必贤者，是管谢之流也。”方玉润《诗经原始》：“此王者加惠远方人士也。”*

【原文】

绵蛮黄鸟①，止于丘阿②。道之云远，我劳如何③！饮之食之，教之诲之。命彼后车④，谓之载之。　　绵蛮黄鸟，止于丘隅。岂敢惮行⑤，畏不能趋⑥。饮之食之，教之诲之。命彼后车，谓之载之。　　绵蛮黄鸟，止于丘侧。岂敢惮行，畏不能极⑦。饮之食之，教之诲之。命彼后车，谓之载之。

【注释】

①绵蛮：小鸟的模样。②丘阿：山坳。③如何：像什么样。④后车：副车，跟在后面的从车。⑤惮：畏惧，惧怕。⑥趋：快走。⑦极：到达终点。

## 瓠 叶

*这是一首贵族宴请宾客的诗。《毛序》：“故思古人之不以微薄废礼焉。”朱熹辩之曰“序说非是，此亦燕饮之诗”。方玉润则从序说，谓“大抵古人燕宾，情真而意挚，不以丰备而寡情，亦不以微薄而废礼”。*

【原文】

幡幡瓠叶[1]，采之亨之。君子有酒，酌言尝之[2]。　　有兔斯首，炮之燔之[3]。君子有酒，酌言献之。　　有兔斯首，燔之炙之。君子有酒，酌言酢之。　　有兔斯首，燔之炮之。君子有酒，酌言酬之。

【注释】

①幡幡：反复翻动的样子。②酌：舀出来。尝：品尝。③燔：烧。

## 渐渐之石

*这是一首在外征战的士兵慨叹远征的诗。《毛序》："刺幽王也……乃命将率东征，役久病于外，故作是诗也。"方玉润《诗经原始》："此将士东征，劳苦自叹之诗。"*

【原文】

渐渐之石，维其高矣。山川悠远，维其劳矣[1]。武人东征，不遑朝矣。　　渐渐之石，维其卒矣[2]。山川悠远，曷其没矣？武人东征，不遑出矣。　　有豕白蹢[3]，烝涉波矣[4]。月离于毕[5]，俾滂沱矣[6]。武人东征，不遑他矣[7]。

【注释】

①劳：通"辽"。②卒：高峻而危险。③豕：猪。白蹢：白蹄。④烝：入。涉波：涉水。⑤月：月亮。离：通"丽"，附着。毕：星宿名。⑥俾：使。滂沱：大雨。⑦不遑他矣：无暇顾及其他。

## 苕之华

*这是一首百姓在饥乱之世的自伤的诗。方玉润《诗经原*

*始》：“周室衰微，既乱且饥，所谓大兵之后，必有凶年也。人民生当此际，‘不如无生’，盖深悲其不幸而生此凶荒之世耳。”*

【原文】

苕之华[1]，芸其黄矣[2]。心之忧矣，维其伤矣！　　苕之华，其叶青青。知我如此，不如无生！　　牂羊坟首[3]，三星在罶[4]。人可以食，鲜可以饱。

【注释】

①苕：凌霄花，藤本蔓生植物。②芸其黄：草木枯黄的样子。③牂羊：母羊。坟：大。④三星：指星光。

## 何草不黄

*这是一首被征召服劳役的人的怨诗。朱熹《诗集传》：“周室将亡，征役不息，行者苦之，故作此诗。”方玉润《诗经原始》：“此征伐不息，行者愁怨之诗，人皆知之矣。”*

【原文】

何草不黄？何日不行？何人不将[1]？经营四方[2]。　　何草不玄[3]？何人不矜[4]？哀我征夫，独为匪民。　　匪兕匪虎，率彼旷野[5]。哀我征夫，朝夕不暇。　　有芃者狐[6]，率彼幽草[7]。有栈之车[8]，行彼周道[9]。

【注释】

①将：行，走路。②经营：办理公务。四方：全国各地。③玄：黑色，这里指凋零。④矜：同“鳏”，年老无妻。⑤率：沿着。⑥芃：兽毛蓬松的样子。⑦幽：深。⑧栈车：役车。⑨周道：大道。

# 大雅

*严粲云："纯乎雅之体者为雅之大。"朱子曰："《大雅》非圣贤不能为，平易明白，正大光明。"*

## 文 王

*这是一首追述周文王功业的诗。一说作者为周公旦，方玉润《诗经原始》："周公追述文德配天，以肇造乎周也。"一说为西周晚期作品。"夫文王德配上帝，而其后遂有天下者，盖能尽人性以合天心，而天因以位育权畀界之耳。"*

【原文】

文王在上，於昭于天！周虽旧邦，其命维新。有周不显，帝命不时。文王陟降[①]，在帝左右。　亹亹文王，令闻不已[②]。陈锡哉周，侯文王孙子[③]。文王孙子，本支百世。凡周之士，不显亦世。　世之不显，厥犹翼翼[④]。思皇多士[⑤]，生此王国。王国克生，维周之桢[⑥]。济济多士[⑦]，文王以宁。　穆穆文王，於缉熙敬止[⑧]。假哉天命[⑨]！有商孙子。商之孙子，其丽不亿。上帝既命，侯于周服[⑩]。　侯服于周，天命靡常。殷士肤敏，祼将于京。厥作祼将，常服黼冔。王之荩臣，无念尔祖。　无念尔祖，聿修厥德。永言配命，自求多福。殷之未丧师[⑪]，克配上帝。宜鉴于殷，骏命不易。　命之不易，无遏尔躬[⑫]。宣昭义问，有虞殷自天[⑬]。上天之载，无声无臭。仪刑文王[14]，万邦作孚[15]。

【注释】

①陟降：升降。②令闻：善声。③侯：乃，于是。④厥：他们。翼翼：小心谨慎。⑤皇：美。⑥桢：栋梁，支柱。⑦济济：形容众多。⑧缉熙：光辉灿烂。⑨假：伟大。⑩周服：臣服于周。⑪丧师：丧失人心。⑫遏：止。⑬有：又。虞：想到。⑭仪刑：效法。⑮孚：信服。

## 大　明

*这是一首历史叙事诗，讲述了文王婚配和武王伐纣的故事。方玉润《诗经原始》：“周德之盛，由于配偶天成也……其昏媾天成，有非人力所能为者。然太任、太姒明写，邑姜暗写，此又文心变幻处。”*

【原文】

明明在下，赫赫在上。天难忱斯[1]，不易维王。天位殷适[2]，使不挟四方[3]。　挚仲氏任，自彼殷商，来嫁于周，曰嫔于京。乃及王季，维德之行。大任有身，生此文王。　维此文王，小心翼翼。昭事上帝，聿怀多福[4]。厥德不回[5]，以受方国[6]。　天监在下，有命既集。文王初载[7]，天作之合[8]。在洽之阳[9]，在渭之涘。文王嘉止，大邦有子。　大邦有子，伣天之妹[10]。文定厥祥[11]，亲迎于渭。造舟为梁，不显其光。　有命自天，命此文王，于周于京。缵女维莘[12]，长子维行，笃生武王。保右命尔，燮伐大商[13]。　殷商之旅，其会如林[14]。矢于牧野，维予侯兴。上帝临女，无贰尔心。　牧野洋洋[15]，檀车煌煌[16]，驷騵彭彭。维师尚父，时维鹰扬。凉彼武王[17]，肆伐大商，会朝清明。

【注释】

①忱：信赖。②适：通“嫡”。③挟：拥有。④怀：招来，招致。⑤厥：他的。不回：不正常。⑥受：承受。⑦初载：初年。⑧作：选定。合：配偶。⑨阳：水的北面。⑩俔：好比，好像。天之妹：天上的女子。⑪文：送聘礼。祥：吉祥。⑫缵：继承，接替。⑬燮：顺应。⑭会：集会，集合。⑮洋洋：广大的样子。⑯檀车：战车。煌煌：光彩夺目。⑰凉：辅佐。

## 緜

*这是一首宣扬周王朝历史基业的史诗。全诗叙述了从古公亶父迁岐山一直到文王发迹这段历史。方玉润《诗经原始》：“追述周室之兴始自迁岐，民附也……自古帝王未有不得人而能自昌者，地灵犹须人杰，是之谓耳。”*

【原文】

緜緜瓜瓞①。民之初生②，自土沮漆③。古公亶父④，陶复陶穴⑤，未有家室。　古公亶父，来朝走马。率西水浒⑥，至于岐下。爰及姜女⑦，聿来胥宇⑧。　周原膴膴⑨，堇荼如饴⑩。爰始爰谋⑪，爰契我龟⑫。曰止曰时⑬，筑室于兹。　乃慰乃止，乃左乃右，乃疆乃理，乃宣乃亩⑭。自西徂东，周爰执事。　乃召司空⑮，乃召司徒⑯，俾立室家。其绳则直，缩版以载⑰，作庙翼翼⑱。　捄之陾陾⑲，度之薨薨⑳。筑之登登，削屡冯冯㉑。百堵皆兴㉒，鼛鼓弗胜㉓。　乃立皋门㉔，皋门有伉㉕。乃立应门㉖，应门将将㉗。乃立冢土㉘，戎丑攸行㉙。　肆不殄厥愠㉚，亦不陨厥问㉛。柞棫拔矣，行道兑矣㉜。混夷駾矣㉝，维其喙矣㉞。　虞芮质厥成㉟，文王蹶厥生㊱。予曰有疏附㊲，予曰有先后㊳，予曰有奔奏㊴，予曰有御侮㊵。

【注释】

①緜緜：连续不绝的样子。瓞：小瓜。②民：指周朝的民众。③土：指杜水。沮、漆都是水名。④古公：亶父的号。亶父：周太王的名。⑤陶：挖掘。复：地室。⑥水浒：水边。⑦及：带着，一起。⑧胥：视察，察看。守：居住。⑨周原：地名。膴膴：土地肥美的样子。⑩堇、荼：两种野菜的名字。饴：饴糖。⑪始：谋划。⑫契：用火烧龟壳以占卜。⑬止、时：居住。⑭宣：开沟挖渠。亩：耕田种地。⑮司空：古代掌管土地的官。⑯司徒：古代掌管役工的官。⑰缩版：用绳子捆束筑墙的木板。⑱翼翼：房子高大严正的样子。⑲捄：把泥土装在器物中。陾陾：人多的样子。⑳度：把泥土填进夹板中。薨薨：人多嘈杂的声音。㉑削屡：指修整墙头。冯冯：墙头坚硬的声音。㉒兴：起。㉓鼛：长一丈二尺的大鼓。㉔皋门：国君的城门。㉕伉：高的样子。㉖应门：王宫里的正门。㉗将将：房屋高大严正的样子。㉘冢土：大的土地庙。㉙戎丑：众人。㉚肆：遂。殄：断绝。愠：怨愤。㉛陨：落下，废除。㉜兑：通达，通畅。㉝混夷：西方的国名。蜕：因惊恐而逃走。㉞喙：困窘。㉟虞、芮：周初两个国名。质：问，这里指争执。成：平息，平和。㊱蹶：动。生：性，天性。㊲疏附：意思是下臣亲近上臣。㊳先后：指引导。㊴奔奏：奔走。㊵御侮：抵抗外敌欺侮。

## 棫朴

*这是一首歌颂文王任用贤人的诗。诗中又叙述了征伐之事，历来解说不一。汪龙《毛诗异义》：“国之大事在祀与戎，举此二者以明贤才之用。”该说似可调停今古文之说。*

【原文】

芃芃棫朴，薪之槱之[1]。济济辟王，左右趣之[2]。　　济济辟王，左右奉璋[3]。奉璋峨峨[4]，髦士攸宜。　　淠彼泾舟[5]，烝徒楫之[6]。周王于迈，六师及之。　　倬彼云汉[7]，为章于天。周王寿考，遐不作人？　　追琢其章[8]，金玉其相。勉勉我王，纲纪四方。

【注释】

①槱：燃烧。②趣：趋，疾。③奉：捧。④峨峨：庄严的样子。⑤淠：船行进的样子。泾：泾水。⑥楫：划船。⑦倬：广阔。云汉：银河。

## 旱 麓

*这是歌颂周文王祭祀祖先的诗。方玉润《诗经原始》："此盖指其祭祀受福而言也。与上篇绝不相类。上篇言作人，于祭祀见其一端，此篇言祭祀，而作人亦见其极盛。"*

【原文】

瞻彼旱麓①，榛楛济济②。岂弟君子③，干禄岂弟④。　瑟彼玉瓒⑤，黄流在中。岂弟君子，福禄攸降。　鸢飞戾天，鱼跃于渊。岂弟君子，遐不作人？　清酒既载，骍牡既备。以享以祀，以介景福⑥。　瑟彼柞棫，民所燎矣⑦。岂弟君子，神所劳矣。　莫莫葛藟，施于条枚⑧。岂弟君子，求福不回⑨。

【注释】

①麓：山脚。②济济：众多。③岂弟：安乐的样子。④干禄：追求福禄。⑤玉瓒：古时以圭为柄的一种酒器，在圭的前头有一勺，可以灌酒祭神。⑥介：求。景：大。⑦燎：燃烧。⑧条：树枝。枚：树干。⑨不回：光明磊落。

## 思 齐

*这是一首全面歌颂文王的诗。《毛序》："思齐，文王所以圣也。"方玉润《诗经原始》："诗盖咏歌文王刑于之化也。洽化无不本于闺门，由寡妻而兄弟，由兄弟而家邦；乘其机而顺以导之，势其便也……所谓德修与内而化成乎天下者，*

*非文王而能若是乎？”*

【原文】

思齐大任[①]，文王之母。思媚周姜[②]，京室之妇[③]。大姒嗣徽音[④]，则百斯男[⑤]。　惠于宗公[⑥]，神罔时怨[⑦]，神罔时恫[⑧]。刑于寡妻[⑨]，至于兄弟，以御于家邦[⑩]。　雝雝在宫[⑪]，肃肃在庙[⑫]。不显亦临[⑬]，无射亦保[⑭]。　肆戎疾不殄[⑮]，烈假不瑕[⑯]。不闻亦式，不谏亦入[⑰]。　肆成人有德，小子有造。古之人无斁[⑱]，誉髦斯士[⑲]。

【注释】

①思：语气助词，没有实义。齐：端庄。大任：太任，指周文王的母亲。②媚：敬爱。周姜：太姜，周文王的祖母。③京室：周王室。④大姒：太似，指周文王的妻子。嗣：继承。徽音：美好的名声。⑤则百斯男：意思是说子孙众多。⑥惠：孝顺。宗公：宗庙的先人。⑦时：是。⑧恫：伤痛。⑨刑：法则，这里指做典范。寡妻：正妻。⑩御：治理。⑪雝雝：和谐的样子。宫：家。⑫肃肃：庄严恭敬的样子。⑬不显：丕显，指国家大事。临：视察。⑭射：不明显，隐蔽。保：提防，警惕。⑮肆：因此，所以。戎疾：大灾难。不：语气助词，没有实义。殄：断绝。⑯烈假：指大病。瑕：过，去。⑰入：容纳，采纳。⑱斁：厌倦。⑲誉：同“豫”，乐于。髦：选拔。

## 皇　矣

*这是一首歌颂周民族创业至文王伐崇的史诗，但历来解诗在功，方玉润则认为其诗在颂德，“故此诗历叙太王以来积功累仁之事，而尤著意摹写王季友爱一段至德……三代帝王，莫不本天德以为王道；若后世，则兵强马壮者为之而已。”*

【原文】

皇矣上帝，临下有赫①。监观四方，求民之莫②。维此二国，其政不获③。维彼四国，爰究爰度。上帝耆之④，憎其式廓⑤。乃眷西顾⑥，此维与宅。　　作之屏之⑦，其菑其翳。修之平之，其灌其栵。启之辟之，其柽其椐。攘之剔之⑧，其檿其柘。帝迁明德，串夷载路⑨。天立厥配，受命既固。　　帝省其山，柞棫斯拔，松柏斯兑。帝作邦作对，自大伯王季。维此王季，因心则友，则友其兄，则笃其庆，载锡之光。受禄无丧，奄有四方⑩。　　维此王季，帝度其心，貊其德音⑪，其德克明⑫，克明克类，克长克君。王此大邦，克顺克比⑬。比于文王，其德靡悔。既受帝祉，施于孙子。　　帝谓文王："无然畔援⑭，无然歆羡⑮，诞先登于岸⑯。"密人不恭，敢距大邦，侵阮徂共。王赫斯怒，爰整其旅，以按徂旅。以笃于周祜，以对于天下⑰。　　依其在京，侵自阮疆。陟我高冈，无矢我陵⑱，我陵我阿；无饮我泉，我泉我池。度其鲜原⑲，居岐之阳，在渭之将。万邦之方，下民之王。　　帝谓文王："予怀明德，不大声以色，不长夏以革。不识不知，顺帝之则。"帝谓文王："询尔仇方，同尔弟兄。以尔钩援⑳，与尔临冲，以伐崇墉。"　　临冲闲闲，崇墉言言。执讯连连，攸馘安安。是类是祃㉑，是致是附㉒，四方以无侮。临冲茀茀，崇墉仡仡㉓。是伐是肆，是绝是忽。四方以无拂㉔。

【注释】

①临下：俯视天下。赫：清楚，明白。②莫：安居乐业。③不获：不得民心。④耆：通"稽"，检查，考察。⑤憎：恨，恼怒。式：助词，无义。廓：阔，大，这里指作恶。⑥眷：回顾。⑦作：砍，斩。屏：除掉。⑧攘、剔：排除，挑选。⑨串夷：西部少数民族。路：通"露"，失败。⑩奄有：覆盖，广有。⑪貊：宣传，流传。⑫克：能够。明：明辨是非。⑬比：亲近，顺从。⑭无然：不要这

样。畔援：飞扬跋扈。⑮歆羡：觊觎，贪婪。⑯诞：助词，无义。岸：地势高的地方。⑰对：安定，平定。⑱矢：陈列。⑲鲜原：山地与平原。⑳钩援：古时攻城工具。㉑类：出师时举行的祭祀。祃：在到达地点举行的祭祀。㉒致：招致。附：依附。㉓仡仡：高耸的样子。㉔拂：违抗。

## 灵　台

*这是一首纪念周文王建成灵台后乘兴游览的诗。陈奂《传疏》："皇矣言伐崇而灵台即言作丰。于伐崇观天命之归，而于作丰验民心之所归往，皆文王受命六年中事。"方玉润《诗经原始》："《灵台》，美游观也。"*

【原文】

经始灵台①，经之营之②。庶民攻之③，不日成之。　经始勿亟④，庶民子来。王在灵囿⑤，麀鹿攸伏⑥。　麀鹿濯濯⑦，白鸟翯翯⑧。王在灵沼，於牣鱼跃⑨。　虡业维枞⑩，贲鼓维镛⑪。於论鼓钟⑫，於乐辟廱⑬。　於论鼓钟，於乐辟廱。鼍鼓逢逢⑭，矇瞍奏公⑮。

【注释】

①经始：计划开始。灵台：周文王所造，由于造得快，有如神助，所以叫灵台。②经：测量。营：建造。③攻：用力工作。④亟：急。⑤灵囿：灵台下面养鸟兽的花园。⑥麀鹿：母鹿。攸：语气助词，没有实义。⑦濯濯：鸟兽毛色润泽的样子。⑧翯翯：鸟的羽毛白净的样子。⑨於：语气助词，没有实义。牣：满。⑩虡：挂钟的直柱子。业：装在虡上的大板。枞：崇牙，横梁上像牙一样的挂钟的地方。⑪贲：大鼓。镛：大钟。⑫论：同"伦"，依次（演奏）。⑬辟廱：水环山的风景区。⑭鼓：鳄鱼皮蒙的鼓。逢逢：和顺的鼓声。⑮矇：有眼珠的瞎子。瞍：无眼珠的瞎子。公：同"工""功"，这里指奏乐。

## 下　武

*这是一首赞美周武王功业的诗。方玉润《诗经原始》："武王伐殷而有天下，谥曰武……人几疑其以武功显……殊知其所称善继、善述者，乃在文德而不在武功，故诗人特表而咏之，亦可为深知武王者。"*

【原文】

下武维周①，世有哲王②。三后在天③，王配于京④。　王配于京，世德作求⑤。永言配命，成王之孚⑥。　成王之孚，下土之式⑦。永言孝思，孝思维则。　媚兹一人⑧，应侯顺德。永言孝思，昭哉嗣服。　昭兹来许⑨，绳其祖武⑩。於万斯年，受天之祜。　受天之祜，四方来贺。於万斯年，不遐有佐⑪？

【注释】

①下：后，后代。武：继承。②世：世代。哲王：英明的君主。③三后：三代君王。④配：顺应天命。⑤求：通"逑"，搭配。⑥孚：声誉。⑦式：榜样。⑧媚：拥护，爱戴。⑨来许：后进。⑩绳：承接，继承。

## 文王有声

*这是一首歌颂文王迁丰，武王迁镐的诗。方玉润《诗经原始》："此诗专以迁都定鼎为言……盖诗人命意必有所在……言文王者，偏曰伐崇'武功'，言武王者，偏曰'镐京辟廱'，武中寓文，文中有武。"*

【原文】

文王有声，遹骏有声①。遹求厥宁，遹观厥成。文王烝哉[2]！　　文王受命，有此武功。既伐于崇，作邑于丰。文王烝哉！　　筑城伊淢[3]，作丰伊匹[4]。匪棘其欲[5]，遹追来孝[6]。王后烝哉！　　王公伊濯[7]，维丰之垣。四方攸同，王后维翰[8]。王后烝哉！　　丰水东注，维禹之绩。四方攸同，皇王维辟[9]。皇王烝哉！　　镐京辟雍[10]，自西自东，自南自北，无思不服。皇王烝哉！　　考卜维王，宅是镐京。维龟正之，武王成之。武王烝哉！　　丰水有芑，武王岂不仕[11]？诒厥孙谋[12]，以燕翼子[13]。武王烝哉！

【注释】

①遹：助词。骏：大。②烝：君主。③淢：护城河。④匹：匹配。⑤棘：通“急”。⑥追：追悼，缅怀。孝：孝心。⑦公：通“功”，功德，功业。濯：伟大。⑧翰：骨干。⑨辟：国君。⑩辟雍：设立学校。⑪仕：通“事”，做事。⑫诒：通“贻”，遗留。⑬翼：保护。

## 生　民

*这是一首周朝史诗，主要记述先祖后稷的故事。《毛序》：“生民，尊祖也。后稷生于姜嫄，文武之功起于后稷，故推以配天焉。”方玉润《诗经原始》谓“述后稷诞生之异，为周家农业始也”。*

【原文】

厥初生民，时维姜嫄。生民如何？克禋克祀[1]，以弗无子。履帝武敏歆[2]，攸介攸止[3]。载震载夙[4]，载生载育，时维后稷。　　诞弥厥月[5]，先生如达。不坼不副，无菑无害。以赫厥灵[6]。上帝不宁，不康禋祀，居然生子。　　诞寘之隘巷，牛羊腓字之[7]。诞寘之平林，会伐平林[8]。诞寘之寒冰，鸟覆翼之。鸟乃去矣，后稷呱矣。

实覃实訏[9]，厥声载路[10]。　诞实匍匐，克岐克嶷[11]，以就口食。蓺之荏菽[12]，荏菽旆旆[13]，禾役穟穟，麻麦幪幪[14]，瓜瓞唪唪。　诞后稷之穑，有相之道。茀厥丰草，种之黄茂。实方实苞，实种实褎[15]，实发实秀[16]，实坚实好，实颖实栗，即有邰家室。　诞降嘉种，维秬维秠，维穈维芑。恒之秬秠，是获是亩。恒之穈芑，是任是负。以归肇祀。　诞我祀如何？或舂或揄[17]。或簸或蹂[18]。释之叟叟[19]。烝之浮浮[20]。载谋载惟，取萧祭脂，取羝以軷。载燔载烈，以兴嗣岁。　卬盛于豆，于豆于登，其香始升。上帝居歆[21]，胡臭亶时！后稷肇祀，庶无罪悔[22]。以迄于今[23]。

【注释】

①禋：升烟以祭，古代祭天的典礼。②武：足迹。敏：脚趾。歆：感应。③攸：于是。介、止：休息。④震：有孕。夙：严肃。⑤弥：终。指怀胎足月。⑥赫：显示，显耀。灵：灵异。⑦腓：庇护。字：哺育。⑧会：碰上。伐平林：伐木的樵夫。⑨实：是。覃、訏：长。⑩载：充满。⑪岐：明事理。嶷：辨事物。⑫蓺：种植。⑬旆旆：长。⑭幪幪：茂盛的样子。⑮种：粗壮。⑯发：禾苗拔节。秀：扬花。⑰揄：舀取。⑱蹂：用手搓米。⑲释：淘米。叟叟：淘米的声音。⑳浮浮：蒸饭的气。㉑居歆：安享。㉒庶：幸好。㉓迄：流传。

## 行　苇

*这是描写周朝统治者在宴会上游乐比射的诗。方玉润《诗经原始》：“此诗首章总提燕兄弟，次言酬酢，三言射礼，末言尊优耆老。词意甚明而诗用莫详者，盖以为燕射，而无尊老之文；以为养老，则更无非角射之典。”*

【原文】

敦彼行苇，牛羊勿践履。方苞方体，维叶泥泥[1]。戚戚兄弟，莫远贝尔[②]。或肆之筵，或授之几。　　肆筵设席，授几有缉御。或献或酢，洗爵奠斝。醓醢以荐[③]，或燔或炙。嘉肴脾臄[④]，或歌或咢。　　敦弓既坚[⑤]，四鍭既钧[⑥]。舍矢既均[⑦]，序宾以贤。敦弓既句[⑧]，既挟四鍭。四鍭如树[⑨]，序宾以不侮。　　曾孙维主，酒醴维醹[⑩]。酌以大斗，以祈黄耇。黄耇台背，以引以翼。寿考维祺，以介景福。

【注释】

①泥泥：茂盛的样子。②尔：同“迩”，近。③醓：多汁的肉酱。④脾：牛胃。⑤敦：画弓。⑥鍭：箭矢。钧：同“均”。⑦均：指均射中。⑧句：张。⑨树：通“竖”。⑩醹：醇厚的酒。

## 既　醉

*这是祭祀祖先时，工祝对主祭者周王所致的祝词。方玉润《诗经原始》：“《既醉》，嘏词也。”林义光《诗经通解》：“此诗为工祝奉尸命以致嘏于主人之辞。”《礼记·礼运》注：“嘏，祝为尸致福于主人之辞也。”祝，即为工祝。*

【原文】

既醉以酒，既饱以德[①]。君子万年，介尔景福。　　既醉以酒，尔殽既将[②]。君子万年，介尔昭明。　　昭明有融[③]，高朗令终[④]。令终有俶[⑤]，公尸嘉告。　　其告维何？笾豆静嘉。朋友攸摄[⑥]，摄以威仪。　　威仪孔时，君子有孝子。孝子不匮，永锡尔类。　　其类维何？室家之壶。君子万年，永锡祚胤[⑦]。　　其胤维何？天被尔禄。君子万年，景命有仆[⑧]。　　其仆维何？厘尔女士[⑨]。从尔女士，从以孙子。

【注释】

①饱：饱食。②将：美好。③融：长久。④高朗：光荣明朗。令：美。终：持久。⑤令终有俶：祝词，祝其善始善终。⑥摄：佐理，辅助。⑦祚：福。胤：后代。⑧仆：跟随。⑨厘：赐福。女士：男女。

## 凫　鹥

*这是周王绎祭时所唱的歌。古时天子祭祀，第一日为正祭，《既醉》所述为第一日。第二日为绎祭。《郑笺》："祭祀既毕，明日又设醴而与尸燕。"醴为甜酒。*

【原文】

凫鹥在泾，公尸来燕来宁。尔酒既清，尔殽既馨。公尸燕饮，福禄来成①。　凫鹥在沙，公尸来燕来宜。尔酒既多，尔殽既嘉。公尸燕饮，福禄来为。　凫鹥在渚，公尸来燕来处。尔酒既湑，尔殽伊脯②。公尸燕饮，福禄来下③。　凫鹥在潀，公尸来燕来宗。既燕于宗④，福禄攸降。公尸燕饮，福禄来崇。　凫鹥在亹，公尸来止熏熏⑤。旨酒欣欣，燔炙芬芬。公尸燕饮，无有后艰⑥。

【注释】

①成：促成。②脯：干肉。③下：降。④于宗：在宗室；在宗庙。⑤熏熏：快乐安享的样子。⑥后艰：今后的艰难。

## 假　乐

*这是周天子宴会诸侯和臣属，臣属歌颂其功德的诗歌。方玉润《诗经原始》："此等诗无非奉上美词，若无'不解于位'一语，则近谀矣。其所用既无考证，诗意亦未显露，故不*

*知其为何王，亦莫定其为何用矣。”*

【原文】

假乐君子①，显显令德。宜民宜人，受禄于天。保右命之②，自天申之③。　　干禄百福④，子孙千亿。穆穆皇皇，宜君宜王。不衍不忘⑤，率由旧章⑥。　　威仪抑抑，德音秩秩。无怨无恶，率由群匹⑦。受福无疆，四方之纲。　　之纲之纪，燕及朋友。百辟卿士⑧，媚于天子⑨。不解于位，民之攸塈⑩。

【注释】

①假乐：欢喜愉悦。②右：佑助。③申：不断的。④干：求。⑤不衍：没有过失。⑥率：依照，遵循。由：跟随。旧章：原有的制度。⑦群匹：群臣。⑧辟：诸侯。卿士：大臣。⑨媚：喜爱。⑩塈：休息。

## 公　刘

*这是一首叙述周人先祖公刘带领大家从邰地迁到豳地的史诗。《史记·周本纪》：“公刘虽在戎狄之间，复修后稷之业……民赖其庆，百姓怀之，多徙而保归焉。周道之兴自此始，故诗人各乐思其德。”*

【原文】

笃公刘①，匪居匪康②。乃埸乃疆，乃积乃仓；乃裹糇粮，于橐于囊③，思辑用光④。弓矢斯张，干戈戚扬⑤，爰方启行⑥。　　笃公刘，于胥斯原⑦。既庶既繁，既顺乃宣⑧，而无永叹。陟则在巘⑨。复降在原。何以舟之？维玉及瑶，鞞琫容刀⑩。　　笃公刘，逝彼百泉，瞻彼溥原；乃陟南冈，乃觏于京。京师之野，于时处处，于时庐旅，于时言言，于时语语。　　笃公刘，于京斯依。跄跄济济⑪，俾筵俾几[12]，既登乃依。乃造其曹[13]，执豕于牢，酌之用匏。食之饮之，君之宗之。　　笃公刘，既溥既长[14]。既景乃冈[15]，相其阴阳[16]，观其流泉，其军三单。度其隰原，彻田为粮[17]，度其夕阳[18]，豳居允荒。　　笃公刘，于豳斯馆。涉渭为乱[19]，取厉取锻[20]。止基乃理，爰众爰有[21]。夹其皇涧，逆其过涧。止旅乃密[22]，芮鞫之即[23]。

【注释】

①笃：敦厚正直。②居：安居。康：康宁。③橐：袋子。④思：想方设法。辑：安定繁荣。用：从而，进而。光：发扬光大。⑤干：盾。戈：戟。戚扬：斧钺。⑥爰：于是。方：开始。启行：动身出发。⑦胥：相，观看。⑧顺：和顺。宣：畅快。⑨巘：独立的小山。⑩容刀：佩刀。⑪跄跄：步趋有节的样子。济济：庄严恭敬的样子。⑫俾：使。筵：（摆）竹席。几：（摆）案几。⑬造：适，去。曹：牧群。⑭溥：宽大。⑮景：日影。冈：山冈。⑯相：看。⑰彻：治，开发。⑱度：测量。夕阳：山的西边。⑲乱：横渡。⑳厉：“砺”的本字。磨刀石。㉑众：指人口增加。有：指物产丰富。㉒旅：众。密：安。㉓芮鞫：水边弯曲之地。即：靠近，去到。

## 洞　酌

*这是一首歌颂统治者深得民心的诗。《毛序》谓“召康公戒成王”，未知其何所据。方玉润《诗经原始》：“此等诗总是欲在上之人当以父母斯民为心，盖必在上者有慈祥岂弟之念，而后在下者有亲附来归之诚。”*

【原文】

洞酌彼行潦[1]，挹彼注兹[2]，可以餴饎[3]。岂弟君子，民之父母。　　洞酌彼行潦，挹彼注兹，可以濯罍[4]。岂弟君子，民之攸归。　　洞酌彼行潦，挹彼注兹，可以濯溉[5]。岂弟君子，民之攸塈。

【注释】

①泂：远。行潦：路旁积水。②挹：舀。注：倒。③餴：蒸饭。饎：酒食。④罍：古代器物名，盛酒和水。⑤濯：洗涤。

## 卷 阿

*这是周天子率群臣出游卷阿之地，诗人借此歌颂周天子礼贤下士、开创盛世之诗。方玉润《诗经原始》："是前半写君德，后半喻臣贤，末乃带咏游时车马，并点明作诗意旨，与首章相应作收，章法极为明备。"*

【原文】

有卷者阿①，飘风自南。岂弟君子，来游来歌，以矢其音②。　伴奂尔游矣③，优游尔休矣。岂弟君子，俾尔弥尔性④，似先公酋矣。　尔土宇昄章⑤，亦孔之厚矣。岂弟君子，俾尔弥尔性，百神尔主矣。　尔受命长矣，茀禄尔康矣⑥。岂弟君子，俾尔弥尔性，纯嘏尔常矣⑦。　有冯有翼⑧，有孝有德，以引以翼。岂弟君子，四方为则。　颙颙卬卬，如圭如璋，令闻令望。岂弟君子，四方为纲。　凤凰于飞，翙翙其羽，亦集爰止。蔼蔼王多吉士，维君子使⑨，媚于天子。　凤凰于飞，翙翙其羽，亦傅于天⑩。蔼蔼王多吉人，维君子命，媚于庶人。　凤凰鸣矣，于彼高冈。梧桐生矣，于彼朝阳。菶菶萋萋⑪，雍雍喈喈。　君子之车，既庶且多。君子之马，既闲且驰。矢诗不多⑫，维以遂歌⑬。

【注释】

①卷：曲，起伏。阿：大土山。②矢：展示。音：声音，歌喉。③伴奂：悠然自得。④俾：使。弥：增加，延长。性：命。⑤土宇：国土。昄章：版图。

⑥茀：通“福”。⑦纯：大。嘏：福气。⑧冯：依。翼：庇护。⑨使：差遣。⑩傅：到，及。⑪菶菶萋萋：草木茂盛的样子。⑫矢：敬献。⑬遂：谱写。

## 民　劳

*这是一首告诫周天子安民防奸的诗。一说为周厉王。严粲解此诗“穆公戒同列之用事者，言国以民为本，民劳则国危。今周民亦疲劳矣，庶几可以小安之乎……但权位尊重者，往往乐软熟而惮正直，故诡随之人得肆其志，是居上位者纵之为患也”。*

【原文】

民亦劳止，汔可小康①。惠此中国②，以绥四方。无纵诡随③，以谨无良④。式遏寇虐⑤，憯不畏明⑥。柔远能迩⑦，以定我王。　民亦劳止，汔可小休。惠此中国，以为民逑⑧。无纵诡随，以谨惛怓⑨。式遏寇虐，无俾民忧。无弃尔劳，以为王休。　民亦劳止，汔可小息。惠此京师，以绥四国。无纵诡随，以谨罔极⑩。式遏寇虐，无俾作慝⑪。敬慎威仪，以近有德。　民亦劳止，汔可小愒⑫。惠此中国，俾民忧泄。无纵诡随，以谨丑厉⑬。式遏寇虐，无俾正败。戎虽小子⑭，而式弘大⑮。　民亦劳止，汔可小安。惠此中国，国无有残⑯。无纵诡随，以谨缱绻⑰。式遏寇虐，无俾正反。王欲玉女⑱，是用大谏⑲。

【注释】

①汔：求。②中国：指京师。③纵：听信。诡随：诡计多端的人。④谨：小心，警惕。⑤式：应当。遏：制止。寇：劫掠。⑥憯：乃，曾。不畏明：不畏其坚强高明。⑦柔：安。能：而。迩：近。⑧逑：聚居。⑨惛怓：争执。⑩罔：无，没有。极：法纪。⑪慝：恶。⑫愒：休息。⑬丑厉：为非作歹。⑭戎：你。⑮而：

我行其野，言采其葍（《雅·小雅·我行其野》）

谁谓尔无羊？三百维群（《雅·小雅·无羊》）

宛彼鸣鸠，翰飞戾天（《雅·小雅·小宛》）

菀彼柳斯，鸣蜩嘒嘒（《雅·小雅·小弁》）

为鬼为蜮，则不可得（《雅·小雅·何人斯》）

取彼谮人，投畀豺虎（《雅·小雅·巷伯》）

陟彼北山，言采其杞（《雅·小雅·北山》）

交交桑扈，有莺其羽（《雅·小雅·桑扈》）

但，表转折。式：地位，作用。⑯残：破坏。⑰缱绻：反复不定。⑱玉女：爱你。⑲大谏：力谏。

## 板

*这是借批评同僚为名告诫周王的诗。一说为周厉王。方玉润《诗经原始》：“凡伯规同僚以警王也。”《后汉书·李固传》载凡伯为周公后裔，厉王流亡彘地时被立为王，宣王继位，凡伯主动退出，回到了自己的封地凡邑。*

【原文】

上帝板板，下民卒瘅①。出话不然②，为犹不远。靡圣管管③。不实于亶④。犹之未远，是用大谏⑤。　天之方难，无然宪宪⑥。天之方蹶，无然泄泄。辞之辑矣⑦，民之洽矣。辞之怿矣⑧，民之莫矣⑨。　我虽异事⑩，及尔同僚。我即尔谋，听我嚣嚣。我言维服⑪，勿以为笑。先民有言：询于刍荛⑫。　天之方虐，无然谑谑⑬。老夫灌灌⑭，小子蹻蹻⑮。匪我言耄，尔用忧谑⑯。多将熇熇⑰，不可救药。　天之方懠⑱，无为夸毗⑲。威仪卒迷⑳，善人载尸。民之方殿屎，则莫我敢葵㉑。丧乱蔑资㉒，曾莫惠我师㉓？　天之牖民㉔，如埙如篪，如璋如圭，如取如携。携无曰益，牖民孔易。民之多辟㉕，无自立辟！　价人维藩㉖，大师维垣，大邦维屏，大宗维翰。怀德维宁，宗子维城。无俾城坏，无独斯畏！　敬天之怒，无敢戏豫。敬天之渝，无敢驰驱㉗。昊天曰明，及尔出王。昊天曰旦，及尔游衍。

【注释】

①瘅：病。②不然：不对，不正确。③管管：任性妄为。④不实于亶：言行

相违。⑤是用：因此。大谏：深切地劝谏。⑥无然：不要如此。宪宪：高兴忘怀。⑦辞：政令。辑：协调，温和。⑧怿：高兴。⑨莫：平安。⑩异事：职务不同。⑪服：实情。⑫刍荛：割草打柴的人。⑬谑谑：喜乐的样子。⑭灌灌：恳切。⑮蹻蹻：狂妄。⑯用：认为，以为。忧：忧患。谑：玩笑。⑰熇熇：火势炽盛的样子。⑱懠：发怒。⑲夸毗：奉承，谄媚。⑳卒：尽。迷：迷乱。㉑葵：度，猜。㉒蔑：无。资：财。㉓曾：居然。惠：安抚。师：众民。㉔牖：通“诱”，诱导。㉕辟：怪异。㉖价：诚，善。藩：藩篱。㉗驰驱：放纵。

## 荡

*这是一首哀伤厉王无道，周室将危的诗。方玉润《诗经原始》：“此诗自二章以下，皆托言文王叹商以刺厉王。盖臣子奉君，不敢直斥其恶，而目击时事日非，纪纲大坏，又难自忍，故假托往事以警时王。”*

【原文】

荡荡上帝，下民之辟[①]。疾威上帝[②]，其命多辟。天生烝民，其命匪谌[③]。靡不有初，鲜克有终。　文王曰咨[④]！咨女殷商。曾是强御，曾是掊克[⑤]。曾是在位，曾是在服。天降慆德，女兴是力[⑥]。　文王曰咨！咨女殷商。而秉义类[⑦]，强御多怼[⑧]。流言以对，寇攘式内[⑨]。侯作侯祝，靡届靡究。　文王曰咨！咨女殷商。女炰烋于中国[⑩]，敛怨以为德。不明尔德，时无背无侧。尔德不明，以无陪无卿。　文王曰咨！咨女殷商。天不湎尔以酒[⑪]，不义从式。既衍尔止[⑫]，靡明靡晦。式号式呼。俾画作夜。　文王曰咨！咨女殷商。如蜩如螗，如沸如羹。小大近丧，人尚乎由行[⑬]。内奰于中国[⑭]，覃及鬼方[⑮]。　文王曰咨！咨女殷商。匪上帝不时[⑯]，殷不用旧。虽无老成人，尚有典刑。曾是莫听，大命以倾[⑰]。　文王曰咨！咨女殷商。人亦有言：颠沛之揭[18]，枝叶未有害，本实先拨[19]。殷鉴不远[20]，在夏后之世。

【注释】

①辟：国君。②疾威：狂暴。③谌：信。④咨：叹词。⑤掊克：聚敛贪狠。⑥兴：助长。⑦而：尔，你。秉：执掌。义类：德政。⑧怼：怨恨。⑨攘：窃取。式：任用。⑩炰烋：怒吼，咆哮。⑪湎：沉迷于酒。⑫衍：使有差错。止：言行举止。⑬尚：还，仍。由：顺着，沿着。行：执行，做。⑭奰：激怒。⑮覃：及，延。鬼方：远方。⑯不时：不好。⑰大命：天数。⑱颠沛：倒。揭：连根而起。⑲拨：败的假借字。毁坏。⑳鉴：镜子。

## 抑

*这是一首周国老臣劝诫周天子同时自儆的诗。《毛序》谓“卫武公刺厉王，亦以自警”。按《史记》考之，武公即位在厉王之后，宣王之时，距厉王殁已七八十年。故此有人认为是追刺，也有人认为是“刺平王”，方玉润则认为“卫武公自儆也”。*

【原文】

抑抑威仪，维德之隅。人亦有言：靡哲不愚。庶人之愚，亦职维疾[1]。哲人之愚，亦维斯戾[2]。　　无竞维人，四方其训之。有觉德行，四国顺之。訏谟定命[3]，远犹辰告[4]。敬慎威仪，维民之则。　　其在于今，兴迷乱于政。颠覆厥德，荒湛于酒。女虽湛乐从[5]，弗念厥绍[6]。罔敷求先王[7]，克共明刑。　　肆皇天弗尚[8]，如彼泉流，无沦胥以亡。夙兴夜寐，洒扫廷内[9]，维民之章。修尔车马，弓矢戎兵。用戒戎作[10]，用逷蛮方。　　质尔人民[11]，谨尔侯度，用戒不虞。慎尔出话，敬尔威仪，无不柔嘉。白圭之玷，尚可磨也；斯言之玷，不可为也。　　无易由言，无曰苟矣。莫扪朕舌⑫，言不可逝矣。无言不雠⑬，无德不报。惠于朋友，庶民小子。子孙绳绳⑭，万民靡不承。　　视尔友君子，辑柔尔颜，不遐有愆。相在尔室，尚不愧于屋漏。无曰不显，莫予云觏。神之格思，不可度思，矧可射思⑮。　　辟尔为德⑯，俾臧俾嘉。淑慎尔止，不愆于仪。不僭不贼⑰，鲜不为则。投我以桃，报之以李。彼童而角⑱，实虹小子⑲。　　荏染柔木，言缗之丝。温温恭人，维德之基。其维哲人，告之话言，顺德之行。其维愚人，覆谓我僭⑳，民各有心。　　於乎小子！未知臧否。匪手携之，言示之事。匪面命之，言提其耳。借曰未知㉑，亦既抱子。民之靡盈，谁夙知而莫成？　　昊天孔昭，我生靡乐。视尔梦梦，我心惨惨㉒。诲尔谆谆㉓，听我藐藐㉔。匪用为教，覆用为虐㉕。借曰未知，亦聿既耄㉖。　　于乎小子！告尔旧止。听用我谋，庶无大悔。天方艰难，曰丧厥国。取譬不远，昊天不忒。回遹其德，俾民大棘㉗。

【注释】

①职：本身。疾：生病。②戾：罪。③訏：大。谟：谋略。定：确定。命：命令，政令。④辰：按时。⑤虽：惟。⑥绍：继承者。⑦罔：无。敷：铺，广。求：探求。⑧肆：于是。尚：佑助。⑨廷内：室内。⑩戒：戒备。戎作：戎事。⑪质：诚。⑫扪：执持。⑬雠：应验。⑭绳绳：戒慎的样子。⑮矧：况。⑯辟：法。指以身作则。⑰僭：逾越。贼：害人。⑱童：童羊。⑲虹：同“讧”，溃乱。⑳僭：不信。㉑借：假如。㉒惨惨：悲伤。㉓谆谆：教诲不倦的样子。㉔藐藐：疏远的样子。㉕覆：反。㉖耄：老。㉗棘：危急。

## 桑　柔

*这是芮良夫哀伤周厉王昏庸无能终至灭亡的诗。此诗*

*《左传》《国语》《史记》均有记载，作者为芮良夫无疑。芮良夫，畿内诸侯，王卿士也。方玉润《诗经原始》：“诗中所言，无非追究同朝不能匡救君恶，以至危亡，并恨己无大力拯民水火，可以挽回天意。”*

【原文】

菀彼桑柔，其下侯旬，捋采其刘，瘼此下民[①]。不殄心忧[②]，仓兄填兮。倬彼昊天[③]，宁不我矜？　　四牡骙骙，旟旐有翩。乱生不夷，靡国不泯。民靡有黎，具祸以烬[④]。於乎有哀！国步斯频！　　国步蔑资[⑤]，天不我将[⑥]。靡所止疑[⑦]，云徂何往？君子实维[⑧]，秉心无竞。谁生厉阶，至今为梗[⑨]？　　忧心殷殷，念我土宇。我生不辰，逢天 僤怒。自西徂东，靡所定处。多我觏痻，孔棘我圉[⑩]。　　为谋为毖，乱况斯削[⑪]。告尔忧恤，诲尔序爵。谁能执热，逝不以濯？其何能淑，载胥及溺！　　如彼遡风，亦孔之僾[⑫]。民有肃心[⑬]，荓云不逮。好是稼穑，力民代食。稼穑维宝，代食维好。　　天降丧乱，灭我立王。降此蟊贼，稼穑卒痒。哀恫中国，具赘卒荒。靡有旅力，以念穹苍。　　维此惠君，民人所瞻。秉心宣犹，考慎其相。维彼不顺，自独俾臧。自有肺肠，俾民卒狂。　　瞻彼中林，甡甡其鹿[⑭]。朋友已谮[⑮]，不胥以穀[⑯]。人亦有言：进退维谷。　　维此圣人，瞻言百里。维彼愚人，覆狂以喜。匪言不能，胡斯畏忌？　　维此良人，弗求弗迪[⑰]。维彼忍心，是顾是复。民之贪乱，宁为荼毒。　　大风有隧，有空大谷。维此良人，作为式穀。维彼不顺，征以中垢。　　大风有隧，贪人败类。听言则对[⑱]，诵言如醉。匪用其良，覆俾我悖[⑲]。　　嗟尔朋友，予岂不知而作[⑳]？如彼飞虫[㉑]，时亦弋获。既之阴女[㉒]，反予来赫。　　民之罔极，职涼善背。为民不利，如云不克。民之回涼，职竞用力。　　民之未戾，职盗为寇。涼曰不可[23]，覆背善詈[24]。虽曰匪予，既作尔歌！

【注释】

①瘼：病。②殄：断绝。③倬：宽大的样子。④具：通“俱”。烬：灰烬。⑤蔑资：无资财。⑥将：助。⑦疑：定。⑧实维：实，是。维：作，干。⑨梗：指害人。⑩圉：边疆。⑪况：情况。⑫ 僾：喘气，窒息。⑬肃：进，进取。⑭甡甡：同“莘莘”。⑮谮：通“僭”，不亲不信。⑯穀：善，友好。⑰求：贪求。⑱对：答。⑲悖：谬误，悖逆。⑳而：你。㉑飞虫：飞鸟。㉒阴：同“荫”，庇护。㉓涼：语气助词。㉔善：大。詈：骂。

## 云　汉

*这是周宣王祈雨赐福的诗。《毛序》谓“仍叔美宣王”，方玉润驳之“篇中所言亦非美王意，乃王自祷词耳。诗开口即为民号冤，仰天上诉……只此一念之诚，哀矜恻怛不能自已，已足为消灾弭祸之本”。*

【原文】

倬彼云汉[1]，昭回于天[2]。王曰：於乎！何辜今之人[3]？天降丧乱，饥馑荐臻[4]。靡神不举[5]，靡爱斯牲。圭璧既卒[6]，宁莫我听！　　旱既大甚，蕴隆虫虫[7]。不殄禋祀，自郊徂宫。上下奠瘗[8]，靡神不宗。后稷不克，上帝不临。耗斁下土[9]，宁丁我躬[10]！　　旱既大甚，则不可推[11]。兢兢业业，如霆如雷。周馀黎民，靡有孑遗。昊天上帝！则不我遗[12]。胡不相畏？先祖于摧[13]。　　旱既大甚，则不可沮。赫赫炎炎，云我无所。大命近止，靡瞻靡顾。群公先正[14]，则不我助。父母先祖，胡宁忍予？　　旱既大甚，涤涤山川。旱魃为虐，如惔如焚。我心惮暑，忧心如熏。群公先正，则不我闻[15]。昊天上帝！宁俾我遁？　　旱既大甚，黾勉畏去。胡宁瘨我以旱[16]，憯不知其故[17]。祈年孔夙，方社不莫。昊天上帝！则不我虞[18]。敬恭明神，宜无悔怒。　　旱既大甚，散无友纪[19]。鞫哉庶正[20]！疚哉冢宰。趣马师氏，膳夫左右。靡人不周[21]，无不能止。瞻卬昊天，云如何里？　　瞻卬昊天，有嘒其星。大夫君子，昭假无赢。大命近止，无弃尔成。何求为我？以戾庶正。瞻卬昊天，曷惠其宁？

【注释】

①倬：大。云汉：银汉，天河。②昭：光。回：运转。③辜：罪。④荐臻：接连而来。⑤举：祭祀。⑥卒：用尽。⑦蕴：闷热。隆：雷声。虫虫：热气蒸人。⑧奠：祭天。瘗：祭地。⑨斁：败坏。⑩丁：当，逢。⑪推：去，除。⑫遗：慰问，恩赐。⑬摧：断绝。⑭群：众，诸位。⑮闻：恤问。⑯瘨：度，考虑。⑰憯：竟。⑱虞：安抚，帮助。⑲散：涣散。友：通“有”。纪：纪律。⑳鞫：困窘。庶：众。正：公卿、大臣。㉑周：周济。

## 崧　高

*这是周宣王大臣尹吉甫送别申伯之诗。朱熹《诗集传》：“宣王之舅申伯出封于谢，而尹吉甫作诗以送之。”方玉润《诗经原始》：“呜乎！令德圣主，忠荩贤臣，其推诚相与，夫固有非形迹所能喻者。此尹吉甫之所为长言而歌咏之也欤？”*

【原文】

崧高维岳，骏极于天[1]。维岳降神，生甫及申。维申及甫，维周之翰。四国于蕃，四方于宣。　　亹亹申伯[2]，王缵之事[3]。于邑于谢，南国是式[④]。王命召伯，定申伯之宅。登是南邦，世执其功。　　王命申伯，式是南邦。因是谢人，以作尔庸。王命召伯，彻申伯土田。王命傅御，迁其私人。　　申伯之功，召伯是营。有俶其城，寝庙既成。既成藐藐，王锡申伯。四牡蹻蹻[⑤]，钩膺濯濯[⑥]。　　王遣申伯，路车乘马。我图尔居，莫如南土。锡尔介圭，以作尔宝。往近王舅，南土是保。　　申伯信迈[⑦]，王饯于郿。申伯还南，谢于诚归。王命召伯，彻申伯土疆。以峙其粻[⑧]，式遄其行[⑨]。　　申伯番番，既入于谢。徒御啴啴[⑩]，周邦咸喜，戎有良翰[⑪]。不显申伯，王之元舅，文武是宪[⑫]。　　申伯之德，柔惠且直。揉此万邦，闻于四国。吉甫作诵，其诗孔硕[⑬]，其风肆好[⑭]，以赠申伯。

【注释】

①骏：通“峻”，高。②亹亹：勤勉。③缵：继承，接手。④南国：周王朝南边的国家。式：法，引申为治理。⑤蹻蹻：强壮的样子。⑥濯濯：光明的样子。⑦迈：走。⑧粻：食粮。⑨遄：速。⑩啴啴：和乐的样子。⑪戎：你们。⑫宪：法；法则。⑬孔：很。硕：大。指诗意深切。⑭风：穆如清风。用以称颂有才德的人。肆好：极好。

## 烝　民

*这是尹吉甫送别仲山甫的诗。朱熹《诗集传》：“宣王命樊侯仲山甫筑城于齐，而尹吉甫作诗以送之。”方玉润则谓“是二诗者，尹吉甫有意匹配之作也。有意匹配二臣，为宣王中兴生色”。另外方玉润也认为该诗有“怀柔东诸侯”之意。*

【原文】

天生烝民①，有物有则②。民之秉彝③，好是懿德。天监有周，昭假于下。保兹天子，生仲山甫。　仲山甫之德，柔嘉维则④。令仪令色，小心翼翼。古训是式，威仪是力。天子是若，明命使赋。　王命仲山甫，式是百辟，缵戎祖考，王躬是保。出纳王命，王之喉舌。赋政于外，四方爰发⑤。　肃肃王命⑥，仲山甫将之⑦。邦国若否，仲山甫明之。既明且哲，以保其身。夙夜匪解，以事一人。　人亦有言：柔则茹之⑧，刚则吐之⑨。维仲山甫，柔亦不茹，刚亦不吐。不侮矜寡⑩，不畏强御。　人亦有言：德輶如毛⑪，民鲜克举之。我仪图之：维仲山甫举之，爱莫助之。衮职有阙⑫，维仲山甫补之。　仲山甫出祖⑬，四牡业业，征夫捷捷，每怀靡及！四牡彭彭，八鸾锵锵。王命仲山甫，城彼东方。　四牡骙骙，八鸾喈喈。仲山甫徂齐，式遄其归⑭。吉甫作诵，穆如清风。仲山甫永怀，以慰其心。

【注释】

①烝：众。②物：事物。则：法则。③彝：常理，常道。④柔：温和。嘉：美好。则：有原则。⑤发：执行。⑥肃肃：庄严的样子。⑦将：奉行。⑧茹：吃。⑨刚：硬物。⑩侮：侮辱，欺负。矜寡：无所依靠的人。⑪輶：轻。⑫阙：缺失。⑬祖：路祭。⑭遄：速。

## 韩　奕

*这是一首写韩侯朝觐天子，归国北上的诗。方玉润《诗经原始》：“韩侯初立，入觐受赐，因以便道观亲迎归国，诗人美之作。”邹忠胤谓“韩为望国，诸侯之向背系焉。而又密迩北国，为一方屏藩”，点明了天子召韩侯入觐的重要性。*

【原文】

奕奕梁山[①]，维禹甸之[②]，有倬其道。韩侯受命，王亲命之：缵戎祖考，无废朕命。夙夜匪解[③]，虔共尔位，朕命不易。干不庭方[④]，以佐戎辟。　　四牡奕奕，孔修且张[⑤]。韩侯入觐，以其介圭，入觐于王。王锡韩侯：淑旂绥章，簟茀错衡。玄衮赤舄，钩膺镂锡。鞹鞃浅幭，鞗革金厄。　　韩侯出祖[⑥]，出宿于屠。显父饯之，清酒百壶。其殽维何？炰鳖鲜鱼。其蔌维何？维笋及蒲。其赠维何？乘马路车。笾豆有且，侯氏燕胥[⑦]。　　韩侯取妻，汾王之甥，蹶父之子。韩侯迎止，于蹶之里。百两彭彭，八鸾锵锵，不显其光！诸娣从之，祁祁如云。韩侯顾之，烂其盈门[⑧]。　　蹶父孔武，靡国不到。为韩姞相攸[⑨]，莫如韩乐。孔乐韩土，川泽讦讦[⑩]，鲂鱮甫甫[⑪]，麀鹿噳噳[⑫]，有熊有罴，有猫有虎。庆既令居，韩姞燕誉。　　溥彼韩城，燕师所完。以先祖受命，因时百蛮[⑬]。王锡韩侯：其追其貊[⑭]，奄受北国，因以其伯。实墉实壑[⑮]，实亩实藉[⑯]。献其貔皮，赤豹黄罴。

【注释】

①奕奕：高大的样子。②甸：治。③解：松懈，放松。④干：修正。庭：来廷朝贡。方：国家。⑤修：长。张：大。⑥祖：祭路神。⑦侯氏：诸侯。燕：宴。胥：皆。⑧烂：灿烂，有光彩。盈门：满门。⑨相：看。攸：所，居处。⑩讦讦：广大。⑪甫甫：大的样子。⑫噳噳：众多的样子。⑬因：统辖，治理。时：这些。蛮：少数民族。⑭追、貊：两个少数民族部落。⑮实：通“是”，表示两个并排的动作。壑：深沟。⑯亩：整饬田地。藉：征收赋税。

## 江　汉

*这是一首追述周宣王命召虎带兵讨伐淮夷的事。一说*

*该诗本身就是古器物簋的铭文。方玉润《诗经原始》:“盖穆公平淮夷,归受上赏,因作成于祖庙,归美康公,以祀其先也。”*

【原文】

江汉浮浮,武夫滔滔。匪安匪游①,淮夷来求②。既出我车,既设旟。匪安匪舒,淮夷来铺③。　江汉汤汤④,武夫洸洸⑤。经营四方,告成于王。四方既平,王国庶定。时靡有争⑥,王心载宁。　江汉之浒,王命召虎:式辟四方⑦,彻我疆土⑧。匪疚匪棘⑨,王国来极⑩。于疆于理⑪,至于南海。　王命召虎,来旬来宣⑫。文武受命,召公维翰。无曰予小子,召公是似。肇敏戎公,用锡尔祉。　厘尔圭瓒,秬鬯一卣。告于文人,锡山土田。于周受命,自召祖命。虎拜稽首⑬,天子万年!　虎拜稽首,对扬王休⑭。作召公考,天子万寿!明明天子,令闻不已,矢其文德,洽此四国。

【注释】

①匪:不(敢)。安:安逸。游:游玩,享乐。②求:征讨。③铺:出兵。④汤汤:浩浩荡荡。⑤洸洸:威武的样子。⑥时:是。争:战争。⑦式:应。辟:开拓,扩展。⑧彻:治,开发。⑨疚:病。⑩极:准则。⑪于:助词。疆:规划疆土。理:治理田地。⑫来:语气助词。旬:巡视。宣:宣抚。⑬稽首:古时跪拜礼。⑭对扬:颂扬。王休:王的美德。

## 常　武

*这是一首赞美宣王讨伐徐国,平定叛乱的诗。方玉润《诗经原始》:“常者,恒也,谓事之有恒者而后可常焉。盖*

*对变言，而又近乎黩者也。武者，事之变，讵可以为常武也？不可黩，又岂可视为恒？唯当其时，不能不用武以定乱，则虽变也，而亦正焉。”*

【原文】

赫赫明明[①]，王命卿士。南仲大祖，大师皇父。整我六师，以修我戎[②]。既敬既戒[③]，惠此南国。　王谓尹氏，命程伯休父：左右陈行，戒我师旅。率彼淮浦[④]，省此徐土[⑤]。不留不处，三事就绪[⑥]。　赫赫业业，有严天子。王舒保作[⑦]，匪绍匪游[⑧]。徐方绎骚[⑨]，震惊徐方。如雷如霆，徐方震惊。　王奋厥武[⑩]，如震如怒。进厥虎臣，阚如虓虎[⑪]。铺敦淮濆[⑫]，仍执丑虏[⑬]。截彼淮浦[⑭]，王师之所。　王旅啴啴，如飞如翰。如江如汉，如山之苞。如川之流，绵绵翼翼。不测不克[⑮]，濯征徐国。　王犹允塞[⑯]，徐方既来。徐方既同[⑰]，天子之功。四方既平，徐方来庭。徐方不回[⑱]，王曰还归。

【注释】

①明明：明察，明智。②修：完善。戎：军队装备。③既：表示并列。敬：警惕。戒：戒备，调集。④率：顺，沿。浦：水滨。⑤省：察看，勘探。⑥三事：农工商。⑦舒：徐。保：安。作：行。⑧绍：缓。游：玩耍。⑨绎：方阵，队列。骚：动乱。⑩奋：发挥，发扬。武：勇猛。⑪阚：虎怒的样子。虓：虎叫。⑫濆：大堤，沿河高地。⑬仍：就。执：俘虏，捕获。⑭截：切断。引申为整治。⑮测：推测。克：战胜。⑯允：果然。塞：可行。⑰同：会同。⑱回：谋反，背叛。

## 瞻　卬

*这是一首讽刺周幽王专宠褒姒，以致政乱国衰的诗。方玉润认为国乱不能全部怨女人，“夫贤人君子，国之栋梁；耆*

*旧老成，邦之元气。今元气已损，栋梁将倾。此何如时耶？”*

【原文】

瞻卬昊天，则不我惠。孔填不宁①，降此大厉。邦靡有定，士民其瘵②。蟊贼蟊疾③，靡有夷届④。罪罟不收⑤，靡有夷瘳⑥。　人有土田，女反有之；人有民人，女覆夺之。此宜无罪，女反收之⑦；彼宜有罪，女覆说之⑧。　哲夫成城，哲妇倾城。懿厥哲妇⑨，为枭为鸱。妇有长舌，维厉之阶。乱匪降自天，生自妇人。匪教匪诲，时维妇寺⑩。　鞫人忮忒⑪，谮始竟背⑫。岂曰不极？伊胡为慝⑬？如贾三倍，君子是识。妇无公事，休其蚕织。　天何以刺⑭？何神不富⑮？舍尔介狄，维予胥忌。不吊不祥⑯，威仪不类⑰。人之云亡，邦国殄瘁⑱。　天之降罔⑲，维其优矣。人之云亡，心之忧矣。天之降罔，维其几矣。人之云亡，心之悲矣。　觱沸槛泉，维其深矣。心之忧矣，宁自今矣？不自我先，不自我后。藐藐昊天，无不克巩⑳。无忝皇祖，式救尔后。

【注释】

①填：久。②瘵：痛苦不堪。③蟊：害虫。贼、疾：损害，破坏。④夷：语气助词。届：止尽。⑤罪罟：罪网。不收：不停。⑥瘳：病愈。⑦收：逮捕。⑧说：通“释”。⑨懿：通“噫”，叹词。⑩时：通“是”，这。寺：宦官。⑪鞫：陷害。忮：妒忌。忒：奸诈。⑫谮：欺骗。始：开始。竟：最后。背：背叛。⑬慝：恶，残忍。⑭刺：责。⑮富：福。⑯吊：慰问抚恤。不祥：指天灾人祸。⑰类：善，好。⑱人：指贤人。亡：逃亡。殄瘁：困病憔悴。⑲罔：同“网”。⑳巩：控制，管理。

## 召旻

*这首诗讽刺周幽王任用奸臣，以致内乱外患频仍，国之*

*将亡。方玉润《诗经原始》："刺幽王政由内乱……大凡朝政之乱，无不出内以及外。况幽王嬖宠褒姒，而褒姒又工于谗谮，为厉之階。"*

【原文】

旻天疾威，天笃降丧。瘨我饥馑[①]，民卒流亡。我居圉卒荒！　天降罪罟，蟊贼内讧。昏椓靡共[②]，溃溃回遹[③]，实靖夷我邦[④]。　皋皋訿訿[⑤]，曾不知其玷。兢兢业业，孔填不宁，我位孔贬。　如彼岁旱，草不溃茂[⑥]。如彼栖苴，我相此邦，无不溃止。　维昔之富不如时，维今之疚不如兹[⑦]。彼疏斯粺[⑧]，胡不自替[⑨]？职兄斯引。　池之竭矣，不云自频[⑩]？泉之竭矣，不云自中？溥斯害矣！职兄斯弘[⑪]，不灾我躬！　昔先王受命，有如召公。日辟国百里；今也日蹙国百里[⑫]。於乎哀哉，维今之人，不尚有旧！

【注释】

①瘨：使受苦。②椓：诽谤。共：供职。③溃溃：乱。回遹：邪僻。④夷：平，消灭。⑤皋皋：欺骗。訿訿：陷害。⑥溃茂：茂盛。⑦疚：灾害。⑧疏：糙米。粺：细米。⑨自替：主动退位。⑩云：助词，无义。频：水边。⑪职兄：这种形势。弘：扩大。⑫蹙：缩小，紧迫。

# 颂

*《毛序》云："颂者，美盛德之形容，以其成功告于神明者也。"章氏汉曰："颂有颂之体，其词则简，其义味则永而不尽也。"*

鸳鸯在梁，戢其左翼（《雅·小雅·鸳鸯》）

毋教猱升木，如涂涂附（《雅·小雅·角弓》）

苕之华，芸其黄矣（《雅·小雅·苕之华》）

苕之华，其叶青青（《雅·小雅·苕之华》）

修之平之，其灌其栵（《雅·大雅·皇矣》）

荏菽旆旆，禾役穟穟（《雅·大雅·生民》）

投我以桃，报之以李（《雅·大雅·抑》）

有鳣有鲔，鲦鲿鰋鲤（《颂·周颂·潜》）

# 周颂

*郑注曰："《周颂》者，周室成功致太平德治之诗。其作在周公摄政，成王即位之初。"姚际恒驳之，以为其诗有武王时作，有昭王时作，不必拘释。*

## 清　庙

*这是周天子在祭祀文王宗庙时所和唱的诗歌。郑玄谓"清庙者，祭有清明之德者之宫，谓祭文王也。天德清明，文王象焉，故祭之而歌此诗也。庙之言貌也，死者精神不可得而见，但以生时之居，立宫室象貌为之耳。"*

【原文】

於穆清庙①，肃雍显相②。济济多士，秉文之德③。对越在天④，骏奔走在庙。不显不承⑤，无射于人斯⑥。

【注释】

①於：叹词。穆：美好，严肃。②雍：和顺。显：尊贵。相：助祭者。③秉：承继。④对越：报答称颂。⑤不：通"丕"，十分。显：耀眼。承：好。⑥射：厌。

## 维天之命

*这是一首祭祀周文王的时候和唱的诗歌。方玉润《诗经*

*原始》："愚谓此诗并非说理，命字亦不可训为道字。其意若曰：维天所命，而天命至深且远，又恒悠久不息。唯'文王之德之纯'，足以诞应天命而大显王业。"*

【原文】

维天之命，於穆不已①！於乎不显！文王之德之纯。假以溢我②，我其收之。骏惠我文王③，曾孙笃之。

【注释】

①不已：无极，无穷尽。②假以：拿来。溢：授予。③骏：大。惠：顺从，忠。

## 维 清

*这是一首祭祀周文王的歌舞词。《毛序》："维清，奏象舞也。"方玉润《诗经原始》："古乐既亡，乐章亦不知其何所用。后儒循文案义，率旨臆测，非真知也……象舞者，象武功之乐而为之舞也。"*

【原文】

维清缉熙①，文王之典②。肇禋③，迄用有成④，维周之祯⑤。

【注释】

①清：清明。缉：延续。熙：光明。②典：前代定下的法则。③肇：开始。禋：祭天。④迄：至，到。有成：指拥有天下。⑤祯：祥瑞，吉祥。

## 烈 文

*这是周成王祭祀祖先时劝诫诸侯的诗歌。孔颖达曰：*

*“烈文，成王初即洛邑，诸侯助祭之乐。”郑玄注曰：“新王即政，必以朝享之礼祭于祖考，告嗣位也。”*

【原文】

烈文辟公[①]，锡兹祉福。惠我无疆，子孙保之。无封靡于尔邦[②]，维王其崇之[③]。念兹戎功，继序其皇之[④]。无竞维人[⑤]，四方其训之。不显维德，百辟其刑之，於乎前王不忘！

【注释】

①辟公：诸侯。②封靡：过分奢侈淫逸。③崇：尊重。④皇：辉煌，光大。⑤无：语气助词。竞：逞强。

## 天　作

*这是周天子上岐山祭祀先祖的乐歌。季明德曰：“窃意此盖祀岐山之乐歌……是周本有岐山之祭。”方玉润《诗经原始》：“其意盖以大王迁岐为王业之基，文王治岐为王业之盛，光前裕后，二君为大。”*

【原文】

天作高山[①]，大王荒之[②]。彼作矣[③]，文王康之[④]。彼徂矣[⑤]，岐有夷之行[⑥]。子孙保之！

【注释】

①作：生。高山：指岐山。②大王：指周代开国君主。荒：治理。③彼：指周太王。④康：继承发扬。⑤徂：同“岨”，山势险峻。⑥夷：平，平坦。

## 昊天有成命

*这是周天子祭祀成王时的乐歌。朱熹《诗集传》：“此*

*诗多道成王之德，疑祀成王之诗也。”贾谊《新书礼容篇》：“二后、文王、武王。成王者，文王子孙，武王之子也。文王有大德而功未就，武王有大功而治未成，及成王成嗣，仁以临民，故称昊天焉。”*

【原文】

昊天有成命，二后受之①。成王不敢康，夙夜基命宥密②。於缉熙，单厥心③，肆其靖之④。

【注释】

①二后：文王、武王。②基：巩固，踏实。命：天命，政权。宥：宽厚，仁德。密：安静，平和。③单：同“亶”，专诚。④靖：太平。

## 我　将

*关于《我将》的主题，历来众说纷纭。《毛序》：“祀文王于明堂也。”方玉润认为此篇并非专祀文王。王国维则认为这是周朝《大武》六章中的一篇。《大武》有舞有歌，舞分六场，歌分六章，有一场象征武王出征的舞，歌《我将》篇。*

【原文】

我将我享，维羊维牛。维天其右之①。仪式刑文王之典②，日靖四方③。伊嘏文王④，既右飨之⑤。我其夙夜，畏天之威，于时保之⑥。

【注释】

①右：佑助。②式：用。刑：法。③靖：谋求。④嘏：伟大。⑤飨：享用。⑥时：是。

## 时　迈

*这是武王克商后，巡视山川祭祀众神的诗歌。孔颖达做疏，谓“武王既定天下，而巡行其守土诸侯，至于方岳之下，乃作告之祭，为柴望之礼。周公述其事而为此歌焉。”*

【原文】

时迈其邦①，昊天其子之？实右序有周。薄言震之②，莫不震叠③。怀柔百神④，及河乔岳。允王维后⑤，明昭有周⑥，式序在位。载戢干戈，载橐弓矢。我求懿德，肆于时夏⑦。允王保之！

【注释】

①时：语气助词。迈：行。邦：指诸侯的国家。②震：威慑。③震叠：震惊。④怀：来。柔：安。⑤允：确实。后：君王。⑥明昭：明见。⑦肆：遂，故。夏：华夏，指中国。

## 执　竞

*关于这首诗的主题，毛序谓“祀武王也”，三家诗从之。后世欧阳修、朱熹认为“祀武王、成王、康王”，方玉润《诗经原始》：“若谓‘三王并祭’，无论典礼无稽，即文势亦隔阂难通。”按三王并祭，周无此例。*

【原文】

执竞武王，无竞维烈①。不显成康，上帝是皇。自彼成康，奄有四方②，斤斤其明。钟鼓喤喤③，磬筦将将④。降福穰穰⑤，降福简简⑥，威仪反反⑦。既醉既饱，福禄来反。

【注释】

①竞：超过，比得上。烈：功绩。②奄：拥有。③喤喤：声音大而和谐。④筦：管，一种乐器。⑤穰穰：众多。⑥简简：广大。⑦反反：慎重的样子。

## 思 文

*这是一首祭祀周人祖先后稷的诗歌。《国语》载“周文公之为《颂》曰‘思文后稷，克配彼天’”，证明为周公所作，周人郊祀分两种，一为冬至之郊，一为祈谷之郊，此诗为祈谷之郊时所作。*

【原文】

思文后稷，克配彼天①。立我烝民②，莫菲尔极③。贻我来牟④，帝命率育⑤。无此疆尔界，陈常于时夏。

【注释】

①配：匹配。②立：假借为“粒”，谷粒。指种粮食养人。③极：准则。④来牟：麦种。⑤率育：普遍种植。

## 臣 工

*这是一首周天子在耕种藉田时劝诫农官的诗。《礼记·月令》：“孟春之月，天子亲载耒耜，措之于参保介之御间，帅三公、九卿、诸侯、大夫躬耕帝籍。”这首诗就是在藉田时唱的歌。藉田为天子土地。*

【原文】

嗟嗟臣工，敬尔在公。王厘尔成①，来咨来茹②。嗟嗟保介，维莫之春③，亦又何求④？如何新畬⑤？於皇来牟⑥，将受厥明。明昭上帝，迄用康年。命我众人，庤乃钱镈⑦，奄观铚艾⑧。

【注释】

①厘：赐予，奖赏。②咨：询问。茹：商讨。③莫：通“暮”，晚。④又：有。⑤新：新田。畬：旧田。⑥皇：美。⑦庤：储备。钱：一种类似铁铲的农具。镈：锄田去草的农具。⑧铚：农具名，一种短小的镰刀。

## 噫 嘻

*这是春夏时候祈谷时候唱的歌。《毛序》：“噫嘻，春夏祈谷于上帝也。”诗中叙述了康王令田官带领农民播种百榖，开垦私田，号召人们集体劳作，也反映了当时人们关于公田、私田的制度。*

【原文】

噫嘻成王，既昭假尔①。率时农夫，播厥百谷。骏发尔私②，终三十里③。亦服尔耕④，十千维耦。

【注释】

①尔：指招请的神灵。②骏：快。发：发掘，开发。③终：终极。④亦：语气助词。

## 振 鹭

*关于本诗的解说一直存在争议。《毛序》认为是夏朝和商朝后裔来参加周天子祭祖时的乐歌。方玉润则认为是纣王之兄微子启来助祭时的歌。单从诗的本身看，应该是周天子招待来朝的诸侯时所作之歌。*

【原文】

振鹭于飞，于彼西雍。我客戾止[①]，亦有斯容[②]。在彼无恶，在此无斁[③]。庶几夙夜，以永终誉[④]。

【注释】

①戾：到。②亦有斯容：指有白鹭这样的容貌。③斁：同“恶”，厌恶。④誉：声誉，名望。

## 丰　年

*这是秋天丰收后祭祀祖先时所唱的歌。《毛序》谓“丰年，秋冬报也”，方玉润《诗经原始》：“然详观此诗言黍余之多，仓禀之富，而得为此酒醴以饗祖考，洽群神，祀事无缺，而百礼咸备，皆上帝之赐，故曰‘降福孔皆’也。”*

【原文】

丰年多黍多稌[①]，亦有高廪[②]，万亿及秭[③]。为酒为醴，烝畀祖妣[④]，以洽百礼[⑤]，降福孔皆[⑥]。

【注释】

①稌：稻子。②廪：收藏粮食的仓库。③亿：数万。秭：数亿。亿、秭都指数量极多。④烝：进献。畀：送上。⑤洽：齐备。⑥孔：很。皆：普遍。

## 有　瞽

*这是周天子在祭祀祖先时合奏的乐歌。孔颖达注疏谓“合诸乐器于祖庙奏之，告神以知和否”，按《礼记·月令》载此种祭祀每年三月举行一次，周天子和群臣均须参加。*

【原文】

有瞽有瞽，在周之庭。设业设虡[1]，崇牙树羽[2]。应田县鼓[3]，鞉磬柷圉[4]。既备乃奏，箫管备举。喤喤厥声，肃雍和鸣，先祖是听。我客戾止，永观厥成[5]。

【注释】

①虡：挂钟鼓的架子。②崇牙：设在业上，形状像牙齿。树羽：在崇牙上饰的五彩鸟羽。③应：小鼓。田：大鼓。④鞉磬柷圉：四种打击乐器。⑤永：长久。

## 潜

*这是一首周天子在祖庙祭祀献鱼时候的乐歌。《毛序》谓“冬季荐鱼，春献鲔”，方玉润则认为“鱼本二季皆可荐，而诗云‘潜有多鱼’，下并举六鱼以实之者，是冬令鱼潜不行而肥美，凡鱼皆可荐之时也。故总举六鱼，随荐皆可，用以为乐。”*

【原文】

猗与漆沮[1]！潜有多鱼[2]，有鳣有鲔，鲦鲿鰋鲤。以享以祀，以介景福。

【注释】

①猗与：叹词。②潜：水中。

## 雍

*这是祭祀周文王的典礼结束时撤掉祭品时唱的乐歌。朱熹《诗集传》：“此但为武王祭文王而徹俎之诗，而后通用于他庙耳。”《汉书·刘向传》中有“文王既没，武王、周公继*

*政……以事其先祖。其诗曰‘有来雍雍，至止肃肃……’言四方皆以和来也”。*

【原文】

有来雍雍[①]，至止肃肃。相维辟公[②]，天子穆穆。於荐广牡[③]，相予肆祀。假哉皇考！绥予孝子[④]。宣哲维人，文武维后。燕及皇天，克昌厥后。绥我眉寿[⑤]，介以繁祉[⑥]。既右烈考，亦右文母。

【注释】

①雍雍：和睦的样子。②相：助。③荐：进献。广牡：大的公畜。④绥：安抚。⑤绥：给。⑥介：赏赐。

## 载　见

*这是一首一首成王率领诸侯祭拜武王庙时求福的歌。陈奂《诗集传疏》：“成王之世，武王庙为祢庙，而诸侯于是乎始见之，此其乐歌也。”*

【原文】

载见辟王，曰求厥章。龙旂阳阳[①]，和铃央央[②]。鞗革有鸧[③]，休有烈光[④]。率见昭考，以孝以享。以介眉寿，永言保之，思皇多祜[⑤]。烈文辟公[⑥]，绥以多福，俾缉熙于纯嘏[⑦]。

【注释】

①阳阳：鲜艳夺目。②央央：铃声。③鞗革：马笼头上的装饰。鸧：饰物的撞击声。④休：华美。⑤祜：福。⑥辟公：指诸侯。⑦俾：使。缉熙：光明。纯嘏：大福。

## 有　客

*此诗解说各有不同，毛序、朱熹均认为是微子来朝，“此微子来见祖庙之诗。周既灭商，封微子于宋，以祀其先王，而以客礼待之，不敢臣也。”方玉润《诗经原始》：“非箕子不足以当武王之眷顾如是也……若微子纵极贤德，不过宠以封赐，俾承殷祀足矣，何必眷顾羁留若是……故《振鹭》愚信其为微子发，此诗愚尤信其为箕子咏也。”*

【原文】

有客有客，亦白其马①。有萋有且，敦琢其旅②。有客宿宿③，有客信信④。言授之絷，以絷其马。薄言追之，左右绥之⑤。既有淫威，降福孔夷⑥。

【注释】

①亦：语气词。②敦琢：指有礼节。旅：众。③宿宿：两宿。④信信：四宿。⑤绥：安抚。⑥孔夷：大大平安。

## 武

*这是一首歌颂武王功业的诗歌，也是周公所作的《大武》乐歌之一。《礼记·乐记》载“武乐六成”，何楷《诗经世本古义》认为“武、酌、赉、般、时迈、桓”为六章，王国维认为“武、桓、赉、酌、般、我将”为六章。*

【原文】

於皇武王，无竞维烈①。允文文王②，克开厥后。嗣武受之，胜殷遏刘③，耆定尔功④。

【注释】

①烈：业。②允：语气词。③刘：杀。④耆定：成就，促成。

## 闵予小子

*这是一首成王在武王死后，追思祖先，警戒自己的诗歌。方玉润《诗经原始》："此当为成王冲幼第一章诗，而其志向已如此，无怪其能缵承文武大业，为圣世明王，夫岂无因而致此哉？"*

【原文】

闵予小子[①]，遭家不造[②]，嬛嬛在疚[③]。於乎皇考！永世克孝。念兹皇祖，陟降庭止。维予小子，夙夜敬止[④]。於乎皇王！继序思不忘[⑤]。

【注释】

①闵：可怜。②遭：遇上。不造：不幸。③嬛嬛：孤独的样子。疚：生病。④敬止：戒慎。⑤继：继承。思：想法。

## 访　落

*这是周成王继位后朝拜武王庙并与群臣议政的诗歌。方玉润《诗经原始》："此诗诸家所言大略相同，盖成王初即政而朝于庙，以延访群臣之诗。名虽延访，而意实属望昭考，盖家学原有素也。"*

【原文】

访予落止[①]，率时昭考[②]。於乎悠哉，朕未有艾[③]。将予就之，继犹判涣[4]。维予小子，未堪家多难。绍庭上下[5]，陟降厥家。休矣皇考，以保明其身。

【注释】

①访：询问。落：始。②率：遵照。③艾：经验。④判涣：分散。⑤绍：继。

## 敬　之

*这是成王劝诫自己的诗歌。有人说诗分两部分，第一部分为群臣劝诫，第二部分为成王自答。方玉润谓“此诗乃一呼一应，如自问自答之意，并非两人语也。”*

【原文】

敬之敬之[1]，天维显思，命不易哉[2]！无曰高高在上，陟降厥士，日监在兹。维予小子，不聪敬止[3]。日就月将[4]，学有缉熙于光明[5]。佛时仔肩[6]，示我显德行。

【注释】

①敬：戒慎。②不易：言其难也。③敬：小心谨慎。④日就：天天积累。月将：月月进步。⑤缉熙：继承发扬。⑥佛：辅佐。仔肩：责任，重担。

## 小　毖

*这是成王诛杀管蔡，灭掉武庚后的自惩诗。方玉润《诗经原始》：“盖〈访落〉欲绍前徽，此诗乃惩后患，用意各有所在，辞气亦迥不侔……然武庚之祸亦非小者……此诗名虽‘小毖’，意实大戒，盖深自惩也。”*

【原文】

予其惩[①]，而毖后患[②]。莫予荓蜂[③]，自求辛螫[④]。肇允彼桃虫[⑤]，拚飞维鸟[⑥]，未堪家多难，予又集于蓼[⑦]。

【注释】

①惩：警戒，警惕。②毖：小心谨慎。③荓蜂：牵扯，牵引。④辛螫：指祸害。⑤肇：开始。允：语气助词，没有实义。桃虫：一种小鸟。⑥拚飞：上下飞舞。⑦蓼：一种苦草，比喻陷入困境。

## 载　芟

*这是一首周天子在春天藉田时祭祀众神的乐歌。王先谦《诗经集疏》："载芟，一章三十一句，春耕藉田祈社稷之所歌也。"《南齐书》载"汉章帝时，玄武司马班固奏用〈周颂·载芟〉以祈先农。"*

【原文】

载芟载柞[①]，其耕泽泽[②]。千耦其耘，徂隰徂畛。侯主侯伯，侯亚侯旅，侯强侯以。有嗿其馌[③]。思媚其妇，有依其士。有略其耜，俶载南亩。播厥百谷，实函斯活[④]。驿驿其达[⑤]，有厌其杰[⑥]。厌厌其苗，绵绵其麃[⑦]。载获济济，有实其积[⑧]，万亿及秭。为酒为醴，烝畀祖妣，以洽百礼。有飶其香[⑨]，邦家之光。有椒其馨[⑩]，胡考之宁[⑪]。匪且有且，匪今斯今，振古如兹。

【注释】

①芟：除草。柞：砍伐树木。②泽泽：细碎的样子。③嗿：吃饭时发出的声响。馌：饭食。④实：果实。函：蕴含。活：生机，活力。⑤驿驿：接连不断。⑥厌：佳，好。杰：生长旺盛的。⑦麃：耕耘。⑧实：指粮食。⑨飶：食物芳香。⑩馨：芳香。⑪胡：寿。

## 良 耜

*这是周天子在秋收后祭祀土神和谷神的诗歌。方玉润《诗经原始》："此诗当秋祭而预言冬获，则前诗当春祭何不可以预言秋成？是〈载芟〉为春祈无疑矣。盖二诗皆与农工本末而言……并云'邦家之光'，非王者之祭而谁祭哉？"*

【原文】

畟畟良耜，俶载南亩①。播厥百穀，实函斯活。或来瞻女，载筐及筥，其饟伊黍②。其笠伊纠③，其镈斯赵，以薅荼蓼。荼蓼朽止，黍稷茂止。获之挃挃④，积之栗栗⑤。其崇如墉⑥，其比如栉，以开百室。百室盈止，妇子宁止。杀时犉牡⑦，有捄其角。以似以续，续古之人。

【注释】

①俶：翻土。载：除草。②饟：用食物款待。③纠：编织。④挃挃：收割作物的声音。⑤栗栗：众多的样子。⑥崇：高。⑦犉：黄毛黑嘴的牛。

## 丝 衣

*这是一首周天子祭神后宴请宾客的诗歌。王先谦《诗经集疏》："丝衣，一章九句。绎宾尸之所歌也。"郑玄谓"绎，又祭也。天子诸侯曰绎，以祭之明日；卿大夫曰宾尸，与祭同日。"*

【原文】

丝衣其紑①，载弁俅俅②。自堂徂基③，自羊徂牛，鼐鼎及鼒④，兕觥其觩，旨酒思柔。不吴不敖⑤，胡考之休。

【注释】

①丝衣：祭服。紑：衣服鲜洁。②俅俅：恭顺的样子。③基：门槛。④鼐：大鼎。鼒：小鼎。⑤敖：傲慢。

## 酌

*这是歌颂武王战胜商朝，建立伟业的赞歌，也是《大武》乐章之一。方玉润《诗经原始》："此诗虽不用诗中字，而以'酌'名篇，其所言皆颂武王能酌时宜之意，义旨极明。"朱熹解诗曰："圣人无忘天下之心，亦无利天下之心，此所以为圣人之武也。"*

【原文】

於铄王师[①]，遵养时晦[②]。时纯熙矣[③]，是用大介[④]。我龙受之[⑤]，蹻蹻王之造。载用有嗣，实维尔公，允师[⑥]。

【注释】

①铄：辉煌。②遵：率。养：取。晦：昧。③时：时机。纯：大，极。熙：光明。④大介：大军。⑤龙：光宠。⑥师：效法。

## 桓

*这是一首歌颂周武王功德的诗歌，是《大武》乐章其中之一。方玉润《诗经原始》载"愚意〈桓〉诗即明堂祀武之乐歌……其序当次〈我将〉之后，而编之于此者，以连篇皆武诗故耳。"*

【原文】

绥万邦，娄丰年[①]。天命匪解。桓桓武王[②]，保有厥士。于以四方，克定厥家。於昭于天，皇以间之[③]。

【注释】

①娄：屡。②桓桓：威武。③间：取代，接替。

## 赉

*这是武王克商后回到首都祭祀文王，赏赐封臣的诗歌，也是《大武》乐章之一。方玉润《诗经原始》：“盖武王初克商，归祀文王庙，大告诸侯所以得天下之意耳……此篇与〈般〉诗皆武王初有天下之辞。”*

【原文】

文王既勤止，我应受之[①]。敷时绎思[②]，我徂维求定[③]。时周之命，於绎思[④]！

【注释】

①受：继承，接受。②敷：推广，普及。③徂：往。求定：寻求安定。④绎：发扬光大。思：句末语气词。

## 般

*这是武王巡狩祭祀山川的乐歌。《毛序》：“般，巡守而祀四岳河海。”方玉润引姚际恒谓“此亦武王之诗。《时迈》亦武王巡守。意彼之巡守，封赏诸侯；此则初克商，巡守柴望岳渎，告所以得天下之意。”*

【原文】

於皇时周！陟其高山，嶞山乔岳[①]，允犹翕河[②]。敷天之下，裒时之对[3]，时周之命。

【注释】

①隨：狭长的山。②允犹：允水，犹水。翕：汇聚。河：黄河。③裒：全，聚。时：世代。对：匹配。

# 鲁颂

*《诗集传》："成王以周公有大功劳于天下，故赐伯禽以天子之礼乐。"鲁于是有"颂"，以为庙乐。其后又自作诗以美其君，亦谓之"颂"。*

## 駉

***这是歌颂鲁国养马众多，国富民强的诗歌。方玉润《诗经原始》："此诸家皆谓'颂僖公牧马之盛'，愚独以为喻鲁育贤之众，盖借马以比贤人君子耳。"***

【原文】

駉駉牡马，在坰之野[①]。薄言駉者：有驈有皇[②]，有骊有黄，以车彭彭。思无疆，思马斯臧。　　駉駉牡马，在坰之野。薄言駉者：有骓有駓[③]，有骍有骐[④]，以车伾伾[⑤]。思无期，思马斯才。　　駉駉牡马，在坰之野。薄言駉者：有驒有骆[⑥]，有駵有雒[⑦]，以车绎绎[⑧]。思无斁[⑨]，思马斯作[⑩]。　　駉駉牡马，在坰之野。薄言駉者：有骃有騢[⑪]，有驔有鱼[⑫]，以车祛祛。思无邪[⑬]，思马斯徂。

【注释】

①坰：离城很远的郊外。②驈：白股的黑马。③骓：苍白杂毛的马。駓：黄白杂毛的马。④骍：赤黄色的马。骐：青黑色的马。⑤伾伾：有力的样子。⑥驒：青骊马。⑦駵：赤身黑鬣的马。雒：黑身白鬣的马。⑧绎绎：善走。⑨无

斁：无厌，满意。⑩作：善，好。⑪骃：浅黑带白色的杂毛马。騢：赤白杂毛的马。⑫驔：脚胫有长毛的马。鱼：二目毛色白的马。⑬无邪：不坏，不错。

## 有　駜

*这是歌颂鲁国国君和群臣饮酒欢乐的诗歌。据史载，鲁国多年饥荒，到僖公时国内情况有所好转。方玉润《诗经原始》："愚谓此诗因饮酒而称颂，又开后世柏梁燕饗、赋诗献颂之渐，与前虚颂良马喻贤材者，别为一体。故亦不可以不存也。"*

【原文】

有駜駜①，駜彼乘黄。夙夜在公，在公明明②。振振鹭③，鹭于下④。鼓咽咽⑤，醉言舞。于胥乐兮⑥！　有駜有駜，駜彼乘牡。夙夜在公，在公饮酒。振振鹭，鹭于飞。鼓咽咽，醉言归。于胥乐兮！　有駜有駜，駜彼乘駽⑦。夙夜在公，在公载燕。自今以始，岁其有。君子有穀，诒孙子。于胥乐兮！

【注释】

①駜：马肥壮、力强的样子。②明明：勤勉。③鹭：指持鹭羽的舞蹈。④鹭于下：舞者仿鹭蹲下。⑤咽咽：鼓声。⑥胥：皆，都。⑦駽：青黑色的马。

## 泮　水

*这是一首记述鲁国国君战胜淮夷后，在泮宫大宴群臣，祝捷庆功的诗。方玉润《诗经原始》："诗前半皆饮酒落成新宫，后半乃威服丑夷，故中间云'既作泮宫，淮夷攸服'，诗旨甚明。"*

【原文】

思乐泮水[①]，薄采其芹。鲁侯戾止，言观其旂。其旂茷茷，鸾声哕哕。无小无大，从公于迈。　思乐泮水，薄采其藻。鲁侯戾止，其马蹻蹻。其马蹻蹻，其音昭昭[②]。载色载笑，匪怒伊教。　思乐泮水，薄采其茆。鲁侯戾止，在泮饮酒。既饮旨酒，永锡难老。顺彼长道，屈此群丑[③]。　穆穆鲁侯，敬明其德。敬慎威仪，维民之则。允文允武，昭假烈祖[④]。靡有不孝[⑤]，自求伊祜[⑥]。　明明鲁侯，克明其德。既作泮宫，淮夷攸服。矫矫虎臣，在泮献馘[⑦]。淑问如皋陶，在泮献囚。　济济多士，克广德心。桓桓于征[⑧]，狄彼东南。烝烝皇皇，不吴不扬[⑨]。不告于讻[⑩]，在泮献功。　角弓其觩[⑪]，束矢其搜[⑫]。戎车孔博，徒御无斁[⑬]。既克淮夷，孔淑不逆。式固尔犹，淮夷卒获。　翩彼飞鸮，集于泮林。食我桑黮，怀我好音[⑭]。憬彼淮夷[⑮]，来献其琛。元龟象齿，大赂南金。

【注释】

①泮：泮宫的水。②音：德行声誉。③屈：收。④昭假：祈祷。⑤孝：效。⑥祜：赐福。⑦献馘：献上敌人的耳朵请功。⑧桓桓：威武的样子。⑨吴：哗。⑩告：拷问。讻：俘虏。⑪觩：弯曲的样子。⑫搜：众多的样子。⑬斁：疲倦，厌烦。⑭怀：回馈。⑮憬：远。

## 閟　宫

*这首诗歌颂了鲁僖公能复兴祖业，修建新庙。《毛序》谓“颂僖公能复周公之宇也”。方玉润则认为“此诗褒美失实，制作又无关紧要，原不足存，其所以存者，以备体耳。盖《颂》中变格，早开西汉扬、马先声，固知其非全无关心也。”*

【原文】

閟宫有侐[①]，实实枚枚[②]。赫赫姜嫄，其德不回。上帝是依，无灾无害，弥月不迟[③]。是生后稷，降之百福。黍稷重穋，稙稺菽麦[④]。奄有下国[⑤]，俾民稼穑。有稷有黍，有稻有秬。奄有下土，缵禹之绪。　　后稷之孙，实维大王。居岐之阳，实始翦商。至于文武，缵大王之绪。致天之届，于牧之野。“无贰无虞，上帝临女。”敦商之旅，克咸厥功[⑥]。　　王曰：“叔父，建尔元子，俾侯于鲁。大启尔宇，为周室辅。”乃命鲁公，俾侯于东。锡之山川，土田附庸。　　周公之孙，庄公之子。龙旂承祀，六辔耳耳。春秋匪解，享祀不忒：皇皇后帝，皇祖后稷。享以骍牺，是飨是宜[⑦]，降福既多。周公皇祖，亦其福女。　　秋而载尝，夏而福衡。白牡骍刚，牺尊将将。毛炰胾羹，笾豆大房[⑧]。万舞洋洋，孝孙有庆。　　俾尔炽而昌，俾尔寿而臧。保彼东方，鲁邦是常。不亏不崩，不震不腾。三寿作朋，如冈如陵。　　公车千乘，朱英绿縢。二矛重弓，公徒三万，贝胄朱綅[⑨]，烝徒增增。戎狄是膺[⑩]，荆舒是惩。则莫我敢承[⑪]。　　俾尔昌而炽！俾尔寿而富！黄发台背，寿胥与试。俾尔昌而大！俾尔耆而艾！万有千岁，眉寿无有害。　　泰山岩岩，鲁邦所詹。奄有龟蒙，遂荒大东[⑫]。至于海邦，淮夷来同。莫不率从，鲁侯之功。　　保有凫绎[⑬]，遂荒徐宅。至于海邦，淮夷蛮貊。及彼南夷，莫不率从。莫敢不诺，鲁侯是若[⑭]。　　天锡公纯嘏，眉寿保鲁。居常与许，复周公之宇。鲁侯燕喜，令妻寿母。宜大夫庶士，邦国是有。既多受祉，黄发儿齿。　　徂徕之松，新甫之柏。是断是度[⑮]，是寻是尺。松桷有舄，路寝孔硕，新庙奕奕。奚斯所作，孔曼且硕[⑯]，万民是若。

【注释】

①閟：关闭。侐：安静。②枚枚：细密的样子。③弥：满。迟：推迟，拖延。④稙：先种的庄稼。稺：后种的庄稼。⑤奄：覆盖，拥有。下国：天下。⑥咸：成就，达成。⑦飨、宜：鬼神享用祭品。⑧大房：玉饰的俎。⑨贝胄：用贝装饰的甲。綅：线。⑩膺：击。⑪承：制止，抵御。⑫大东：极东。⑬保：抚，安定。⑭若：归顺。⑮度：剖。⑯曼：长。

# 商颂

*《诗集传》云："契为舜司徒，而封于商，传十四世，而汤有天下。其后三宗迭兴，及纣无道，为武王所灭。封其庶兄微子启于宋，修其礼乐以奉商后。其后政衰，至戴公时，大夫正考甫得《商颂》十二篇于周，归以祀先王。"*

## 那

***这是记述宋国国君祭祀祖先成汤的诗歌。王先谦引《鲁诗》谓"宋襄公之时，修仁行义，欲为盟主。其大夫正考父美之，故追道汤、契、高宗所以兴，作《商颂》。"***

【原文】

猗与那与！置我鞉鼓。奏鼓简简，衎我烈祖。汤孙奏假①，绥我思成。鞉鼓渊渊，嘒嘒管声。既和且平，依我磬声②。於赫汤孙！穆穆厥声。庸鼓有斁③，万舞有奕④。我有嘉客，亦不夷怿⑤。自古在昔，先民有作⑥。温恭朝夕，执事有恪⑦。顾予烝尝⑧，汤孙之将。

【注释】

①奏假：奏，进。②依我磬声：指奏乐时依磬声相终始。③庸：大钟。④奕：舞影闪动的样子。⑤夷怿：高兴，欢快。⑥先民：祖先。作：作为。⑦恪：恭敬。⑧顾：光顾，光临。烝：冬祭。尝：秋祭。

## 烈　祖

*这是宋国国君祭祀祖先成汤的诗歌。辅广曰："《那》与《烈祖》皆祀成汤之乐，然《那》诗则专言乐声，至《烈祖》则及于酒馔。"方玉润引申谓"周制，大享先王凡九献；商制虽无考，要亦大略相同。每献有乐则有歌，纵不能尽皆有歌……前诗专言声，当一献降神之曲，此诗兼言清酤和羹……此可以知其各有专用，同为一祭之乐，无疑也"。*

【原文】

嗟嗟烈祖，有秩斯祜①。申锡无疆，及尔斯所。既载清酤②，赉我思成③。亦有和羹④，既戒既平⑤。鬷假无言⑥，时靡有争。绥我眉寿，黄耇无疆。约軧错衡，八鸾鸧鸧⑦。以假以飨⑧，我受命溥将⑨。自天降康，丰年穰穰。来假来飨，降福无疆。顾予烝尝，汤孙之将。

【注释】

①秩：大。②载：陈列。酤：酒。③赉：赐予。思：助词，无义。成：和平。④和羹：五味调和的浓汤。⑤戒：到，及。平：平静。⑥鬷假无言：默默祈祷。⑦鸧：同"锵"。⑧假：到。⑨溥：广大。

## 玄　鸟

*这是一首宋人祭祀祖先的诗歌。《毛序》认为"祀高宗也"，三家说诗解为"宋公祀中宗之乐歌"，朱熹《诗集传》载："此亦祭祀宗庙之乐，而追叙商人之所由生，以及其有天下之初也。"*

【原文】

天命玄鸟，降而生商，宅殷土芒芒[①]。古帝命武汤，正域彼四方[②]。方命厥后，奄有九有[③]。商之先后，受命不殆，在武丁孙子。武丁孙子，武王靡不胜。龙旂十乘，大糦是承[④]。邦畿千里，维民所止，肇域彼四海[⑤]。四海来假，来假祁祁，景员维河。殷受命咸宜[⑥]，百禄是何[⑦]。

【注释】

①宅：动词，住在。②正域：正其封疆。③九有：九州。④糦：同“饎”，酒食。⑤肇：助词，无义。域：统治。四海：天下。⑥咸：都。宜：适宜，相称。⑦何：承受。

## 长　发

*这是宋国国君祭祀商汤，同时也祭祀伊尹的诗歌。王先谦说“此或亦祀成汤之诗。诗本亦主祀汤，而以伊尹从祀。其历述先世，著汤业所由开，非皆祀之。否则，宋为诸侯，礼不得禘帝喾，又安得及有娀？”*

【原文】

濬哲维商[①]！长发其祥[②]。洪水芒芒！禹敷下土方[③]。外大国是疆，幅陨既长[④]。有娀方将[⑤]，帝立子生商。　玄王桓拨！受小国是达[⑥]；受大国是达。率履不越，遂视既发[⑦]。相土烈烈[⑧]，海外有截[⑨]。　帝命不违，至于汤齐。汤降不迟，圣敬日跻[⑩]。昭假迟迟，上帝是祗[⑪]，帝命式于九围[⑫]。　受小球大球，为下国缀旒[⑬]。何天之休。不竞不絿[⑭]，不刚不柔。敷政优优[⑮]，百禄是遒。　受小共大共，为下国骏厖[⑯]，何天之龙。敷奏其勇。不震不动，不虩不竦[17]，百禄是总。　　武王载旆，有虔秉钺[18]。如火烈烈，则莫我敢曷。苞有三蘖，莫遂莫达。九有有截。韦顾既伐，昆吾夏桀。　　昔在中叶，有震且业[19]。允也天子！降予卿士，实维阿衡，实左右商王[20]。

【注释】

①浚哲：英明睿智。②长：久远，发：出现。祥：好的征兆。③敷：治理。④幅陨：幅员。⑤将：大。指长大。⑥达：顺畅。⑦遂：遍。视：巡视。发：行。⑧烈烈：威武的样子。⑨截：整齐。⑩跻：升。⑪祗：敬。⑫九围：九州。⑬缀旒：表率。⑭絿：心急，烦躁。⑮优优：平和的样子。⑯骏厖：国宝。⑰戁、竦：恐惧。⑱虔：牢固。⑲震：动荡。业：危机。⑳左右：辅佐。

## 殷　武

*这是宋国建立宗庙祭祀高宗的乐歌。《毛序》："殷武，祀高宗也。"孔颖达注疏谓"高宗前世，殷道中衰，宫室不修，荆楚背叛。高宗有德，中兴殷道，伐荆楚，修宫室。既崩之后，子孙美之，追述其功，而歌此诗也。"*

【原文】

挞彼殷武[1]，奋伐荆楚。罙入其阻[2]，裒荆之旅。有截其所[3]，汤孙之绪[4]。　　维女荆楚，居国南乡[5]。昔有成汤，自彼氐羌，莫敢不来享[6]，莫敢不来王。曰商是常[7]。　　天命多辟，设都于禹之绩。岁事来辟[8]，勿予祸適，稼穑匪解。　　天命降监，下民有严[9]。不僭不滥[10]，不敢怠遑。命于下国，封建厥福。　　商邑翼翼，四方之极[11]。赫赫厥声，濯濯厥灵。寿考且宁，以保我后生。　　陟彼景山，松伯丸丸。是断是迁，方斫是虔。松桷有梴，旅楹有闲[12]，寝成孔安。

【注释】

①挞："达"的假借，急速。②罙："深"的本字，险阻。③截：治服。④绪：功绩。⑤国：中国。⑥享：进贡。⑦常：长。⑧来辟：来朝君。⑨严：敬。⑩僭：差失。⑪极：中心。⑫闲：大的样子。

图书在版编目（CIP）数据

诗经：名物图解版 /（春秋）孔丘编 . — 沈阳：
万卷出版公司，2017.5（2024.2 重印）
ISBN 978-7-5470-4422-3

Ⅰ . ①诗… Ⅱ . ①孔… Ⅲ . ①古体诗—诗集—中国—
春秋时代②《诗经》—通俗读物 Ⅳ . ① I222.2

中国版本图书馆 CIP 数据核字 (2017) 第 052206 号

诗经（名物图解版）

出版发行：北方联合出版传媒（集团）股份有限公司
万卷出版公司
（地址：沈阳市和平区十一纬路 25 号 邮编：110003）
印 刷 者：辽宁新华印务有限公司
经 销 者：全国新华书店

幅面尺寸：146mm×210mm
印　　张：8
字　　数：285 千字
出 品 人：王维良
责任编辑：张洋洋
ISBN 978-7-5470-4422-3
定　　价：46.80 元

装　　帧：精　装
插页印张：1.75
出版时间：2017 年 5 月第 1 版
印刷时间：2024 年 2 月第 21 次印刷
责任校对：丁建新
装帧设计：张　莹

联系电话：024-23284090
邮购热线：024-23284050

常年法律顾问：王伟

如有印装质量问题，请与印刷厂联系。联系电话：024-31255233